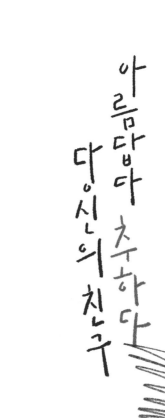

아름답다 축하다
당신의 친구

아름답다 추하다 당신의 친구

사와무라·이치 지음 오민혜 옮김

한스미디어

차 례

그때 나는 내 추한 얼굴을 발견했다.
그리고 한참을 물끄러미 바라봤다.

프롤로그

그런데 가사네라는 여인은 피부가 거무튀튀하고 한쪽 눈이 썩었으며, 코는 납작하고, 입은 크고, 얼굴 전체에 마맛자국이 가득, 구석구석까지 살갗이 조여들어…….

　　　　　　　　　　　　　　　　—잔주, 『사령해탈물어문서死靈解脫物語聞書』 중에서

　그 아이는 거실 TV로 영화를 보는 중이었다.

　아버지가 계약한 동영상 서비스에서 며칠 전부터 송신이 시작된 일본 영화다. 벽걸이 TV 속에서 주연 여배우가 열연하고 있다. 여배우의 입과 한쪽 뺨에는 특수 분장을 해놔서, 마치 입이 쭉 찢어져 당겨 올라간 모양새다. 하지만 그건 그녀의 미모를 조금도 깎아내리지 못했다. 미인은 뭘 해도 미인이었다.

　그런데 영화 속에서 여배우는 무척 못생겼다는 설정이다.

　실제 그런 얼개로 이야기가 진행되고 있다. 같이 연기하는 사람들은 여배우의 얼굴에 혐오스럽고 기이하다는 식의 눈길을 보내거나 비난하고, 그것도 아니면 동정했다. 여배우가 연기하는 캐릭터도 스스로를 그렇게 인식하며 행동했다. 못생긴 자신을 저주하고 고통스러워하고 슬퍼했다.

그런 모든 것이 그 아이에겐 거짓으로 보였다.

원작 만화에서는 주인공이 정말 추하게 그려져 있는데. 그래야 성립되는 이야기인데. 그래서 나도 감동한 건데. 소리 죽여 울면서 여러 번 읽고 또 읽었는데. 그랬는데. 그랬는데……

이 영화는 소꿉장난이야. 더는 못 봐주겠어.

아이는 TV를 껐다. 리모컨을 TV에 던지고 싶은 걸 가까스로 참았다.

칙칙한 색 탁자를 바라보며 "국내 영화가 다 이렇지, 뭐. 기대하는 게 더 이상해" 하고 입속으로 나직하게 스스로를 타일렀다. 그래도 어깨에 들어간 힘은 빠지지 않았고, 리모컨에서 손을 뗄 수도 없었다.

"우리 왔어."

목소리가 들린 순간, 그때까지와는 다른 긴장감이 아이의 몸을 훑고 지나갔다. 의자에 앉아 자세를 바로잡자마자, 양손에 에코백을 든 부모님이 들어왔다.

"다녀오셨어요."

바로 자리에서 일어나 어머니에게 손을 내밀며 달려간다.

어머니는 당연하다는 듯 아이에게 가방을 쥐여줬다. 폴리에스터로 만들어진 가느다란 손잡이가 손바닥을 파고드는 바람에, 아이는 자기도 모르게 인상을 쓰고 말았다. 아차, 하고 생각한 순간엔 이미 늦었다.

"어머, 그 못생긴 얼굴은 뭐니?"

어머니가 하하하 웃자, 아버지도 따라 웃었다. "미안" 하고 아이는 입꼬리를 올리며 눈웃음을 지었다. 손바닥의 아픔을 참으며 에코백을 부엌으로 가져가 내용물을 냉장고에 넣고, 부모님에게 말을 건넨다. 장보기는 어땠는지, 저녁은 뭐로 하면 좋을지.

"청소는?"

어머니가 말을 끊듯이 물었다.

"아, 응. 했어."

"정말? 어제 밤늦게 잔 거 아니었어?"

거실을 둘러본다. 커다란 눈. 높은 콧대에 탐스러운 입술. 가지런한 얼굴이 의심으로 일그러져 있다. 눈치챘나. 마룻바닥을 와이퍼로 대충 쓸어냈을 뿐이란 걸 알아차린 건가. 안돼. 이 정도론 어림없어. 심장이 마구 뛰고 숨이 막혔다.

"뭐 어때."

아버지가 느긋한 목소리로 말했다. 그리고 탁자에 가방을 올려놓더니 소파에 벌렁 드러누웠다.

"적당히 해, 적당히. 그렇게 애 잡지 말고."

"당신은 너무 봐준다니까."

"내가 뭘."

아이는 천상을 올려다보며 편히 누운 아버지에게 서둘러 아이스커피를 만들어 대령한다. 아버지는 웃음을 띤 채로 아이에게 눈길을 줬다.

"근데 사회에선 그런 거 안 통해. 넌 못생겼으니까."

가벼운 말투로 딱 잘라 말했다.

가슴이 조여드는 듯한 아픔을 견디며 아이는 "응, 나도 알아" 하고 대답했다. 이 정도는 아무렇지도 않아. 익숙해졌어. 이미 마음은 단단해졌어. 역경을 이겨내면서 씩씩하고 다부지게 크고 있지. 각질로 변한 사마귀처럼 딱딱해졌다고.

밥을 차리고, 부모님이 늘어놓는 언니 자랑을 묵묵히 듣고, 뒷정리를 한 다음에 목욕물을 받는다. 처음은 아버지, 그다음은 어머니, 마지막이 아이 차례다. 언니가 본가에 와 있을 땐 어머니와 순서를 다투지만, 아이가 맨 마지막인 데는 변함이 없다.

씻고 나오자, TV를 보던 어머니가 불러 세웠다. 아버지가 소파에서 꾸벅꾸벅 조는 것을 확인하고, 어머니는 작은 목소리로 물었다.

"학교는 어때?"

"그럭저럭. 재밌게 다니고 있어."

"괴롭힘당하거나 하진 않고?"

어머니의 표정은 진지했다. 걱정스럽다는 듯 미간을 찌푸린다. 잠깐 생각한 다음, 아이는 사실을 말했다.

"지금은 괜찮아. 환경도 바뀌었고."

아이는 거짓말을 했다. 얕잡아 보는 인간은 여럿 있다. 친구처럼 다가와서 자신을 '가지고 놀다가' '놀림거리로 삼는' 애도 여러 명이다. 상대방이 상처받을 줄 알면서 마음에도 없는 말을 태연하게 늘어놓는 애들도.

하지만 나는 괜찮다. 지금은 끄떡없다.

초등학교 시절부터 들으라는 듯 내뱉는 험담이나 비웃는 소리도 잘 받아넘겼다.

급식 반찬에 쓰레기가 들어 있어도 '안 먹으면 그만'으로 끝낼 수 있었고, 튀김빵에 뿌려진 콩가루가 책상 한가득 묻은 정도는 귀엽게 여길 수 있었다. 책상 서랍에 우유를 닦은 걸레가 처박힌 정도로는 끄떡없었고, 피투성이 생리대도 괜찮았다. 노트가 다 젖어서 쓰레기통에 버려져 있어도 아무렇지 않았다.

그에 비하면 지금은 훨씬 평화롭다. 이상적인 환경이다.

"정말? 믿어도 돼?"

"물론이지." 아이는 생글거리며 상냥하게 대답했다.

"그래, 다행이네."

어머니는 의자 등받이에 몸을 기댔다.

"이제 네가 애교를 부릴 줄도 알게 된 모양이구나."

"응, 걱정해 줘서 고마워."

"괜찮아. 부모라면 당연히 해야 할 일이니까. 같은 자매라도 각자에게 맞는 교육을 받아야지."

어머니는 좁은 주방 카운터에 놓인 액자를 멍하니 바라봤다. 설날 때 찍은 언니의 얼굴 사진이었다. 어머니를 쏙 빼닮았다. 한마디로 예쁘다. 언니는 나와 달리 구김살 없이 자유롭게 자랐고, 지금은 화려한 세계에 몸담고 있다. 반짝반짝 빛이 난다.

어머니에게 안녕히 주무시라는 인사를 건네고 방으로 돌아왔다. 소박하고 색채가 거의 없는 인테리어. 색채다운 색채라고는 웨지우드*Wedgwood* 미니 꽃병에 그려진 작은 딸기의 붉은색뿐이다. 키우는 꽃 따윈 없다. 어떤 꽃을 키우든 조롱만 당하니까. 너하곤 안 어울려, 꽃이 불쌍해, 라면서.

아이는 침대에 쓰러져 스마트폰을 집어 들었다. 버튼을 눌러봐도 액정 화면에는 아무것도 표시되지 않았다. 배터리가 방전된 모양이다. 새까만 화면에 얼굴이 반사돼 있었다.

곧바로 스마트폰을 이불에 내던졌다. 억울함과 분노와 증오, 체념이 뒤엉켜 가슴을 헤집었다.

쏟아지는 눈물을 닦았다. 철이 들 무렵부터 계속 들어왔던 말이 머릿속에서 메아리쳤다.

넌 못생겼어. 넌 못난이야. 볼품없어. 언니랑 하나도 안 닮았어.

---

* 세계적으로 유명한 영국의 테이블웨어 브랜드.

그리고 이제껏 수십만 번, 수백만 번 했던 생각을 다시
했다.

난 못생겼어.

그러니까, 하고 아이는 입속으로 중얼거렸다. 드러누운 채
로 몸을 쭉 뻗어 가방을 끌어당겼다.

난 못생겼어. 난 못생겼어. 얼굴이 못생긴 내가 싫어.

그러니까 선택받은 거야. 가질 수 있게 됐어.

소문은 사실이었어.

아이는 조용히 가방을 열었다.

교과서와 참고서 사이로 누렇게 때 묻은 책등 표지가 보
였다.

제1화

charm[tʃɑːrm] n.

①사람을 매혹하는 힘, 매력 ②(여성의) 매력, 미모 ⑤주문, 주술, 마법

—『랜덤하우스 영일대사전』 중에서

　발소리가 나지 않게 계단을 뛰어 올라가, 복도를 달려서, 교실에 들어가자마자 문을 닫고, 구석 기둥에 등을 찰싹 밀착시켰다. 그리고 두근거림과 호흡이 안정되길 마냥 기다렸다.

　아무도 없었다. 전등은 꺼져 있고 커튼이 닫혀 있는 탓에 교실은 한낮인데도 어둑어둑했다. 토요일이니까 교실이 이럴 수밖에 없다는 걸 알면서도 익숙하지 않은 광경이 마음을 어지럽혔다.

　팔에서 땀이 배어 나오는 걸 감촉으로 알았다. 6월에 갓 접어들었는데도 교실은 무척 후덥지근했다. 구닥다리 에어컨이라도 없는 것보단 낫겠다며 쓸데없는 생각을 하고 말았다.

들리는 건 몸에서 직접 전해지는 심장 박동 소리와 거친 숨소리뿐.

축구부와 육상부가 운동장에서 열심히 연습하고 있다. 체육관에서는 남자 배구부가 연습 시합을 벌이는 모양이다. 낯선 어른들과 학생들이 체육관을 드나들었다. 학생들의 유니폼이나 티셔츠에는 다른 학교 이름이 영문자로 프린트돼 있었다. 다시 말해, 보는 눈이 많다. 눈에 안 띄게 학교 건물 안으로 들어오긴 했지만, 누군가가 나를 수상히 여기지 않았을까.

새삼스레 후회했다.

벌써부터 내가 하는 짓이 우스꽝스럽게 느껴졌다. 교실 문이 잠겨 있었다면 재빨리 포기했을 텐데. 이렇게 후덥지근한 데서 머뭇거리지 않아도 됐을 텐데. 그보다 왜 토요일인데 문이 열려 있을까. 누가 동아리 활동 때문에 사용하는 흔적도 없는데.

가족들이 나를 업신여겨도 괜찮았다. 학교 애들이 깔보기 훨씬 전부터 모두가 내 얼굴에 혐오를 드러내고, 한숨을 내뱉고, 체념과 연민의 시선을 보냈다.

길을 걷다가 스쳐 지나가던 처음 보는 술주정뱅이한테 "이 못생긴 게!"라고 매도당한 적도 한두 번이 아니었다. 그 직후에는 반드시 큰 웃음이 일었다. 개중에는 여자 목소리도 섞여 있었다. 말로는 "그만해, 들리겠어" 하고 충고하지만 본심으로는 내 얼굴을 비웃는 게 분명했다.

자리를 바꿀 때 내 옆자리, 혹은 나와 같은 반이란 사실을 알게 되자마자 노골적으로 낙담하는 반 아이들.

여러 개의 별명. 험담.

나와 내 소지품에 들러붙어 있다는 설정의, 내 이름을 붙인 '~균'. 건드리기만 해도 나 같은 얼굴이 된다고 한다. 이마도, 눈꺼풀도, 코도, 뺨도, 턱도 벌겋게 부어올라 미끈미끈해진 얼굴로 말이다. 그런 '규칙'으로 술래잡기를 하는 초등학교 같은 반 아이들. 중학교 같은 반 아이들. 그리고 고등학교 역시.

익숙해. 이미 익숙해졌어. 분명 익숙했는데. 나는 분노에 몸을 맡기고 있었다. 일부러 교복으로 갈아입고, 이렇게 학교까지 오고 말았다. 있다. 부모님에겐 "숙제에 필요한 참고서를 두고 왔어" 같은 한심한 거짓말을 내뱉고.

시시한 앙갚음을 하기 위해서.

나는 실내화 발끝과 교실 바닥을 내려다봤다. 아무도 없는데도 고개를 숙이고 있다. 이게 당연시돼 있다.

이게 나의 '시야'다.

앞을 보라고 말한 사람은 초등학교 3, 4학년 때 담임 선생님이었다. 이름은 까먹었다. 덩치 큰 중년 여자였고, 오른쪽 다리가 불편했다는 건 기억난다. 체육 수업만 교감 선생님이 대신 맡아 했던 것도.

가슴을 쫙 펴고 걸으세요. 선생님은 그런 말도 했다. 선생님 스스로가 가슴을 쫙 펴고 앞을 보며 당당하게 걸었다. 오른쪽 다리를 질질 끌고 몸을 위아래로 들썩이면서도, 빠른 걸음으로 복도를 직진하는 선생님 모습이 떠오른다. 스쳐 지나가는 학생에게 "어서 옵쇼!" 하고 마치 초밥집 주인처럼 인사했던 것도 생각난다.

선생님은 유머 감각이 있었다. 새 학기가 시작되자마자 자기 다리에 대해 "이거, 선생님 되고 얼마 안 지났을 때 차에 치여서 그래" 하고 털어놨다. 그것도 사고 전날 있었던 일부터 경쾌하고 묘하게, 재미있고 우스꽝스럽게 이야기했다. 처음엔 당황하던 반 아이들도 중간부턴 깔깔대며 웃었다. 나도 그중 하나였다.

선생님은 늘 그랬다. 화가 나면 얼굴이 귀신처럼 변해서 정말 무서웠지만, 다들 사이좋게 지내라든지 반의 단결이 이러쿵저러쿵하는 뻔한 목표를 내세우진 않았다. 실제로 도덕 수업시간에는 매번 이상한 해외 코미디 방송을 보여줬다. 지금도 나쁜 선생님이었다고는 생각하지 않는다. '담임' 업무와 '고전' 수업을 처리할 뿐인 고타니보단 훨씬 낫다.

그런 선생님마저도 나에겐 도덕 교과서 같은 말을 했다. 이유는 생각해 보지 않아도 안다.

내 얼굴이 이렇기 때문이다. 이런 자세로 걷기 때문이다.

쉬는 시간이었다. 용건이 있어서 교무실에 갔을 때다. 의자에 앉아 있던 선생님이 상반신만 내 쪽으로 돌리더니, 아무렇지 않게 잡담의 연장인 듯한 밝은 말투로 말했다.

앞을 보세요. 가슴을 쫙 펴고 걸어봐요.

나는 네! 하고 대답했다. 마음이 작고 차갑게 굳어, 커다란 구멍 속으로 떨어지는 듯한 느낌이 들었다.

초등학교 6학년 때, 선생님이 갑자기 학교에 오지 않았다. 교직에서 물러났다는 사실은 졸업 직전에 알게 됐다. 교감 선생님과 저지른 불륜이 발각돼 그분 사모님과 크게 싸웠다고 한다.

선생님은 사모님에게 뭐라고 설명했을까. 앞을 보면서 가슴을 쫙 펴고 어떤 변명을 했을까. 어처구니없다.

저속한 공상을 하며 나는 가방 속에 손을 쑤셔 넣었다. 그리고 어젯밤에 준비한 봉투를 꺼냈다. 봉투 안에는 오랜 시간을 들여 꼼꼼하게 다듬어서 완성한 '그것'이 들어 있었다.

책에 적혀 있는 대로 만들었다. 여러 번 고쳐 읽고 오독이나 지레짐작은 전부 배제했다.

그러니 먹힐 것이다. 반드시 효과가 있을 것이다. 그래서 그 애는, 그 계집애는.

그 계집애의 얼굴이 뇌리를 스치고 지나갔다. 그 의기양양한 표정을, 그 여유로운 미소를, 자신에 찬 그 몸짓을.

머릿속으로 그 책도 떠올려봤다. 지금은 집에 있다. 존재한다. 실재한다. 소문이 아니었다. 단순한 학교 괴담이 아니었다. 즉, 사실이었다.

시시하지 않아. 한심하지 않다고.

느슨해지기 시작했던 결심이 다시 굳어졌다. 조금씩 시들해졌던 증오가 다시 부풀어 올랐다. 손에 쥔 봉투 안에 들어 있는 그것에 감정이 흘러 들어가는 모습을 상상했다.

목이 땀에 젖어 미끈거린다. 치마 안에 열기가 갇혀 있다. 내 사념은 검붉고 질척했으며, 봉투 안에 든 그것이 내 사념을 머금고 펄떡펄떡 뛴다.

앙갚음이다. 아니, 복수다.

나에겐 행사할 권리가 있어. 너에겐 당할 이유가 있고.

슬슬 걸음을 옮겨 나는 그 아이의 자리 앞에 섰다.

* * *

월요일, 저녁 8시.

집을 나설 때 쏟아지던 비는 버스에서 내릴 즈음에는 이미 그쳐 있었다. 아주 오래전에 샀던 상복은 특히 허리가 맞지 않아서 그저 걷기만 해도 숨이 막혔다. 차도를 오가는 자동차들의 불빛이 젖은 밤길을 비췄다.

고타니 마이카小谷舞香는 세리머니 홀로 향하면서 앞으로의 일을 생각했다. 오늘 치러지는 쓰야通夜*뿐 아니라 고별식에도 참석해야 한다. 그동안에 있는 수업은 부득이 자습을 시켜야 하는데, 더 큰 일은 그다음에 있다.

고등학교 교사가 된 지 10년. 담임을 맡았던 반 학생이

* 가족과 지인이 모여 밤을 새우며 고인을 기리는 일본의 장례 절차.

죽은 건 이번이 두 번째다. 첫 번째는 5년 전에 근무했던 인근 시의 고등학교에서였다.

교통사고였다. 밝고 솔직한 축구부 남학생이었다. 그때도 충격을 받아서 한동안 마음을 추스르기 힘들었는데, 이번엔 사정이 전혀 달랐다.

자살이었다.

도립 요쓰카도 고등학교 3학년 2반, 하무라 사라사羽村更紗는 자기 방 커튼레일에 줄을 걸어 목을 맸다. 발견한 사람은 어머니였다. 어제 일요일 아침에 벌어진 일이었다. 하루가 채 지나기 전에 아버지가 학교로 연락을 했다. 유서는 발견되지 않았다.

오늘 아침 교직원 회의에서 교장이 그 소식을 알리자, 곧바로 마이카에게 질문 공세가 쏟아졌다. 교감을 비롯해 학년 주임, 생활지도 교사가 마치 순서가 정해져 있기라도 한 듯 질문을 던졌다. 무슨 낌새는 없었나. 학생들 사이에 눈에 띄는 문제는 없었나. 괴롭힘의 징후는 없었나.

정말로 아무것도 눈치 못 챘나.

뇌리에 떠오른 '목을 매다'란 말을 바로 지운 다음, 마이카는 모든 질문에 '아니오'란 뜻으로 대답했다. 실제로도 짚이는 데가 없었다. 요쓰카도 고등학교는 니시토쿄시市 서쪽 끝에 위치한, 개교 40주년이 넘은 '고만고만한' 학교다. 눈에 띄는 실적은 없지만, 큰 문제도 없고 지금 다니는 학생들도 거의 착실하다. 3학년 2반도 마찬가지였다.

한편 마이카는 이런 생각도 들었다.

하무라 사라사가 괴롭힘을 당하는 피해자가 될 순 없어. 가해자면 몰라도.

세리머니 홀 주차장이 보였다. 거대한 간판과 나란히 놓인 현수막 광고에 상복 차림을 한 여자가 커다랗게 인쇄돼 있다. 이름이 모모카桃華였던가 모모에桃萌였던가, 요즘 화제인 미녀 모델이다. 엄숙한 식장에 모델의 화려한 용모가 어울리지 않는 느낌도 들지만, 눈길을 잡아끄는 건 사실이었다. 덕분에 먼 거리에서도 홀 위치를 확인할 수 있었다.

홀 정면 현관에는 '하무라가家 장례식장'이라고 적힌 안내판이 세워져 있었다. 그 바로 옆에서 낯익은 얼굴을 발견하고 마이카는 종종걸음으로 다가갔다. 그리고 작은 목소리로 불렀다.

"아다치足立 선생님."

마이카가 부른 남자, 수학 교사 아다치는 살짝 미소를 지으며 "수고하십니다" 하고 대답했다.

"죄송합니다. 이제 교대해요."

마이카는 말했다. 가족도 아닌 아다치가 여기 서 있는 이유는 학생들을 안내하기 위해서다. 원래는 담임이 하는 게 도리에 맞다.

"아니에요." 아다치는 고개를 젓더니 "일단 분향부터 하세요. 전 마쳤거든요" 하고 어두운 목소리로 대답했다. 다부진 얼굴이 창백해져 있었다. 한눈에 봐도 상심한 게 보였다.

죽은 사람이 사라사가 아니었다면 어땠을까. 혹은 사라사가 그런 아이가 아니었다면.

무심코 상념에 빠져 있는데, 아다치의 시선이 느껴졌다. 이상하다는 듯 이쪽을 내려다보고 있다. 마이카는 잡념을 떨쳐 버리고 아다치에게 묵례를 한 다음, 홀로 들어갔다.

하무라 사라사의 쓰야는 가장 넓은 식장에서 치러졌다. 이미 많은 학생이 밀려들어 분향하는 줄에 늘어서 있었다. 남학생도 몇 명 보인다. 사라사와 같은 그룹이자 같은 급의 '상위' 학생들이다. 세상이 끝나기라도 한 얼굴로 분향할 차례를 기다리고 있다. 파이프 의자에 앉아 머리를 감싸 쥔 남학생도 보였다. 옆 반 여학생 둘이 침울한 표정으로 마이카와 엇갈려 식장을 빠져나갔다.

벽 쪽에 있던 학년 주임 후카가와深川와 눈이 마주쳤다. 마이카는 묵례를 하고 줄 맨 끝에 섰다. 핸드백에서 염주를 꺼내 왼손에 쥐었다. 식장 안은 지독히 고요해서 잿빛 타일 카펫 위를 걷는 조문객들의 흐릿한 발소리만 들렸다. 그것 말고는 코를 훌쩍이는 소리, 기침 소리뿐.

제단은 거대했다. 수많은 흰 국화가 입체적인 소용돌이를 그리듯 전면에 장식돼 있다. '참 화려하구나'라는 게 마이카의 솔직한 감상이었다. 사라사의 아버지가 땅 부자라서 집

안이 부유하단 사실은 알고 있었지만, 장례식까지 이렇게 거창하니 당황스러웠다.

흰 국화로 이루어진 소용돌이 한가운데에 영정 사진이 놓여 있었다. 하무라 사라사가 웃음 띤 얼굴로 앞쪽을 바라보고 있다. 살짝 보이는 목 주변을 통해 기모노 차림임을 알 수 있었다. 어떤 기념사진을 잘라냈으리라. 화장은 수수했다. 본바탕을 죽이는 짓은 하지 않았다.

눈은 커다랗고, 양쪽 입꼬리는 좌우대칭으로 올라가 있었다. 치아가 보이는 비율에도 빈틈이 없었다. 이보다 더 보이면 품위가 없고, 이보다 덜 보이면 새침하게 찍힐 것이다. 살짝 기울인 목의 각도 또한 절묘했다.

본인의 미모를 자각하는 인간만이 가능한, 자신감에 찬 완벽한 미소였다. 식장 앞 현수막 광고에 인쇄된 모델보다 더 빛을 발했다.

마이카는 빨려 들어갈 듯 사라사의 영정 사진을 바라봤다. 그렇게 화려하고 거추장스럽게 보였던 꽃과 제단은 전혀 눈에 들어오지 않았다.

"사라사!"

쥐어짜는 듯한 외침이 들렸다. 관 앞에 한 중년 남자가 무릎을 꿇고 있었다. 하얀 천으로 덮인 관을 부둥켜안으며 "왜, 대체 왜!" 하고 울면서 되풀이했다. 아내로 보이는 여자가 가만히 그 어깨에 손을 얹었다.

이끌리듯 오열이 울려 퍼졌다. 가족석 한가운데서 중년 여자가 손수건으로 눈가를 훔치며 일그러진 입술을 덜덜 떨었다. 사라사의 어머니였다. 그 옆에 앉은, 호리호리한 체형의 아버지는 새파랗게 질린 채 제단을 노려봤다. 양친 모두 이목구비가 반듯해서, 사라사가 두 사람의 피를 진하게 물려받았음을 한눈에 알 수 있었다.

중년 남자는 아내의 부축을 받으며 식장을 뒤로했다. 남자는 꺼이꺼이 울면서 "왜, 대체 왜!" 하고 다시 반복했다.

"어째서, 그, 그렇게 예쁜 애가……."

비통한 목소리가 멀어지다 이내 사라졌다. 마이카는 두 가지 상반된 생각을 하면서 남자의 뒷모습을 바라봤다.

결국 그건가, 하는 생각이 가장 먼저 들었다. 사라사가 예쁘지 않았어도 중년 남자는 저렇게 슬퍼했을까, 하는 속된 의심이다. 입구에서 아다치에게 품었던 것과 똑같은, 비굴하다고도 할 수 있는 의문.

나머지 하나는 단순한 동의였다. 하무라 사라사는 왜 자살했을까.

그토록 예뻤던 아이가 왜 죽음을 선택했는지 짐작이 가지 않았다.

그뿐만이 아니다. 사라사는 총명했다. 시험 성적은 물론 수업 태도도 좋았다.

단지 외모가 빼어난 게 다가 아니었다. 그렇기에 그만큼의

지위를 차지할 수 있었으리라.

추종하는 여학생도, 말을 걸며 다가오는 남학생도 마음 대로 조종했다. 반을 지배했다. 명확하게 명령하거나 압력을 가하지는 않았지만, 자연스럽게 주변은 사라사가 말하는 대로 됐다. 그런 힘을 갖고 있었다. 교단에서만 봐도 사라사가 반에 군림하는 건 분명했다.

모두가 사라사를 주목했다. 사라사의 행동 하나, 말 하나, 사소한 동작과 표정의 변화에 매혹됐다. 그저 담임인 마이카조차 사라사에게 수많은 시선이 쏠린다는 걸 알았다. 수업 중에도, 그렇지 않을 때도.

"고타니 선생님."

마이카는 사라사의 목소리를 떠올렸다. '청량하다'는 표현이 어울릴 만큼 선선한 목소리였다.

지난달 방과 후에 있었던 일이다. 처리할 일이 있어서 교실에 남아 있는데, 사라사가 말을 건 적이 있었다. 평소와는 달리 추종자 하나 없이 혼자였다.

"선생님은 왜 학교에서 화장 안 하세요?"

"응?"

마이카는 바로 되물었다.

"살짝 하긴 했는데, 혹시 얼굴이 칙칙해 보이니?"

사라사가 팽팽하고 반질반질한 볼에 미소를 띠었다.

"아뇨, 실은 일요일에 역 앞에서 선생님을 얼핏 봤거든요.

그땐 완전히 다르시더라고요. 저녁쯤에요."

사람을 잘못 본 건 아닌 듯했다. 마침 그 시간, 그 장소에서 대학 동기를 만났다. 하지만 마이카가 알고 싶은 건 그게 아니었다.

"왜 그런 걸 물어?"

솔직하게 물었다. 괜스레 깊이 생각했다가 쓸데없는 말을 하게 되는 건 피하고 싶었다.

"아깝잖아요. 선생님은 제대로 화장하시는 게 더 예쁘거든요."

사라사는 단호하게 대답하더니, 미소를 띤 채로 고개를 갸웃거렸다.

"……그 말은."

상대는 아직 애야. 생각나는 대로 입 밖에 냈을 뿐이라고. 그렇게 생각하면서도 마이카는 그만 묻고 말았다. 어디까지나 차분하게, 아무 일도 아니라는 듯, 평소와 같은 표정으로.

"그 말은 평소엔 못생겼다는 뜻이니?"

"아뇨, 그런 게 아니라요."

사라사는 태연하게 고개를 저었다. 긴 머리칼이 나부꼈다.

"선생님은 지금 그대로도 예쁜 편이세요."

가볍게 말했다.

"그쪽을 더 좋아하는 애들도 있겠죠. 오가타나 가와사키처럼."

남학생 이름을 예로 든다. 하나같이 존재감이 약하고 내성적이어서 오타쿠라고 불리는 아이들이었다.

"음……."

"근데 선생님은 화장하시는 게 더 나아요."

사라사는 당연하다는 듯한 태도였다.

"더 예뻐질 수 있는데 안 하는 건 이상하잖아요."

그리고 그렇게 말을 덧붙였다.

마이카는 당혹스러웠다. 말 그대로 받아들여야 할지, 아니면 전부 비아냥이나 조롱으로 받아들여야 할지 파악하기 힘들었다. 어쨌든 마음은 흐트러지고 말았다. 자신의 절반도 살지 않은 어린 여학생이 속을 온통 헤집어놨다. 그리고 한 가지 결론에 도달했다.

마이카는 일부러 하하하, 소리 내 웃었다.

"근데 하면 또 두껍게 화장했다고 할 거 아냐? 화장 떡칠한 할망구라고."

농담하듯 대꾸했다. 학창 시절 마이카는 공들여 화장한 여자 선생님을 뒤에서 그렇게 불렀다. 친구들끼리 그렇게 놀리며 비아냥거렸다. 요즘 애들도 분명히 비슷한 짓을 할 테지. 여자 선생님은 전부 할망구고, 화장하면 떡칠했다고 비웃을 것이다.

"안 그래요."

사라사는 다시 잘라 말했다. 입가는 웃지만 눈은 진지하다. 찌르는 듯한 시선이 마이카를 꿰뚫었다. 반질반질하고 모양이 잘 잡힌 입술이 열렸다.

"선생님, 스스로에게 더 자신감을 가지세요."

모두가 내 말을 전부 받아들이고 따르게 돼 있다는 식의 확신 어린 말투였다. 복도에서 남학생이 부르자, 사라사는 "내일 봬요" 하고 반짝이는 미소를 지으며 사라졌다.

한동안 마이카는 교단 앞에 우두커니 서 있었다.

"히익!"

기묘한 소리가 식장에 메아리친 순간, 마이카는 정신이 번쩍 들었다. 후욱, 히익, 하는 소리가 이어졌다. 파이프 의자에 앉은 여학생이 고통스러운 듯 입을 뻐끔거리고 있었다. 마이카의 반 학생인 가노 마미鹿野真実다. 밋밋한 얼굴은 눈물에 젖어 번들거리고 눈은 허공만 바라볼 뿐이다. 손수건을 움켜쥔 손을 가슴에 대고 몸을 뒤틀고 있다.

과호흡이구나. 그렇게 생각한 순간, 장례식장 직원과 후카가와가 마미에게 달려왔다. 그리고 마미를 양쪽에서 부축해 식장에서 데리고 나갔다.

순식간에 벌어진 일이었다. 마이카는 곧바로 움직이지 못한 자신이 부끄러워 고개를 숙였다. 손끝으로 염주를 굴렸다. 줄은 다시 앞으로 나아갔다. 술렁거리던 식장이 서서히 조용해졌다. 마미 뒤를 따라가는지, 밖으로 나가는 여학생들 모습도 보였다.

마미가 저렇게 되는 것도 당연하다면 당연하다. 마이카는 납득했다. 반 아이들도 그렇게 생각했으리라. 마미는 하무라 사라사의 열성 팬이기 때문이다.

어울리는 그룹은 달랐다. 둘이 특별히 친하지도 않았다. 그래도 쉬는 시간이 되거나 수업이 끝나면, 마미는 사라사에게 말을 걸었다. 긴장한 모습으로, 마치 지시를 바라는 듯한 저자세로.

그리고 사라사가 뭐라고 대답할 때마다 진심으로 기뻐하며 행동했다. 수업 중에도 황홀한 눈빛으로 사라사를 바라봤다. 다른 학생들과는 명백히 다르게 동경과 경의로 넘치는 시선이었다.

마미는 사라사를 숭배했다. 신자라 해도 좋다. 10대 소녀에게는 결코 드물지 않은 심리다. 게다가 상대는 사라사다. 사라사를 우러르며 떠받들고 싶어지는 마음은 절대 유별나다고 할 수 없다.

바로 앞 젊은 남자가 분향을 시작하자, 마이카는 그 조문 예절을 무심결에 확인했다. 자신이 아는 예법과 똑같다. 가루 향을 손가락으로 집어서 절하듯 얼굴 앞까지 올렸다가 향로에 떨어뜨린다. 남자는 일련의 동작을 세 번 반복했다. 마지막으로 손을 모아 한 번 절한 다음, 옆으로 물러섰다.

마이카는 천천히 앞으로 나아가 영정 사진에 대고 합장했다.

"얼굴을 봐도 되겠습니까?"

뒤쪽 대각선 방향에서 아까 그 남자의 목소리가 들렸다.

"저…… 마지막으로 잠깐이라도."

가루 향을 집으며 마이카는 관을 훑어봤다. 희고 커다란 천이 전면에 걸려 있어서 관 자체는 보이지 않았다. 관에 달린 창도 가려져 있었다.

"제발 어떻게 좀."

남자는 여전히 애원하고 있었다. 마이카는 기계적으로 가루 향을 집어 올렸다.

흐윽, 하고 오열하는 소리가 났다. 사라사의 어머니일까. 마이카는 다시 합장했다.

"그래도."

남자가 매달리는 듯한 목소리로 말한 순간이었다.

"그만 좀 해!"

분노에 찬 소리가 날아들었다. 반사적으로 뒤를 돌아보니, 사라사의 아버지가 일어나 있었다. 아버지는 마이카 직전에 분향한 젊은 남자를 핏발 선 눈으로 노려봤다.

"……그만 돌아가세요. 부탁입니다."

그는 파리해진 얼굴로 말하더니 깊이 허리를 숙였다. 깡마른 몸이 부러질 것처럼 부들부들 떨렸다.

고별식은 쓰야보다 더 화려했다. 참석 인원도 대규모였다. 나이대로 짐작하건대 아버지와 연관된 사람들이 많은 것 같았다. 학생들을 인솔해서 참석한 마이카는 적잖이 압도당했다.

사라사의 어머니는 슬퍼하기에도 지쳤는지 인형처럼 표정이 없었다. 아버지 또한 감정을 전혀 드러내지 않고 문상객들에게 기계처럼 고개만 숙였다.

가노 마미는 오열하며 장례식장에 나타났고, 식이 한창 진행되는 와중에 다시 과호흡을 일으켰다. 이번에는 마이카가 마미를 부축해 직원의 안내에 따라 휴게실로 데려갔다.

"죄송합니다."

호흡이 안정되고 얼마 지나자, 마미가 작게 말했다.

다다미가 깔린 휴게실 한구석. 타월 이불을 덮고 똑바로 누운 채로 마미는 "너무 충격을 받아서"라고 가느다란 목소리로 말을 이었다. 손에는 과호흡 응급처치 때 썼던 비닐봉지를 쥐고 있었다.

마미는 너무 울어 눈이 통통 부은 얼굴을 슥슥 닦고 나서 물었다.

"이거…… 꿈 아니죠?"

"꿈 아니야."

옆에서 긴장을 풀고 앉아 있던 마이카가 간결하게 대답했다. 그리고 페트병에 담긴 녹차를 내밀었다. 마미는 몸을 일으켜 병을 받아 들었지만, 뚜껑은 열지 않았다. 골똘히 생각에 빠진 듯한 표정으로 다다미를 바라봤다.

"선생님." 희미한 목소리로 불렀다.

"응?"

"……왜 죽었을까요? 사라 님은."

마미가 고개를 숙인 채 물었다.

"아직 몰라."

마이카는 솔직하게 대답했다. "유서는 발견되지 않았고, 선생님도 아무 얘기 못 들었어" 하고 사실을 덧붙였다. 이래저래 추측은 해보고 있지만, 여기서 할 이야기는 아니라고 판단했다.

비닐봉지를 쥔 마미의 손에 조금씩 힘이 들어가는 것이 보였다.

"선생님은 안 슬프시죠?"

마미가 떨리는 목소리로 물었다.

"사라 님이 죽거나 말거나 상관없죠?"

순식간에 눈이 촉촉해졌다. 여드름이 돋보이는 볼을 타고 눈물이 흘렀다.

이 대답이 아니구나, 하고 마이카는 속으로 이를 악물었다. 아까 한 대답은 마미가 말한 의도에 맞지 않았던 모양이다. 말실수를 한 것 같았다. 그렇게 답하지만 않았더라면, 분명…….

"선생님뿐만이 아니에요. 다들 그래요." 마미는 얼굴을 감싸더니 "아무도 안 울고. 슬퍼하는 척만 하지, 진심으로는 아무도" 하고 서럽게 울었다. 마이카는 마미의 등을 쓰다듬으려다 관뒀다. 이것도 올바른 대응인지 모르겠다. 오답일지도 모른다.

마이카는 하염없이 우는 마미를 그저 지켜볼 수밖에 없었다.

안정을 되찾은 마미와 식장으로 돌아가자, 마침 관이 나가는 중이었다. 참석자들과 함께 식장을 나섰다. 영구차가 길게 경적을 울리더니 주차장에서 국도로 빠져나갔다.

배웅하는 참석자들을 넌지시 바라보던 마이카는 깨달았다.

어른들은 거의 울고 있었다. 남학생들도 울거나, 울지 않더라도 침통한 표정이었다.

여학생들은 하나같이 무표정했다.

옆에 있던 마미가 또다시 "히익!" 하고 괴로운 호흡을 시작하자, 마이카는 부랴부랴 마미의 입에 비닐봉지를 갖다 댔다.

반의 변화를 알아챈 건 다음 날 종례 때였다.

마이카는 가을 문화제와 관련된 프린트를 나눠주고, 반에서 선보일 출품작에 대해 설명하기 시작했다. 체육관에서 발표를 하거나 아니면 교실에서 전시를 하거나 둘 중 하나를 선택해야 한다. 먹거리나 물품 판매는 금지다.

한마디로 재미가 없구나. 마이카는 마음속으로 혼잣말을

했다. 학원 드라마에 나올 법하게 열리는 떠들썩한 이벤트가 아니라서, 노점이나 동아리 활동 발표도 없다. 학예회라고 부르는 게 훨씬 와 닿는 행사다. 보호자나 관계자가 관람하는 건 환영하지만, 듣자 하니 해마다 그렇게 많이는 오지 않는다고 한다. 바꿔 말하면 이렇게 규모가 작은 행사라서 입시를 앞둔 3학년 학생들도 의무적으로 참가하게 돼 있는 것이다.

"메이드 카페 같은 것도 안 돼."

마이카는 말했다. 자기 말을 빌미로 머리가 제멋대로 상상한다. 메이드 옷을 입은 사라사가 쟁반을 들고 "어서 오세요" 하며 미소 짓는 모습을. 쟁반에는 화사한 빛깔의 초콜릿 스프링클이 토핑으로 뿌려진 호화스러운 파르페가 놓여 있다. 그런 세부적인 것까지 상상하고 만다.

"금요일 학급활동 시간에 뭐로 정할지 의논할 테니까, 다들 생각해 두렴."

교실을 둘러봤다. 학생들은 너나 할 것 없이 넋이 나간 듯 먼 산만 바라볼 뿐이었다. 책상만 바라보는 애도 있었다.

'선생님 말 듣고 있니?' 하고 물으려다, 마이카는 망설였다. 이상한 건 자신과 학교다. 같은 반 친구가 자살한 그 주에 문화제를 어찌할지 의논하라는 쪽이 더 부자연스럽다.

"……괴로운 건 알겠는데."

말을 할까 말까 주저하면서 마이카는 입을 열었다.

"솔직히 선생님도 힘든데, 2반만 안 하겠다고 할 순 없잖아."

학생들을 넌지시 둘러봤다. 아무도 마이카와 눈을 마주치려 하지 않았다.

사라사의 자리에 놓인 새하얀 백합만이 교단을 향해 있었다. 고별식 날에 마미가 꽃병째 가져와 바친 것이었다.

그렇게 멍한 분위기 속에서 종례는 끝이 났다.

교무실로 돌아와 자리에 앉자, 옆자리인 아다치가 말을 걸었다.

"2반, 달라졌어요."

"선생님도 눈치채셨어요?"

"아니, 어떻게 눈치를 못 채요." 아다치가 미간을 찌푸리며 말했다. "멍하니 넋이 나가 있다고 할까, 긴장이 풀린 것 같더라고요. 누구를 지명해도 못 들었다는 말만 연발하고. 수업 진행이 안 되던데요."

"그건 그나마 나은 편이야."

맞은편 자리의 영어 교사, 미쓰이가 일어나며 벗어진 머리를 어루만졌다.

"아까 내 수업 중에는 울더라고. 교과서 읽으라고 시켰는데 갑자기."

어이없다는 듯 말했다.

"가노였나요? 가노 마미."

마이카가 물었다.

"아니, 아니, 아니, 아니." 미쓰이는 검은 뿔테 안경 속에 있는 눈을 짐짓 크게 떴다. "나가이였어, 나가이 마사루永井勝."

"아아."

아다치가 납득한 표정을 지었다. 마이카 또한 이해가 됐다. 사라사와 사이좋게 지내던 남학생 중 하나다. 돌이켜 보면 종례 때, 나가이는 어쩐지 축 늘어져 있었다. 눈도 충혈된 것 같았다.

"아니 뭐, 그 마음 모르는 건 아닌데, 게다가 타이밍도 안 좋았고."

미쓰이는 팔짱을 끼며 말을 이었다.

"요즘 수업에서 가르치는 본문의 등장인물 중에 사라Sarah 라는 애가 있거든. 읽으라고 시킨 것도 하필 걔가 말하는 대목이어서 최악의 타이밍이었지."

낭패였지, 낭패였어, 하고 되풀이했다.

"여학생들은 어땠어요?"

마이카는 문득 신경이 쓰여 물었다. 출관할 때 여학생들 모습이 떠올랐다. 하나같이 무표정하고 아무 생각도 하지 않는 듯한 얼굴이.

"한마디로 말해서 싸늘했어. 싸한 느낌."

미쓰이는 몸을 움츠렸다. 그러더니 갑자기 "아, 그런데 말이야" 하고 또다시 동그랗게 눈을 떴다.

"수업 끝나고 노지마가 낄낄거리며 웃더라. 대놓고 나가이를 쳐다보면서."

그러고는 목소리를 낮춰 말했다.

"그러니까 주위 여자애들도 동조하는 느낌으로 쿡쿡 웃더라고."

"으음."

아다치가 신음했다. "결국 그렇게 되는 건가?" 하고 진지한 얼굴로 중얼거린다. 마이카도 무심결에 고개를 끄덕이며 동의를 나타냈다.

노지마 유나野島タ莱는 사라사 그룹의 일원이었다. 사라사와 특히 친했다고 말해도 좋다. 둘이 함께 걷는 모습을 복도에서 자주 봤다. 흔히 말하는 '넘버 투'다. 사라사 다음으로 예쁘고 눈에 띄는 여학생. 유나가 더 자기 이상형이라고 공언했던 사람이 학년 주임 후카가와였던가.

반듯한 미모를 자랑하는 사라사와는 달리, 유나 얼굴은 전체적으로 앳되다. 그리고 몸집이 작다. 정작 본인은 어려 보이는 게 싫은 모양인지, 교복 차림새나 소지품을 금방 눈에 띌 만큼 화려하게 하고 다닌다. 머리칼은 교칙에 걸리지 않는 한도로 밝게 염색했고, 눈썹도 유행을 의식해서 진하고 도톰하게 다듬었다. 콧소리가 섞인 간지럽고 달달한 그 음성은 애니메이션풍 목소리란 표현이 딱 맞아떨어지지만, 이또한 본인은 마음에 들지 않는단다.

"밥 먹자~."

유나가 사라사에게 말을 거는 모습이 눈앞에 펼쳐졌다. 언제였더라, 4교시 수업이 끝난 직후였던 것 같다. 유나는 도시락이 담긴 주머니를 들고 사라사에게 물었다.

"식당 갈래?"

"여기서 먹을래."

사라사가 쌀쌀맞게 대답하더니, 책가방에서 비닐봉지를 끄집어냈다. 유나는 순간 움찔했지만, 바로 생글거리며 사라사 옆자리에 앉아 도시락을 열었다. 부모님이 싸줬을까, 아니면 본인이 직접 쌌을까. 오곡밥과 닭고기 채소 조림, 토마토가 담긴 건강한 먹거리가 보였다.

"또 다이어트 해?" 하고 사라사가 물었다.

"응, 건강을 제대로 못 챙긴 것 같아서~."

밤중에 소셜 네트워크 게임을 하면서 피자랑 콜라를 먹는 바람에 어쩌고저쩌고, 유나가 자조하듯 설명하는 것을 사라사는 심드렁하게 들었다. 그러더니 비닐봉지에서 커다란 뭔가를 꺼냈다.

언뜻 보기에도 설탕과 버터가 잔뜩 들어간 것 같은 빵이다. 두툼한 데니시 생지에는 초콜릿이 뿌려져 있다. '휘핑크림 듬뿍' '미친 칼로리 1500'이라는, 먹으면 속이 더부룩해질 것 같은 광고 문구가 투명한 포장지 위에서 춤추고 있었다.

"너도 참 고생이다."

사라사는 포장지를 벗기더니 빵을 베어 물었다.

"으아악, 완전 살찔 것 같은데? 여드름도 엄청 나고."

유나가 미간을 찌푸리며 말했다.

"전혀."

사라사는 그 말을 간단히 부정했다. 그런 생각은 한 번도 해본 적 없다는 듯한 표정으로 휘핑크림이 잔뜩 묻은 입술을 닦았다. 유나는 "하하하, 사라는 그렇지~" 하면서 어색한 웃음을 지었다. 입가에는 경련이 일어나고 있었다. 거기까지 보고, 마이카는 조용히 교실에서 나왔다.

미모를 자랑하는 사라사가 그 뒤를 잇는 유나를 밀어냈다. 내가 더 아름답다, 태생이 아름다우니까 아름다워지려는 노력도, 아름다움을 유지하기 위한 노력도 필요 없다. 그렇게 과시해 보였다. 일부러 의도했는지는 모르겠다. '가진 자'의 무심한 행동일지도 모른다. 어쨌든 그때 사라사의 말과 행동은 그렇게 보였다.

그렇다면 사라사가 없어진 지금, 유나는 어떤 행동에 나설까. 반에서 어떻게 처신할까. 이미 유나는 움직이고 있는 듯했다.

미쓰이의 발언을 계기로 마이카는 이런저런 상상을 해봤다.

문화제 출품작의 첫 번째 후보안은 '유령의 집', 두 번째는 '기념물 제작'으로 결정됐다. 후자는 바꿔 말하면 '교실에 대규모 미술 작품을 전시한다'라는 애매한 계획이었다. 즉, 이건 첫 번째 후보안이 다른 반하고 겹쳤을 때만 검토하면 되는, 이른바 보험이었다.

의외로 수월하게 출품작이 결정된 이유는 유나가 솔선해서 의견을 냈기 때문이다. 상위 그룹 멤버답게 '우리 반 최고!'라고 당당하게 말할 수 있는 성격인 줄은 알았지만, 리더십까지 발휘하리라곤 마이카도 예상하지 못했다.

"그럼 말이야."

학급활동이 한창인 시간. 교실 한가운데 자리에서 유나가 말했다.

"토요일이나 일요일에 '즉사미궁卽死迷宮' 가지 않을래? 취재랑 조사도 할 겸."

유나가 그룹 멤버들에게 시선을 돌리자, "좋아" "무서워!" 하고 주위에 있던 남자아이들이 저마다 반응했다. 즉사미궁은 근처 놀이공원에 있는 유령의 집이다. 겨우 지난달에 열었는데 벌써 큰 화제였다.

"가바시마도 올래?"

유나가 교실 뒤편에 말을 걸었다. "가바시마, 그런 거 좋아할 것 같은데."

맨 뒷줄에서 거대한 몸체가 기우뚱했다. 가바시마 노조미椛島希美가 땀이 밴 불룩한 얼굴을 유나에게 돌리더니 굵은 목소리로 말했다.

"아니, 난 힘들 것 같아."

"왜? 무서워서?"

유나가 반쯤 웃으며 물었다. 노조미는 고개를 절레절레 내저었다.

"솔직히 말하면, 좁아서 못 들어가."

몹시 정색하며 말했다. 몸짓으로 자신의 거구를 가리켰다.

교실이 은근한 웃음에 둘러싸였다. 폭소를 터트리는 건 삼가야 하지만, 자학 섞인 농담이 가능한 노조미의 경우에는 어느 정도 허용된다. 그런 계산을 거쳐 출력된 적절한 웃음이었다.

마이카는 입장상 '맙소사' 하는 표정을 지으며 학생들 모습을 관찰했다.

가노 마미는 입을 가리며 웃는다. 나가이 마사루는 이를 보이며 웃음을 터뜨린다.

이제껏 나와는 상관없다는 듯한 태도였던 중위와 하위 학생들도 조심스레 웃음을 흘린다. 긴 머리칼로 얼굴을 거의 가린 우사미 네네宇佐美寧々도, 여드름이 나서 얼굴이 새빨간 구라하시 노조미倉橋のぞみ도, 커다란 몸을 웅크린 가와사키 오사무川崎修도, 건드리면 부러져버릴 것 같은 오가타 도모히사緒方朋久도, 커다란 마스크를 한 구조 게이九条桂도.

불안정했던 반이 이제야 하나로 뭉쳐졌다. 유나의 주도와 노조미의 발언으로. 새로이 정점에 서려는 여학생과 어디에도 속하지 않은 피에로 같은 여학생 덕분에.

2반이 '사라사가 없다'라는 사실을 전제로 달라지고 있다. 마이카는 그렇게 느끼며 교실이 조용해지길 기다렸다.

그다음 주 마이카가 시든 백합을 치운 것과 비슷한 시기에 상위 그룹은 유나를 중심으로 모이게 됐다. 다른 학생들도 어딘가 자유롭고 편안한 모습이었다.

수업 태도 또한 원래대로 돌아왔다. 아니, 더 좋아졌다.

"이상한 비유긴 한데."

점심시간. 교무실에서 미쓰이가 안경을 밀어 올리며 말했다.

"하무라 왕조가 끝난 거잖아. 여왕님이 됐든, 공주님이 됐든 간에 하무라의 통치가."

"그렇죠."

아다치가 수긍했다. 그날 이후로 두 사람은 틈만 나면 이 화제로 열을 올렸다. 마이카는 대화에 끼지 않고 있었다.

"새로운 체제는 노지마인가. 뭐, 타당한 선이지."

미쓰이가 의기양양한 표정으로 고개를 끄덕이더니 말했다.

"맞다, 아라키 가오리荒木香織랑 오하라 사쓰키小原五月가 노지마를 엄청 쫓아다니던데? 수업 끝나자마자 찰싹 들러붙어서는."

"그렇더군요." 아다치가 다시 고개를 끄덕였다. "하무라한테서 갈아탔다는 뜻이겠죠?"

"그야 그렇지. 둘 다 전형적인 똘마니니까. 안 그래요, 고타니 선생님?"

"네, 뭐."

최소한의 말로 대답했다. 깡말라서 광대뼈가 도드라지는 가오리와 '호빵맨'이란 별명으로도 자주 불리는 사쓰키. 둘 다 사라사에게 아니, 반 최고위에게 꼬리를 흔들곤 했다. 사라사가 죽은 후, 유나로 추종 대상을 바꾼 건 당연하다면 당연했다. 마이카는 자신의 학창 시절을 떠올렸다. 똘마니, 개, 호랑이의 위세를 업은 여우, 추종자, 스네오,* 금붕어 똥. 그렇게 불릴 만한 행동거지를 하는 인간은 학창시절 어디에나 있었다. 여자뿐 아니라 남자 중에도.

"……잔인하네요."

아다치가 나직이 말했다. "태세 전환이 빠르달까. 고별식 때도 어쩐지 싸늘했고요. 남자아이들은 모두 충격을 받은 것 같았지만."

"남잔 섬세하거든."

미쓰이가 정색하며 잘라 말했다. "여자는 서슴없이 다음으로 나아가잖아. 남자랑 헤어졌을 때도, 친구가 죽었을 때도."

어쩐지 기분 좋은 듯, 자랑스러운 듯한 태도였다.

"여자는 진짜 무섭다니까. 여고생들도 마찬가지고."

---

* 일본 만화 『도라에몽』의 등장인물로, 악당 자이언의 힘을 빌려 주인공 노비타를 괴롭힌다.

미쓰이는 그렇게 끝을 맺었다. 마이카는 한숨을 눌러 참고 책상에 똑바로 앉아 수업 준비를 했다. 5교시는 마침 그 '새로운 체제'가 들어선 2반이었다.

수업 종이 울리자마자 교실에 들어갔다. 학생들은 꾸물거리며 자리로 돌아가고 반장인 야마기시山岸의 호령에 맞춰 마이카에게 인사를 했다. 지난주의 불안정했던 분위기는 전혀 느껴지지 않았다. 미쓰이의 말투는 마음에 들지 않았지만, 마이카는 동의할 수밖에 없었다. 3학년 2반은 '서슴없이 다음으로 나아가고' 있다. 여자아이를 중심으로. 노지마 유나를 새로운 정점으로 해서.

가바시마 노조미가 옆자리 남학생에게 우스꽝스러운 표정을 지어 보였다. 남학생은 숨이 넘어갈 듯 요란스레 웃더니 서둘러 입을 다물었다. 가노 마미는 낙서라도 했는지, 지우개로 쓱싹쓱싹 노트 위를 지웠다.

당사자인 노지마 유나는 대각선 뒤쪽에 앉아 있는, 같은 그룹의 나가스기 치아키中杉千亜紀와 수다를 떨고 있다. 자세나 목소리 크기에서 이제껏 없던 관록이 묻어났다.

"미안, 그것 좀 줄래?" 나가스기 치아키가 유나의 책상을 가리키자, 유나는 여유롭게 책상 위에 있던 스마트폰을 집어서 건넸다.

"치아키, 케이스 바꿨네? 귀엽다."

"응, 고마워."

마이카는 묵묵히 기다렸지만 둘은 대화를 끝낼 기미가 보이지 않았다. 슬슬 주의를 줄까 생각하는데, 치아키가 마이카의 시선을 눈치챘다. 그리고 받아 든 스마트폰을 재빨리 책상 서랍에 집어넣었다. 휴대전화를 비롯한 정보 기기 종류는 교칙으로 반입 금지이기 때문이다.

유나는 동요하는 기색도 없이 태연하게 마이카를 올려다봤다.

"오늘부터「기소의 최후木曾の最後」 부분을 공부해 볼 거야."

마이카는 교과서를 펼치고 수업을 시작했다.『헤이케 이야기平家物語*』의 서두는 이미 끝냈다. 개론도 설명했다. 기소 요시나카가 헤이케를 상대로 호쾌한 진격을 펼쳐 교토로 당당히 개선하는 대목을 간단히 설명하고 학생들에게 질문하면서, 그가 요리토모의 군대에 추격당하는 데까지 가르쳤다.

"그럼 처음부터 읽어볼까? 가바시마."

가바시마 노조미는 "네엡" 하고 굵은 목소리로 대답하더니 "기소사마노카미⋯⋯" 하고 읽기 시작했다.

수업은 순조롭게 이어졌다. 아침부터 내리던 비는 어느새 그쳤다. 구름 사이로 태양이 얼굴을 내밀자, 창가에 앉은 학생이 커튼을 닫았다.

"여기, 지문은 쉬운데 갑옷이나 무기 이름이 어려워. 지난번에 나눠준 프린트 꺼내봐."

종이가 부스럭거리는 소리. 헛기침. 벌써 졸려 보이는 학생

* 13세기 일본의 군담 소설.

도 있었지만, 대체로 모두 성실하게 수업을 듣고 있다.

"자, 그럼 다음 문장은……."

마이카는 이끌리듯 유나를 지명했다. 유나는 "네~" 하고 아이 같은 목소리로 대답하더니, 천천히 다음 문장을 읽어나갔다.

"옛날에는 들어봤으리라, 기소노간자를."

"거긴 '가자'라고 읽어야지."

유나는 "윽" 하고 일부러 꾸며낸 듯한 소리를 냈다.

"……가자를 지금 보고 있으니."

그리고 다시 낭독을 계속했다. 마이카는 책상과 책상 사이를 걸으며 교실 상태를 살폈다. 노트에 필기하는 학생, 다가가자 서둘러 교과서로 시선을 돌리는 학생. 턱을 괸 학생은 조는 걸까. 그렇게 생각한 순간, 그 학생이 지우개를 쥐었다.

"가이의 이치조지로라 들었다……."

가바시마는 자리가 비좁은지 몸을 웅크리고 교과서를 보고 있다. 나가이는 하품을 꾹 참는 모습이다. 구라하시는 노트와 교과서에 착 달라붙을 정도로 얼굴을 가까이 대고 있었다.

"서로 간, 에좋, 은적, 수다……."

"'서로 간에' '좋은' '적수다'."

"……서로 간에 좋은 적수다."

교실 맨 뒤에 도착하자 마이카는 책상 줄을 돌아서 앞으로 향했다.

"요시나카를 쳐서 효에노스케에게 보이도록, 하라."

조금 틈을 두고 나서 유나는 다시 낭독을 시작했다.

"……하고 함성을 지르며 진격했다."

마이카는 별생각 없이 유나에게로 시선을 돌렸다.

그때 눈에 비치는 광경이 어떤 의미인지 알 수 없어 당황하며 그곳에 초점을 맞췄다.

유나의 얼굴이 새빨갛게 부어올라 있었다.

두 뺨과 이마에 자잘한 종기가 여러 개 돋아 있다. 쳐다보는 동안에도 돌기 끝이 허옇게 탁해졌다.

마이카는 곧 그게 여드름임을 알아챘다.

유나 얼굴에 여드름이 돋아나고 있었다. 지금 바로 이 순간에. 차례차례, 수없이 많이.

"이치조지로, 방금 이름을 밝힌 자는 대장군이다."

당사자인 유나는 전혀 아무렇지 않은 듯 교과서를 읽을 뿐이었다. 마이카는 걸음을 멈췄다. 점점 변해가는 유나의 얼굴에서 눈을 뗄 수가 없었다.

"모두 한 놈도 남기지 마라."

앳된 얼굴이 빽빽한 여드름으로 가득 메워져 있었다. 수많은 구더기가 들끓는 것 같기도, 얼굴 전체가 녹아서 끓어오르는 것 같기도 했다. 코끝이 빨갛게 볼록 부풀어 오르더니 금세 하얘졌다. 팽창해서 얇아진 피부 안쪽에서 고름이 요동쳤다.

"전부 잡아 죽여라, 젊은이들이여. 쳐라."

거기까지 읽은 순간, 코에서 유난히 큰 여드름이 툭 터졌다.

책상에 놓인 교과서 위로 고름과 피, 그리고 투명한 진물이 튀었다.

터진 여드름에서 소리도 없이 두 방울, 세 방울 새로운 피가 떨어졌다.

"……어?"

유나가 교과서를 멍하니 바라봤다.

"어? 뭐지?"

그러다가 코에 손가락을 갖다 댔다. 손끝을 보더니 눈이 커다래진다. 옆자리 남학생이 고개를 들자마자 숨을 삼키더니, 덜커덩하고 요란스럽게 의자를 뒤로 빼며 물러났다.

"뭐야, 왜 그래?"

유나는 당황스러운 웃음을 지으며 옆자리 남학생, 그리고 주위로 얼굴을 돌렸다. 주변에 있던 모든 사람이 어안이 벙벙한 표정으로 유나를 응시했다.

"노지마……."

마이카는 겨우 이름을 불렀다. 유나는 피고름에 젖은 손을 어중간하게 든 채로 마이카를 올려다봤다.

수많은 여드름 아니, 종기가 볼록하게 일제히 부풀어 올랐다. 얼굴이 더 이상 얼굴로 보이지 않게 된 순간이었다.

"으악!" 하고 소리를 지르며 유나가 두 손으로 얼굴을 가렸다.

손가락 사이로 빨갛고 하얀 액체가 질척하게 흘러나왔다.

으앗, 하는 남학생들의 비명이 들렸다. 주위 학생들이 한꺼번에 일어나 의자를 덜컹거리며 뒷걸음질했다.

"노지마!"

마이카가 달려가 유나의 어깨에 손을 얹었다. 그러나 유나는 그 손을 바로 뿌리쳤다.

유나는 얼굴을 반만 가리고 일어섰다. 보이는 절반은 피범벅이었다. 찢긴 피부가 축 늘어져 체액으로 미끈미끈 빛났다. 피고름이 뺨에서 목을 타고 흘러, 블라우스 옷깃을 새빨갛게 물들였다.

"으윽, 윽."

유나는 신음을 내뱉으며 반 아이들을 노려봤다. 악물고 있던 이도 피로 더럽혀져 있었다. 숨죽이는 소리와 억누른 비명이 교실 여기저기서 들렸다.

"설마……."

유나가 중얼거렸다.

"그럼 사, 사라도, 유어 프렌드의……."

망연히 교실을 둘러봤다. 바로 옆에 있는 마이카가 전혀 보이지 않는 것처럼.

뺨에서는 새로운 피와 체액이 흘러나왔다.

"세상에⋯⋯ 그게 진짜였다고?"

유나가 작은 목소리로 말했다. 눈은 멍하니 허공을 바라
보고 있었다. 웃는 듯도, 우는 듯도, 놀란 듯도 했다. 마이카
는 마음을 굳게 먹고 유나를 불렀다.

"노지마, 보건실로 가자."

다시 가까이 다가가려는 그때였다.

찰칵.

익히 들던 소리가 교실에 울려 퍼졌다. 셔터 소리였다. 그
것이 뜻하는 바를 깨달은 순간, 마이카의 온몸에 한기가 흘
렀다.

유나의 눈이 분노에 차서 번득 빛났다.

"누구야?"

이제껏 들어본 적 없는 낮은 목소리로 반 아이들에게 물었
다. 아이들은 하나같이 서로를 쳐다보며 작게 고개를 저었지
만, 아무도 입을 열지 않았다.

"누구냐고."

유나의 입술이 부들부들 떨렸다. 얼굴을 가린 손과 손목
을 타고 피고름이 여러 가닥 흘러내린다. 호흡도 잔뜩 흐트
러져 있다.

"누가 찍었어? 이것도, 사라도 다 네가 한 짓이지? 주술 걸
었잖아. 대체 누구야? 말해!"

모두에게 물었다. 책상에 부딪쳐 비틀거리며 "젠장!" 하고

크게 욕설을 내뱉었다. 호흡이 더욱 거칠어지며 어깨가 심하게 들썩거렸다.

"노지마, 진정……."

"누굴 바보로 알아!"

목이 갈기갈기 찢어질 듯 소리치더니 유나는 마이카를 밀쳐냈다. 의자에 발이 걸린 마이카는 허망하게 바닥에 넘어졌다. 엉덩방아를 심하게 찧어서 무의식중에 신음까지 새어 나왔다.

"너야?"

유나가 화를 내며 근처에 있던 하얀 마스크를 한 여학생, 구조 게이에게 덤벼들었다. 게이는 "이러지 마!" 하고 소리치며 재빨리 뒤로 물러났다. 공포 때문에 눈이 커다래졌다.

"젠장, 젠장, 젠장……."

유나는 같은 말을 되풀이했다. 입가에선 빨간 거품이 일었다.

피에 젖은 얼굴이 일그러졌다. "흐아악!" 하고 소리치며 머리를 움켜쥐더니 머리칼을 마구 헝클어뜨렸다.

유나 주위로 피가 튀었다. 바닥, 책상, 노트 할 것 없이 모두가 빨갛고 하얗고 투명한 액체에 젖어 번들거렸다. 여학생이나 남학생이나 모두 비명을 지르며 유나에게서 더 멀어졌다.

"으아아악!"

유나는 쥐어짜내듯 소리를 지르더니 교실을 뛰쳐나갔다. 쾅, 하고 걷어차듯 문을 열고 사납게 밖으로 뛰쳐나갔다. 울음이라고도, 신음이라고도 할 수 없는 목소리가 복도에서 여러 번 울리더니 점차 멀어지다가 끊겼다.

교실은 정적에 휩싸였다. 학생 대부분이 벽이나 창에 달라붙기라도 할 것처럼 흩어져 있었다. 눈과 얼굴이 새빨개져서 우는 여학생. 안색이 창백해진 남학생. 구역질을 참는 건지 입 언저리를 틀어막은 남학생도 보인다. 나가스기 치아키는 넘어진 책상 옆에 우두커니 서서 넋을 놓은 얼굴이었다. 그 창백한 뺨과 흰 블라우스에 유나의 피고름이 여기저기 튀어 있었다.

"괜찮아? 옷 갈아입는 게 낫지 않을까?"

가바시마 노조미가 머뭇거리며 말을 걸었으나 치아키는 "응……?" 하고 대답했을 뿐, 아무 반응도 보이지 않았다. 너무 충격을 받아서 감정이 어딘가로 가버린 모양이었다. 마이카는 하반신의 통증을 참으며 천천히 일어났다.

한낮인데도 어느새 어둑해져 있었다.

커튼 너머로 쏴아아아, 하는 빗소리가 들렸다.

노지마 유나가 보호조치 된 건 그날 밤 9시였다. 비에 흠뻑 젖어 국도변을 걷는 유나를 보고, 지나가던 사람이 경찰에 신고했다고 한다. 그때까지 어디에 있었는지는 알 수 없었다. 부모나 의사, 간호사의 질문에 아무런 반응도 보이지 않는다고 한다. 마이카는 교무실에서 유나 부모의 연락을 받고 바로 병원으로 향했다.

1인실 침대에 누운 유나 바로 옆에는 부모가 어두운 표정으로 서로 몸을 의지하고 있었다.

유나의 얼굴은 눈과 입만 빼고 붕대로 싸인 채였다. 눈은 멍하니 허공을 바라보고 입술은 덜덜 떨고 있다. 눈 주위와 입 가장자리가 새빨갛게 짓물러 투명한 액체로 젖은 상태였다.

"……젠장……."

쉰 목소리로 유나가 중얼거렸다. 젠장, 젠장, 하고 계속 되풀이했다.

유나의 어머니가 손수건을 얼굴에 대고 오열했다. 그 어깨를 아버지가 감싸 안았다.

마이카는 그 모습을 그저 바라봤다. 아무 생각도 할 수 없었다.

머리에 떠오르는 건 유나의 말뿐이었다.

"설마, 사라도, 유어 프렌드의……."

그게 뭘까.

제2화

지금부터 천 년쯤 전에 있었던 일이다. 이 근방에 마맛자국이 수두 룩한 무척 못생긴 여자가 있었다. 여자는 젊은 남자를 사랑했지만 버림받았다. 그래서 자신의 추함을 몹시 비관해 다음 생에는 아름 다운 여자로 다시 태어나겠다는 말을 남기고 이 해안에서 몸을 던 져 죽었다.

—오카모토 기도, 「오색게」 중에서

젠장, 젠장, 하고 같은 말을 반복하며 우리를 쏘아보던 노 지마 유나의 피투성이 얼굴이 생각났다. 걔가 교실을 뛰어나 간 후의 일도. "갑자기 얼굴에 종기가 수두룩하게 생기더니 한 꺼번에 터졌대." 걔 근처에 앉아 있던 남학생들이 그렇게 속닥 거렸다. 그 순간을 직접 보지 못한 게 한이다.

회상을 멈추고 크게 숨을 내뱉었다. 어두운 방. 몸을 뒤척 여 타월 이불을 품에 안고 벽에 등을 바짝 댔다.

믿지 않을 수 없었다. 아마 틀림없겠지. 나는 히메의 주술을 부릴 수 있다. 히메의 원한을 이어받았다. 유어 프렌드를 자유자재로 구사하고 있다.

전부 소원대로 이뤄진다고는 말하기 힘들다. 소원이 이루어지는 데 시간 차도 있다. 원래 그런 제약이 있다지만, 가장 이루고 싶은 단 하나의 소원은 절대 들어주지 않는다.

히메의 사건 전말을 생각하면 이치에 맞는다. 그런 일을 겪었기 때문에 이런 저주를 만든 것이다. 책에 기술된 내용도 실로 주도면밀했다.

논리적으로는 옳다. 하지만 감정적으로는 납득이 안 된다. 이 저주는, 이 주술은 얄궂다. 히메는 자신에게 의지하는 인간을 결코 구원하지 않는다. 집에서 여러 번 시도했지만 전부 실패로 끝나고, 진저리가 날 정도로 그 사실을 절실히 깨달았다.

노지마 유나는 살아 있는 모양이었다.

고타니가 지난밤에 보호조치 됐다고 오늘 종례 때 말했다. 생명에는 지장이 없다고 한다. 그 이상은 설명하지 않았다.

쌤통이라고 생각했다. 그 귀여운 얼굴이 망가지다니 가엾어라, 하고 마음속으로 비웃었다. 하지만 그 이상으로 그 애가 살아 있어서 마음이 놓였다. 사사건건 나를 놀리고 비공식 사이트에서 놀림거리로 삼았던 주범이라도, 죽어버렸으면 좋겠다고 여태껏 몇 번이나 기도했어도, 진짜 죽으면 곤란하다. 내가 받을 충격이 너무 클 테니 말이다.

죽은 사람은 하나로 족하다. 아니, 하나도 너무 많을 정도다.

하무라 사라사가 자살했단 사실을 알았을 때, 나는 스스로도 깜짝 놀랄 만큼 동요했다. 쓰야와 고별식에 가는 것만으로도 다리가 덜덜 떨렸다. 경찰에 체포당하진 않을까, 하고 터무니없는 망상까지 했다.

내가 죽인 거나 다름없다는 죄책감이 들었다.

그렇게 미운 인간이라도, 자기가 얼마나 축복받는지 모르는 어리석은 인간이라도.

그래서 정도는 조정해야 한다. 자유롭게 할 순 없어도 통제하려는 노력은 하는 게 좋겠다. 그리고 모두 뼈저리게 느끼도록 해줘야지. 노지마 덕분에 돌가리기*는 완벽했다. 하지만 한수가 더 필요하다. 어떤 식으로 할까. 어떤 소원을 빌까.

어떤 저주를 하면 좋을까.

머리맡에 있던 스마트폰을 든 채 타월 이불을 머리까지 뒤집어썼다. 그리고 SNS에 접속했다. 생각나는 아이디어를 줄줄이 적고, 적는 동안 끓어오른 생각도 덧붙였다.

줄곧 느껴본 적 없던 감정이 오랜만에 가슴에 퍼졌다. 웃음이 번지는 걸 억누를 수가 없었다. 나는 깨달았다. 실감했다.

이 감정은 '즐거움'이다.

나는 즐겁다. 지금 나는 무척 즐겁다.

* 맞바둑에서 누가 흑 또는 백을 잡을지 정하는 것.

　마이카는 젤리 음료로 아침을 때우고, 욕실에서 세수를 했다. 거울 옆 선반에서 병 하나를 꺼내 내용물을 화장 솜에 적시고, 얼굴 전체를 가볍게 닦아 피지를 제거했다. 그게 끝나자 토너를 집어 얼굴에 발랐다. 뺨을 톡톡 두드리는 소리가 욕실에 울려 퍼졌다.

　이어서 세럼. 그다음은 로션. 다 바르고 나면 다이닝 테이블로 이동해 스테인리스 프레임이 달린 사각 거울을 열고, 파우치에서 화장품과 화장 도구를 꺼내 늘어놓는다.

　우선 기초화장. 다음은 컨실러. 그다음은 자외선 차단제가 함유된 리퀴드 파운데이션과 페이스 파우더. 눈썹을 그리고 머리를 묶자, 거울 속에 '업무용 얼굴'이 완성돼 있었다. 포인트 메이크업을 하지 않아, 한 듯 안 한 듯하게 화장한 얼굴이다.

　화장 도구를 다시 집어넣었을 때, 마이카는 이미 지칠 대로 지쳐 있었다.

　"대체 누구야? 말해!"

　머리에 떠오른 건 유나의 피투성이 얼굴과 목소리였다. 정확한 뜻은 파악하지 못하더라도 생각과 감정은 읽을 수 있다. 있는 그대로 해석한다면, 잘못 듣지 않았다면 유나는 분명 그날 일을 인위적인 것으로 인식하고 있었다. 의심하는 기미조차 없었다.

말도 안 된다고 무시해 버릴 수 없었다. 그렇게 따지자면 사람 얼굴이 그런 식으로 부어올라 요동치고, 터져서 피를 흘리는 것 자체가 애초에 말이 안 된다.

유나가 교실에서 그렇게 된 지 일주일이 지났다.

"선생님은 왜 학교에서 화장 안 하세요?"

사라사의 웃는 얼굴이 뇌리를 스쳤다. 이어서 쓰야의 풍경. 영정 사진. 관에 달린 열리지 않는 창. 고별식. 영구차를 배웅하던 유령 같은 표정의 여학생들.

교실에서 가장 예뻤던 여학생이 자살하고, 두 번째로 예뻤던 여학생이 얼굴에 기묘한 상처를 입었다. 자신이 담임을 맡은 반에서 잇따라 이상한 일이 벌어지고 있다.

옷을 갈아입고 집을 나선 다음, 전철과 버스를 타고 학교로 향했다. 사람들의 흐름도, 공기도 지금까지와 다름이 없다. 근처 버스 정류장에 내려 학교까지 가는 길에 보게 되는 인근 주민이나 학생들 얼굴, 태도 또한 평소와 똑같았다.

교직원 전용 현관에 들어서니 후카가와가 신발을 갈아 신고 있었다. 인사를 나눈다.

"학생들 상태는 어때?"

"어제 다섯 명이나 결석했어요. 남학생 셋, 여학생 둘이요. 다들 감기에 걸리거나 몸이 아픈 것 같진 않은데……."

"아마 외상 후 스트레스 장애겠지."

마이카는 애매하게 고개를 끄덕였다. 다섯 중 넷은 부모에게서 전화가 왔는데, 다들 비슷한 말을 했던 기억이 난다. 마이카 자신도 그날 이후로 기분이 계속 가라앉아 있었다. 교사가 아니라 학생이었다면 틀림없이 학교를 쉬었으리라.

"근데 이번에는 학교가 이러쿵저러쿵 뭐라 할 것 같진 않으니까, 고타니 선생님도 너무 걱정할 필요 없어."

후카가와가 떨떠름한 표정으로 말했다. 나를 격려하는 걸까, 감싸는 걸까. 어느 쪽이든 보신에 급급한 관리직이 할 법한 말이었다. 적당히 맞장구를 치며 마이카는 교무실로 향했다.

교무회의에서 교감에게 질문을 받고, 유나의 병세가 어떤지 설명했다.

의사가 내린 진단은 유나 어머니에게 전화로 전해 들었는데, '급성심상성좌창急性尋常性痤瘡'이라는 실속 없는 병명이었다. '갑자기 여드름이 났다'라는 증상을 좀 어렵게 바꿔 말했을 뿐이라는 건 실제로 목격한 마이카에겐 자명한 일이었다. 한마디로 의사도 잘 모르는 것이다. 원인도 밝혀내지 못했으리라.

어머니가 이성적이어서 그나마 다행이었다. 격노해서 교사에게 달려들거나 학교를 규탄하는, 그런 행동에 나서도 이상하지 않았다. 어머니와 이야기하고 있는데 멀리서 "대체 이 학교는 안전관리를 어떻게 하는 거야!" 하고 노기 어린 목소리가 들렸다. 분명 유나 아버지이리라. 병실에서 얼굴을 본 적이 있는데 신경질적인 인상이었다.

회의가 끝나자마자 마이카는 교실에서 빠져나왔다. 1교시 수업은 2반이었다. 어떻게 시작해야 할까. 학생들 상태에 따라 달라지겠지만, 두세 마디 위로의 말을 건네는 편이 좋겠지. 아니야, 교사가 다 이해한다는 듯이 굴면 불쾌하려나. 예전 학교에서나 지금 학교에서나 너무 가깝지도 멀지도 않게 학생들을 대해 왔는데, 이렇게 뜻밖이면서 지극히 특이한 사태에 대처하는 방법은 머릿속에서 바로 도출이 안 된다.

생각에 잠겨 계단을 올라가는데, 등 뒤에서 누군가가 부르는 소리가 났다. 아다치가 잰걸음으로 달려와 마이카 옆에 서더니 "걱정이네요" 하고 말했다.

"그러게요."

"뭐랄까, 충격이에요. 하무라에 노지마까지 연달아 기묘한 일이 벌어져서."

아다치는 괴로운 표정으로 가슴을 진정시켰다. 너무도 식상한 몸짓이었으나 꾸며낸 행동은 아닌 듯했다. 마이카는 부임한 지 고작 수개월째지만, 동갑인 이 남자 교사가 착하고 순수하다는 건 알고 있었다.

"그렇게 발랄하고 반짝일 만큼 미래에 희망을 갖고 있던 두 아이가……."

슬픈 듯 중얼거리는 아다치를 곁눈질하는데, 계단 위에서 웅성웅성 떠드는 소리가 들렸다.

복도로 나가보니, 떼 지어 있는 아이들이 보였다. 2반 교실 출입문과 창 앞에 다른 반 학생들이 무리 지어 있었다. 열 몇 명, 아니, 더 많을까. "세상에" "진짜야?" 하고 저마다 떠들어댔다. 심각한 것 같긴 했지만, 동시에 어딘가 즐거워 보였다. 실제로 몇몇 학생은 웃음을 짓기도 했다.

"왜 그래?"

아다치가 복도를 박차고 뛰쳐나갔다. 바로 앞, 문 쪽에 있던 학생들이 놀란 표정으로 길을 열어줬다. 마이카는 교실로 뛰어 들어가는 아다치의 뒤를 따랐다.

2반 학생들이 한꺼번에 아다치와 마이카를 쳐다봤다.

"무슨 일이야?"

아다치가 묻자, 가까이 있던 남학생이 "저거 때문에요" 하면서 칠판을 가리켰다.

아름답다

칠판 중앙 왼쪽 상단에 가로로 엷게 적혀 있었다.

추하다

중앙 오른쪽 상단에는 이렇게 적혀 있었다.

둘 다 파란색 분필로 썼는데, 필적을 감추려 했는지 글씨에 부자연스러운 모가 나 있었다. 어쩌면 평소에 잘 쓰지 않는 쪽의 손으로 썼을지도 모른다. 실제로 누구 글씨인지 마이카는 알아채지 못했다. '아름답다' 밑에는 빨간색 자석으로 사진 두 장이 세로로 고정돼 있었다. '추하다' 밑에도 똑같이 두 장.

천천히 책상 사이를 걸어가던 아다치가 "이건……" 하고 마치 연극 같은 말투로 말했다.

'아름답다' 밑에 있는 두 장 중 위쪽은 사라사, 아래쪽은 유나의 얼굴 사진이었다. 둘 다 교복을 입고 있다. 전자는 흔히 말하는 셀카로, 사라사가 완성된 미소와 흔들림 없는 시선으로 앞쪽을 보는 모습이었다. 후자는 스냅 사진을 확대했는지 화소가 성글었는데, 유나가 맞은편 오른쪽에 있는 누군가에게 유쾌한 듯 이를 보이며 웃고 있었다. 등 뒤로 보이는 진녹색은 칠판이리라.

'추하다' 밑에 있는 두 장도 얼굴 사진인데, 모르는 사람이었다.

위쪽 사진은 주름이 자글자글한 노파였다. 이마에는 무수한 주름, 뺨에는 빼곡한 검버섯. 처진 눈꺼풀에 눈동자가 가려져 있었다. 목 부분도 뼈와 거죽만 남은 듯 여위어 축 늘어져 있다. 반쯤 벌어진 입술 사이로 메마른 잇몸과 빠지기 시작한 이가 보였다. 머리칼은 여기저기 빠져서 하얀 두피가 드러나 있었다.

그 밑에 있는 한 장은 기괴한 사진이었다. 빨간 잉크인지 뭔지를 한 손으로 얼굴에 덕지덕지 바른 채, 멍하게 선 소녀의 모습이 찍혀 있다. 교복에도 빨간 얼룩이 묻어 있었다. 이 사진도 등 뒤로 칠판이 보였다.

어디선가 본 적 있다고 생각한 순간, 비로소 깨달았다.

이건 유나다.

바로 엊그제, 그 일이 한창 벌어질 때 찍힌 사진이다.

그때 들렸던 셔터 소리. 반 아이들 중 누군가가 사진을 찍은 것이다.

그렇다면 위쪽 노파 사진은…….

마이카는 어느새 교단 옆에 서 있었다. 찬찬히 네 장의 사진을 들여다봤다. 뒤에서 아다치가 "말도 안 돼" 하며 과장되게 신음했다.

얼마 안 남은 노파의 머리카락은 부자연스럽게 붕 떠 있는 듯 보였다. 바람에 나부낄 때와는 그 모양새가 달랐다. 사진을 뚫어지게 보다가, 배경에 있는 연갈색 벽이 늘 보던 타일임을 알아챘다. 이건 벽이 아니라 바닥이다. 그것도 교실 바닥. 즉, 노파는 반듯이 눕혀져 있다. 머리칼이 바닥에 펼쳐져 있는 것이다. 오른쪽 상단의 가늘고 긴 그림자는 아마도 의자나 책상다리이리라.

이 사진은…….

아래쪽에는 손이 찍혀 있었다. 각도로 보건대 틀림없이 피사체의, 그러니까 노파의 손이었다. 하지만 그 손등은 검버섯이나 주름 하나 없이 새하얬고, 손톱도 잘 정리돼 있어 윤기가 흘렀다. 섬섬옥수라는 진부한 표현이 너무나도 잘 맞아떨어져서 얼굴과의 갭이 더 크게 보였다. 얼굴만 늙어 있었다.

그때 목에 걸린 초커 목걸이가 눈에 들어왔다.

낯익은 디자인이었다. 그 아이가 항상 차고 다니던 바로 그 목걸이.

그러니까 이 사진은…….

이 노파는 아니, 노파 같은 얼굴을 한 여자는…….

하무라 사라사다.

이런 얼굴로 변했기 때문에 그 아이는 목숨을 끊은 것이다.

그렇게 인과관계를 도출하자, 절로 이해가 갈 만큼 증거가 일치했다. 그 정도로 사진 속 얼굴은 늙어빠져 추하고 괴이했다.

불쾌한 땀이 등줄기를 타고 흘렀다.

"……이게 뭐야? 어떻게 된 거야?"

마이카가 뒤돌아서서 학생들에게 캐물었지만 아무도 대답하지 않았다. 여학생들은 하나같이 눈을 내리깔고 뻣뻣하게 몸이 굳어 있었다. 남학생 절반도 마찬가지였지만, 나머지는 서로를 쳐다보며 눈짓으로 뭐라고 이야기를 주고받았다. 복도에 있던 학생들은 각자 교실로 돌아갔는지 사라지고 없었다.

"아다치 선생님, 이게 뭘까요?"

마이카의 질문에 아다치는 고개를 가로저어 보였다. 그런데 곧바로 뭔가 짚이는 데가 있는지, 의미심장하게 눈을 크게 떴다.

"아냐, 그럴 리가 없어……. 근데, 잠깐만, 그럼 저건……."

턱에 손을 갖다 대고 뭐라고 중얼거렸다. 왜 그러냐고 묻길 바라는 듯한 몸짓에 마이카는 조바심을 내며 물었다.

"왜 그러시는 건데요?"

"아니요, 아무것도 아닙니다. 제 생각이 지나쳤어요."

어렴풋이 짐작했던 대로 반응하자, 마이카는 허탈감에 빠졌다.

"너희들, 이거 누가 그랬어?"

아다치가 물었으나 이번에도 대답이 없었다. 당연한 일이다. 이건 명백히 악의를 품고 한 짓이다. 어떤 의도인지는 몰라도 사라사와 유나, 그리고 반 학생들을 공격하려는 게 분명하다.

"맨 처음 이걸 발견한 사람은 누구야? 아침에 제일 먼저 교실에 도착한 사람."

질문을 또 던진다. 물론 아무도 반응하지 않았다. 이 자리에서 의심받고 추궁당해, 죄인이 될 만한 짓을 할 리가 없다.

"난감하네."

어찌할 바를 모르겠다는 듯 아다치가 칠판 쪽을 쳐다보더니, 갑자기 눈을 휘둥그렇게 떴다. 시선은 네 장의 사진 밑으로 쏠려 있었다.

칠판에 조그맣게, 역시 파란색 분필로, 같은 필적으로 또다른 글귀가 적혀 있었던 것이다.

당신의 친구

유나의 수수께끼 같은 말이 떠올랐다.

뜻은 모른다. 단편뿐이다. 그러나 같은 퍼즐의 조각이란 건 안다. 맞추는 방법은 모를지라도 관계가 없을 순 없다. 당신의 친구, 유어 프렌드, 아름답다, 추하다.

그리고 마이카와는 달리, 학생들은 퍼즐의 의미를 이해하고 있다. 더불어 아다치도.

앞문이 드르륵, 하고 열렸다. 교실에 있는 모두가 그쪽을 주목했다.

나가스기 치아키였다. 지각 사유서를 들고 있었다. 어제 몸이 안 좋아서 결석한 학생 중 하나다. 초췌한 안색을 보니 몸을 추스르지 못한 게 분명했다.

치아키는 이변을 알아챘는지 문 앞에 우두커니 서 있었다. 같은 반 친구들을 바라봤다. 이어서 마이카와 아다치를. 그리고 칠판을.

"아름답다…… 추하다?"

고개를 갸웃거리며 칠판을 쏘아봤다.

"장난 아니지?"

문에서 가장 가까운 자리에 앉은 남학생인 가미에스 슌타 上江洲俊太가 가벼운 말투로 말했다. 치아키와 유나, 사라사가 속한 그룹과 비교적 친한, 이른바 '상위' 그룹의 소년이다.

가미에스는 조롱하는 듯한 말투로, 동시에 눈치를 살피는 듯한 시선을 주위에 던지며 말했다.

"그냥 소문이 아니라던데."

"무슨 소리니?"

아다치가 끼어들었다. 가미에스는 아다치를 힐끗 보더니 말했다.

"유어 프렌드요. 선생님도 아시죠? 들어본 적 있지 않으세요?"

"아니, 듣긴 들었는데, 그건 그냥."

"그러니까 그냥이 아니란 거잖아요. 그 증거가 저거고요."

가미에스가 턱으로 칠판 사진을 가리켰다.

이야기가 제멋대로 흘러간다. 올해 4월에 갓 부임한 자신이 모르는 뭔가를 근거 삼아, 눈앞에 있는 두 사람이 말을 주고받고 있다. 또 유어 프렌드다. 게다가 소문이란 뭘까.

"가미에스, 아다치 선생님, 그게 대체……."

"정말이야?"

잠긴 목소리로 말한 사람은 치아키였다. 갸름한 얼굴에서는 핏기가 완전히 걷혀 입술까지 파래져 있었다. 눈 밑의 다크서클도 아까보다 짙어 보였다.

"두 사람 다…… 추하게 변했단 뜻이야?"

"뭘 물어. 일반적으로 생각하면 그렇잖아. 노지마 때는 너도 봤고, 하무라는 저 사진이 증거야. 안 그래?"

가미에스가 가까이 있던 나가이에게 물었다. 나가이는 곤혹스러워하면서도 크게 고개를 끄덕였다. 치아키는 교실을 둘러봤다. 짧은 치마에서 뻗어 나온 하얀 다리가 농담처럼 느껴질 만큼 덜덜 떨렸다. 새빨갛게 충혈된 눈은 눈꼬리가 찢어질 정도로 커다래져 있었다.

치아키의 시선은 다시 네 장의 사진으로 쏠렸다. 손가락 틈에서 지각 사유서가 떨어져 살며시 바닥을 스쳤다.

"……너무해, 이건."

갑자기 말을 끊더니, 치아키는 똑바로 선 채로 소리도 없이 구토했다.

끄아악, 하고 가미에스가 얼빠진 소리를 내며 뒷걸음질 쳤다.

흰자를 드러내며 기우뚱하고 쓰러지는 치아키를 아다치가 재빨리 부축했다.

실신한 치아키를 보건실로 데려간 사람은 아다치였다. 이상한 사태지만 단기간에 여러 번 학습을 중단할 순 없으니, 교사로서 우선 수업부터 진행하라는 아다치의 제안은 전적으로 옳았다.

당황하긴 했지만 마이카는 평정을 가장하는 쪽을 택했다. 네 장의 사진을 떼어내고 파란색 글자를 칠판지우개로 지웠다. 그 순간, 교실의 공기가 경직되는 게 느껴졌다.

교단에서 보이는 학생들 표정은 다들 한마디로 표현하기 힘들 만큼 복잡했다. 두려워하고, 무서워하고, 불안해했다. 한편으로는 기뻐하고 즐거워하는 것처럼 보이기도 했다. 무슨 일이 벌어지고 있는 거니? 왜 그런 표정을 하고 있어? 학생들에게 그렇게 묻고 싶은 욕구를 꾹 참고, 마이카는 수업을 시작했다.

"고타니 선생님, 고타니 선생님, 희한한 일이 있었다면서?"

수업이 끝나고 교무실에 들어가자마자, 미쓰이가 기다렸다는 듯 물었다. 의자째로 뒤돌아본 아다치가 의미심장한 눈길을 보내자 마이카는 정보의 출처를 알아챘다.

"네."

최소한의 말로 대답하고는 출석부에 끼워뒀던 사진을 한데 모아 건넸다. 사진을 받아 든 미쓰이가 "으앗" 하고 요란스레 놀라자, 주위에 있던 교사들이 무슨 일인가 궁금해서 모여들었다.

"이거 진짜야?"

"괜히 소란에 편승하려는 사람이나, 이런 데서 쾌락을 느끼는 사람이 한 짓 아닐까? 아니면, 둘 다이거나."

"그럴 수도 있겠네요."

"근데 이런 사진을 가공해서 만들 수 있나요?"

"가능해요, 가능해. 요즘 사진 가공 앱이 천 개도 넘는다던데요?"

"칠판에 '당신의 친구'라고 적혀 있었대."

미쓰이가 안경 속 눈을 부릅뜨며 말하자, 교무실이 술렁거렸다. 먼 자리에 앉아 있는 교사들도 미쓰이 쪽을 신경 쓰는 눈치였다.

마이카 안에서 소외돼 있다는 불안감과 조바심이 점점 크게 부풀어 올랐다.

미쓰이를 둘러싼 교사들은 여전히 의미를 알 수 없는 잡담을 계속하고 있었다.

"역시 못돼먹은 장난이겠지?"

"그럴 가능성이 농후하죠."

"그렇다 쳐도 너무 리얼한 거 같은데."

"아니야, 아무래도 그게 진짜인 거 아닐까?"

"하하하, 농담이 지나치시네요."

"그렇지 않아요."

어리광이라도 부리는 듯한 목소리가 들리자 갑자기 대화가 뚝 끊겼다. 3학년 4반 담임이자, 세계사를 가르치는 아오야마 이쿠코青山郁子였다. 땅딸막한 체형에 눈이 따가울 정도로 새빨간 슈트를 입고 있다. 짧은 흑발. 볼록하고 동그란 얼굴. 마이카의 머릿속에 떠오른 건 배가 불룩한 난주 금붕어였다.

"역시 원한· 씨가 있는 거 아닐까요? 그거 말곤 설명이 안 되잖아요."

쉰 전후라는 나이가 도저히 믿기지 않는 유치한 말투로 말하며 모두에게 시선을 줬다. 하하하, 하고 메마른 웃음소리가 여기저기서 일었다. 분위기가 한순간에 어색하게 변했다.

"그게 무슨 말씀이세요?"

이때라는 듯 마이카가 아오야마에게 물었다. 지긋한 나이임에도 말할 때마다 귀여운 척하며 채소나 동물, 학교 비품까지 아무 데나 '씨'를 붙여대는 아오야마가 불편했지만, 지금은 그런 걸 따질 겨를이 없었다.

"마이 쌤은 몰라?"

무람없는 호칭도 지금은 제쳐두자.

"몰라요."

"예전 학교에서 들어본 적 없어?"

"아뇨, 전혀."

미쓰이 주위에 모여 있던 교사들이 각자 자리로 돌아갔다. 아다치는 마이카 쪽을 신경 쓰면서도 다음 수업 준비를 시작했다. 저 멀리서 말을 건 사람은 후카가와였다.

"가르쳐주지그래? 그런 거 잘하잖아, 이쿠 짱 선생님."

학생들 사이에서 야유처럼 쓰이는 애칭으로 불렀다.

"네~? 저 안 그래요."

후카가와의 조롱을 알아챘는지 못 알아챘는지, 입가에 손가락을 갖다 대고 우물쭈물하는 아오야마. 마이카가 답답한 마음이 티 나지 않도록 "부탁드립니다" 하고 청하자, 아오야마는 "어쩔 수 없지, 뭐" 하고 거드름을 피우며 승낙했다. 어색하고 불편한 분위기 속에서 마이카는 아오야마에게 고맙다고 말했다.

다행이라고 해야 할지, 2교시는 마이카와 아오야마 둘 다 수업이 없었다. 적당한 때를 봐서 아오야마의 자리를 향해 말을 걸었다.

"흐음" 하고 고개를 갸우뚱거리며 또다시 거드름을 피우는 아오야마에게 끈질기게 부탁했다. 아오야마는 인기척이 사라진 교무실을 의미심장하게 둘러본 다음, 가까운 벽에 기대어 세워둔 접이식 둥근 의자를 손으로 가리켰다.

마이카가 의자를 펼쳐서 옆에 앉자, 아오야마는 "어디서부터 얘기를 해야 하나"라면서 마이카 쪽으로 몸을 돌렸다. 빨간 보온병을 들어 머그잔에 보리차를 따랐다. 먼 자리에서 3학년 주임인 고참 남자 교사가 히죽거리며 두 사람을 보고 있다. 마이카는 손에 들고 있던 사라사와 유나 사진을 힐끗 쳐다봤다.

"아까 원한이 어쩌고 하셨잖아요."

"근데 말야……" 아오야마는 고개를 갸웃거렸다. "아, 맞다. 왜, 그 학교에서만 통하는 말 같은 거 있잖아?"

갑작스러운 질문에 허를 찔렸으나, "네" 하고 마이카는 고개를 끄덕였다. 흔히 있는 이야기다. 실제로 예전에 근무하던 고등학교에서는 '짜롭다'라는 말이 학생들 사이에서 쓰였다. '짜증난다' '납득이 안 간다' '불만스럽다' 정도의 부정적인 감정을 표현하는 단어였다. 어떻게 생긴 말인지는 분명치 않지만, 마이카가 부임하기 훨씬 전부터 자연스럽게 쓰이고 있었다고 한다.

거의 20년 전이지만, 마이카가 다니던 중학교에는 '고바야시스럽다'란 말이 있었다. '멍청한 행동을 하다'라는 뜻이었다. 소문에 따르면 예전에 재학했던 이른바 빵셔틀, 고바야시의 이름에서 따왔다고 하는데 진위는 확실하지 않았다.

찾아보면 이 학교에도 있을 것이다. 아니, 내부로 섞여들면 굳이 찾지 않아도 알게 된다. 바꿔 말하면, 자신은 아직 이곳에 섞여들지 못했다는 뜻이다. 생각지 못한 대목에서 사실에 직면하게 되자, 마이카는 버림받은 듯한 느낌에 사로잡혔다.

아오야마가 빙긋이 웃었다.

"말도 말이지만, 소문이나 일화도 있잖아. 학교 안에서만, 아니면 기껏해야 그 주변이나 멀리 가도 그 학교가 있는 동네 정도에만 유포된 얘기. 경우에 따라선 학교 괴담도 그렇겠지."

"네."

"지금부터 말해주는 것도 그런 종류의 얘기야. 단순한 소문, 지역 전설, 지어낸 얘기. 대부분이 그렇게 생각해. 선생이나 학생, 그 부모까지."

속뜻이 있는 말투였다.

"그럼 괜한 소리가 아니라는 뜻인가요?"

"사실부터 말할게. 실제 있었던 일부터."

아오야마가 또 갑작스레 이야기의 방향을 바꿨다. 이미 아오야마 안에서는 시나리오가 완성돼 있어서, 듣는 사람의 질문이나 말에 따라 변경할 마음은 없어 보였다. 수업시간에는 오로지 떠들기만 하는 타입일지도 모르겠다.

아오야마는 주위를 살피더니 말을 꺼냈다.

"1989년 2월, 31년 전이니까 내가 이 학교에 오기 5년 전이지. 2학년 여학생이 학교에서 자살을 했어. 히메사키 레미姫崎麗美란 애가."

아오야마는 목소리 톤을 가만히 낮췄다.

"투신자살이었어. 이 학교 옥상에서. 저 건물." 아오야마는 커튼이 쳐진 창을 가리켰다.

"교무실 앞에 떨어졌대. 뾰족한 콘크리트 턱 부분에 머리부터 처박힌 형태로. 두개골 씨가 깨져서 즉사했다지 뭐야. 부임하자마자 고참 선생님한테 들었는데, 피 씨랑 뇌수 씨가 여기저기 튀어서 아주 처참하기가 이를 데 없었대."

이런 화제에도 말투가 바뀌지 않는 건가. 마이카는 오히려 감탄하면서 무의식중에 커튼을 바라봤다. 낙하하는 여학생의 그림자가 비치진 않을까, 하고 터무니없는 상상까지 했다.

"살짝 뉴스가 됐어. 괴롭힘당한 사실은 확인되지 않았고. 학교에선 그렇게 발표했지. 내가 직접 들은 바로는 마음에 뒀던 남자애한테 호되게 차여서 그런 거라고들 했어. 한마디로 유서라든가, 부모한테 푸념을 늘어놨다든가 본인한테서 직접 나온 정보는 없었고. 근데 선생님들은 모두 그 애의 자살을 수긍하는 분위기였어."

"어째서요?"

"걔가 엄청나게 못난이였대."

아오야마가 말했다.

"그렇게 생겼는데 당연히 차이지, 인생을 비관하는 것도 무리는 아니야, 이름은 아름답다는 뜻의 '레미'인데도 그 이름값을 못 하는 데도 정도가 있다며 당시 수학 선생님이 비웃으셨어. 비곗살이 잔뜩 올라서 얼굴이 두꺼비 씨처럼 생긴 남자 수학 선생님이. 그 애는 점술이나 주술을 좋아했다는데, 그것도 비아냥거리셨어. '점술로 미인이 될 수 있으면 아무도 고생 안 하지. 안 그래, 아오야마 선생님?' 하면서."

후후후, 하고 일부러 소리 내 웃었다.

"다른 선생님들도 마찬가지였어. 못생겨서 차였다, 추해서 목숨을 끊었다. 다들 그 죽음을 당연하게 받아들였지. 투신 전이나 후나 못생긴 얼굴에는 별 차이가 없었다고 말씀하신 선생님도 계셨어. 당시 교감 선생님이었지."

마이카는 무릎 위에 올려놓은 주먹을 꽉 쥐었다.

"……잔인한 얘기네요."

"맞아, 잔인하지. 요즘엔 외모 지상주의라고 하나?"

아오야마는 몸에서 힘을 빼며 말했다.

"근데 나도 잔인했어. 성인군자처럼 굴 생각 없으니까 솔직히 말할게. 그런 얘기를 듣고 기분이 나쁘긴 했는데, 이런 생각도 들더라. 그 애는 대체 어떻게 생겼을까? 하는 생각."

쿵, 하고 마이카의 심장이 울렸다. 숨이 막혔다.

아오야마의 말은 마이카가 방금 했던 생각 그 자체였다. 분노에 사로잡히면서도 품고 말았던 세속적인 관심을 들켜 버린 느낌이었다. 마이카가 동요하는 것을 아는지 모르는지, 아오야마는 살짝 어깨를 움츠렸다.

"못 봤어." 아오야마는 선선히 말했다. "2학년이라 졸업 앨범도 없고, 단체 사진 같은 건 업자가 가지고 있잖아. 아무리 그래도 굳이 보러 갈 마음은 안 들더라고. 얼굴에 마맛자국이 엄청났다고 선배 선생님한테 들은 정도야. 실망했어?"

이번 질문은 가슴에 똑바로 내리꽂혔다. 대답이 마땅치 않아서 마이카는 "아뇨, 그럴 리가요" 하고 스스로도 거짓말처럼 들리는 말을 했다. 아오야마는 장난스레 미소 지으며 말했다.

"그리고 내가 부임한 지 2년이 지났는데, 또 자살 사건이 벌어진 거야. 이번에도 2학년 여학생이었어. 유서 없이 투신한 것도, 머리부터 떨어져서 뭉개진 것도 똑같았지. 장소는 학교가 아니라 자기 집 맨션이었지만."

"그랬…… 군요."

"크게 다른 점은 그 애가 예뻤다는 거야. 길을 걸으면 다들 뒤돌아본다는 표현이 결코 과장이 아닌 진짜 미인. 연예 기획사에서 스카우트 제의를 받은 적도 한두 번이 아니었다고 담임이 그러더라."

사라사가 생각났다. 옛날에도 비슷한 학생이 이 학교에 다니고, 똑같이 자살했다는 건가. 교사들이나 학생들이 한 말은 이 사건을 뜻했나. 아니, 아무래도 그게 다가 아닌 듯했다.

"그 일이 있고 3개월 후에, 또 다른 애가 자살을 했어."

"네?"

"이번엔 집에서 목을 맸고 유서는 없었어. 그 미인 씨랑 같은 반인 여학생이었지. 엄청나게 뚱뚱해서 괴롭힘을 당하는 바람에 학교도 자주 결석했던 애야. 아마 미인 씨가 투신하고 나서는 계속 등교를 안 했을 거야."

아오야마는 마이카가 맞장구치기 전에 이야기를 이어나갔다.

"그리고 7년 후, 이번엔 3학년 미인 씨가 죽었어. 신호를 무시하고 찻길에 뛰어들었다가 차에 치여서. 그때까지 아무 불편함 없이 살았던 터라 단순한 사고로 마무리됐지만. 근데 그다음 달에, 이번에는 미인 씨와 같은 반, 같은 그룹에서 막상막하로 예뻤던 애가 학교에 오지 않게 된 거야. 그리고 며칠 후에 퇴학했어. 이유는 모르고."

이건 유나와 통하는 데가 있었다.

"그런데 일주일 후에 또다시 같은 반 애가 자살을 했어. 이번엔 빼빼 마른 좀비 씨. 집이 가까워서 아침에 길에서 자주 봤거든. 이렇게 말하면 실례겠지만 보기만 해도 몸서리가 쳐질 만큼 음침하고 병약해 보이는 애였어. 역시 유서는 없었고."

이야기 규모가 예상 밖으로 커졌다.

"그렇게 여러 명이나……."

"진짜야. 아까도 말했지만 전부 사실이라고."

사건 사고가 한 번도 안 일어난 학교는 거의 없지만, 이런 경우는 처음 들었다. 예쁜 여학생과 못생긴 여학생의 연이은 자살. 이제껏 소문으로 들려오지 않은 것도 의외였다.

아오야마는 머그잔을 들었다. 보리차로 목을 축이고, 다시 이야기를 시작했다.

"마이 쌤은 점술 잡지를 즐겨 보던 세대 아니었어? 옛날에는 흔하게 팔아서 여학생들이 학교에 자주 가져왔었는데."

또다시 갑작스레 물었으나, 마이카는 더 이상 동요하지

않았다. 오히려 적극적으로 "그 세대, 맞을 거예요" 하고 동의했다. 그리운 기억이 머릿속에서 소용돌이쳤다. 점이나 주술에 푹 빠져 있던 동급생은 초등학교에도, 중학교에도, 고등학교에도 있었다. 그 애들이 몰래 가져온 전문잡지를 읽은 적도 여러 번 있다. 연애 성취 주술이 효과가 있어서 마음에 뒀던 남학생과 서로 좋아하게 됐다며 기뻐한 애도 있었다. 그렇다면 나도 해볼까, 하는 흐름으로 이어지진 않았지만, 잡지 표지를 기억해 낼 순 있었다. 소녀 만화 느낌의 일러스트. 분홍색과 하늘색 광고 문구. 물방울무늬. 줄지어 수 놓인 별. 맞아, 잡지 이름은 분명⋯⋯.

기억해 냄과 동시에 마이카는 고개를 들었다.

"⋯⋯'유어 프렌드'."

유나가, 가미에스가 말했던 단어다. 그건 점술 잡지 이름이었다. 정확한 부합이 예상치 못한 대목에서 나타나자, 마이카의 몸에 긴장이 훑고 지나갔다.

"맞아." 아오야마가 찬찬히 고개를 끄덕였다. "그래서 지금부터가 소문의 핵심인데, 이 학교에 다니는 여학생 가방에 언제부터인가 『유어 프렌드』 쇼와昭和 64년 4월호가 들어 있을 때가 있대. 실재하는 잡지의 실재하지 않는 호가. 쇼와 연호는 64년 1월에 끝났는데, 어떻게 4월호가 존재할 수 있겠어?"

평소엔 열두 개인 계단이 한밤중에만 열세 개가 된다는 학교 괴담을 들은 적이 있는데, 그와 상통하는 느낌이 들었다.

"거기엔 자살한 히메사키 씨가 남긴 주술이 적혀 있대. 여자만 다룰 수 있고, 증오하는 여자를 추하게 바꿔버리는, 아주 무시무시한 주술이."

아오야마는 목소리를 낮추고 얼굴을 가까이 대며 말했다.

"이제 알겠지? 두 번째 자살부터는 모두 그 주술 탓이야. 못생겨서 자살한 히메사키한테 선택받은 여학생 중 누군가가 주술로 같은 반 예쁜 애들을 못생기게, 못생긴 애들은 더 못생기게 만들어서 자살로 몰아넣은 거지. 다음엔 『유어 프렌드』가 언제 나타날까? 다음엔 누구 가방 속에 들어 있을까? 다음엔 누가 주술을 물려받고, 누가 추해질까? 이게 이 학교에 전해 내려오는 소문인 『유어 프렌드』의 주술'이야. 다른 이름으로는 '히메의 저주'라고도 부르지. 왜냐하면 '주술御呪い'이라는 단어 자체에 '저주할 주呪'가 들어가 있으니까."

학생들과 교사들이 했던 말이 이거였구나.

그저 소문이라 생각하려 했다. 여기서만 전해지는 학교 괴담이라며 무시하려 했다. 연달아 벌어진 참담한 자살에 세속적인 이유를 갖다 붙인, 오컬트 만화 같은 픽션에 지나지 않는다고 일축하고 싶었다. 하지만 마이카는 그러지 못했다.

사라사의 자살. 눈으로 직접 본 유나의 참상. 그리고 손에 든 사진 네 장. 그 모두가 『유어 프렌드』의 주술이 존재한다는 것, 그 주술에 효과가 있다는 것을 뒷받침하고 있었다.

그렇게 생각할 수밖에 없었다.

반 아이들 중 누군가가 히메의 저주를 이어받았다.

"『유어 프렌드』가 가방에 들어 있었다는 건 물론 지어낸 이야기라고 생각해. 주술도 마찬가지고."

아오야마가 표정을 누그러뜨렸다.

"쇼와 64년 4월호라는 것도 너무 터무니없잖아. 그러니까 다른 선생님들이 진지하게 상대하지 않는 것도 이해는 가. 근데 실제로 예쁜 여학생이 여럿 죽었고, 못생긴 애들도 그만큼 죽었어. 올해도 또 하나가 죽고, 하나는 얼굴이 망가졌지. 이게 우연일까?"

질문이 아니었다. 아오야마의 시선은 마이카 손에 있는 사진을 향해 있었다.

"히메사키 씨의 원한이야."

아오야마는 잘라 말했다.

"원한이 이 학교에 남아 있어. 이번에 다시 나타난 거지. 나는 지금 흔해 빠진 우스갯소리나 하려고 이러는 거 아니야."

"아, 네. 그럼요."

마이카는 대답했다. 아오야마의 태도가 진지하다는 건 알고 있었고, 설사 농담이었다 해도 웃지 못했으리라. 손에 든 사진이 손가락에 쩍쩍 들러붙는 감촉이 느껴졌다. 아오야마의 이야기를 듣는 사이에 더 무거워진 듯한 느낌마저 들었다.

"다른 사람들처럼 우스갯소리로 치부할 수 있다면 편할

텐데 말이야."

고뇌 비슷한 말을 불쑥 내뱉더니 아오야마는 애처로운 시선을 손으로 떨궜다. 고참이라 두 번째 자살부터는 직접 겪어서 아니까. 하지만 그게 다가 아닌 것처럼 보였다. 말투로 미루어 짐작하건대, 이런 종류의 영적인 이야기를 진심으로 믿는 것 같지도 않았다. 마이카는 신중하게 말을 골라 물었다.

"……왜 편한 쪽을 택하지 않으세요?"

"왜일까……."

아오야마는 말했다. 지금까지와는 달리, 나이에 걸맞게 낮게 잠긴 목소리였다. 얼굴도 늙어 보였다. 계속 쓰고 있던 가면이 지금 이 순간 벗겨진 듯했다. 그 모습에 놀라고 있는데, 아오야마가 단숨에 말했다.

"내 얼굴이 이러니까."

"네?"

"마이 쌤도 그렇게 생각하잖아? 금붕어 닮은 게 못생겼다고."

"아니에요. 한 번도 그런 적 없어요."

마이카가 대답하자, 아오야마는 고개를 갸웃거렸다. 신기하다는 듯 아니, 오히려 의심스럽다는 듯 마이카를 쳐다봤다. 왜 그럴까. 물어보려는 찰나였다.

"빈말이라도 기분 좋네."

후후후, 하고 입을 가리며 웃는 아오야마는 평소처럼 내

숭쟁이로 돌아와 있었다. 끼익, 하는 의자 소리를 내며 아오야마가 책상 쪽으로 몸을 돌렸다. 둥그런 등이 더 이상 할 이야기가 없다고 말하고 있었다.

점심시간, 보건실.

창가 침대에서 나가스기 치아키가 몸을 일으켰다. 입가에 난 여드름이 눈에 띄었다. 몹시 수척해 있기도 했다. 하지만 그와 동시에 전보다 예뻐 보이기도 했다. 예전에 살짝 통통했던 얼굴은 불필요한 지방이 빠져서 눈매가 더 크게 강조돼 보였다. 사라사나 유나랑 있을 때는 히죽히죽 실없이 웃었는데, 지금은 슬픔 어린 표정이 공허한 매력마저 풍기고 있다. 사라사는 어떨지 몰라도, 유나보단 미모가 앞서지 않을까.

마이카는 자신이 경솔한 생각을 하고 있음을 깨닫고 나서 "괜찮니?"라고 얼른 말을 걸었다.

"너무 괴로워요."

치아키는 힘없이 고개를 저었다. 그러는 것만으로도 힘들다는 몸짓이었다. 곁에 있던 아라키 가오리와 오하라 사쓰키가 "무리하지 마" "좀 자" 하고 저마다 말을 건넸다. 이제는 유나에게서 치아키로 갈아탄 건가. 치아키가 그룹에서 세 번째인 건 분명하지만, 이렇게까지 노골적으로 변하다니 어쩐지 무서울 지경이다.

"마쓰유키 선생님, 나가스기 정말 괜찮아요?"

탁하고 굵은 목소리가 들려서 뒤돌아보니, 가바시마 노조미가 보건교사 마쓰유키의 양어깨를 붙들고 있었다.

"어찌나 걱정이 되던지 점심때 오늘의 메뉴하고 튀김소바두 그릇밖에 못 먹겠더라고요. 이대로라면 저까지 쓰러져서 보건실 와요, 마쓰유키 선생님."

"그냥 빈혈이라니까."

몸집이 작은 마쓰유키는 노조미와 체격 차이가 나서 한층 더 작아 보였다. 언짢은 표정으로 치아키를 힐끗 보며 말했다.

"뭐, 그래도 무리는 하지 않는 게 좋아. 스트레스도 받았을 테고."

치아키는 아주 살짝 미소를 지으며 대꾸했다.

"내 걱정은 안 해도 돼, 가바시마."

평소와는 달리 뿌리치는 듯한 태도에 마이카는 적잖이 놀랐다. 스트레스 때문에 예민해진 건가.

"무슨 말을 그렇게 하니? 같은 반 친구가 쓰러졌는데 걱정하는 게 당연하지."

"맞아, 우린 친구잖아" 하는 가오리. 사쓰키도 격하게 고개를 끄덕인다.

치아키는 생기 없는 눈으로 모두를 둘러보더니 작은 목소리로 말했다.

"하지만 그렇게 생각하지 않는 사람이 우리 반에 있다는 거잖아? 오히려 상처 주고, 공격하고 싶어서 실제로 행동에 옮긴 여자애가. 내 말이 틀려?"

질문 형태이긴 하지만 누군가에게 묻는 것이 아닌, 차디찬 확신이 스민 말투. 마쓰유키가 가느다란 한쪽 눈썹을 치켜올렸다.

"그 사진 말하는 거지?"

맨 처음 입을 연 사람은 노조미였다. 성큼성큼 침대로 다가가 부실한 침대 난간을 움켜쥐었다.

"그런 건 무시하는 게 상책이야. 사진 가공은 잘했지만 그게 다라고. 무시하고 잊어버려."

"가바시마, 유나가 어떻게 됐더라?"

끄윽, 하고 입으로 기묘한 소리를 내더니 노조미는 입을 다물었다. 가오리와 사쓰키가 불안한 듯 시선을 주고받았다.

"봤지?"

치아키가 재차 확인하듯 물었다. 가오리가 말없이 고개를 끄덕이자, 다른 학생들이 시선으로 동의를 나타냈다.

"선생님도 보셨죠?"

"……응."

마이카는 대답했다. 머릿속에 빨갛게 피로 젖은 유나의 얼굴이 떠올랐다. 그 직전에 수많은 여드름이 부풀어 올라 부글부글 끓던 모습도. 자신은 그 괴상한 풍경을 두 눈으로 똑똑히 봤다. 그 점에 관해서는 결코 잘못 봤거나 착각일 리 없다.

이불을 꼭 쥔 치아키의 손이 가늘게 떨렸다. 오른쪽 눈에서 눈물이 넘쳐 창백한 뺨을 타고 흘러내렸다.

"아니, 잠깐만." 마쓰유키가 곤혹스러운 웃음을 지으며 "뭐야, 무슨 일인데?" 하고 물었을 때, 뒷문이 조용히 열렸다.

"실례합니다."

들어온 사람은 가노 마미였다. 모여 있는 사람들을 보고 순간 움츠러들었지만, 이내 무표정을 되찾더니 종종거리며 보건실로 들어왔다.

그 뒤를 머뭇머뭇 따라 들어온 사람은 마찬가지로 2반 여학생, 구조 게이였다.

무거워 보이는 단발에 가냘픈 몸. 기다란 목 위에 작은 얼굴이 얹혀 있었다. 커다랗고 흰 마스크가 얼굴 아래쪽 절반을 가리고 있지만, 왼쪽 눈 주변에 난 흉터는 다 가리지 못했다. 크게 다친 이후로 마스크를 벗지 않는다고 한다. 최근에 다친 건 아니라는데, 자세한 사정은 듣지 못했다.

둘이 특별히 친한 사이는 아닐 터였다. 같은 반이라고는 해도, 두 사람이 함께 있는 모습은 부자연스럽게 느껴졌다.

게이가 마미에게 우물거리며 말했다.

"지금이라도 관두자. 이상하다니까."

"뭐가 이상해. 네 말이 맞아."

"그래도."

"괜찮아."

마미는 보건실 한가운데에 우뚝 멈춰 섰다.

"왜 그래? 어디 몸이 안 좋니?" 마쓰유키가 물었다. "병문안 왔어?" 노조미가 따라 물었다. 두 사람의 질문을 무시하고, 마미는 치아키를 보며 말했다.

"일단 오늘은 집에 가는 게 좋겠어."

"응……?"

"당분간 쉬어. 너도 사라 님처럼 되고 싶진 않을 거 아냐."

멍하게 마미 말을 듣던 치아키의 표정이 점점 굳어지더니, 창백한 얼굴이 더 창백해졌다.

"그게 무슨 말이야, 가노?"

마이카가 엉겁결에 끼어들자, 마미는 휙, 하고 날카로운 시선을 던졌다. 키가 큰 게이가 옆에서 허둥거렸다.

"있잖아." 짜증스럽게 가오리가 말했다. "탐정 놀이 그만하라고 저번에 말했을 텐데? 복수를 한다는 둥, 은혜를 갚는다는 둥 기분만 더러울 뿐이라고."

맞아, 하고 사쓰키가 맞장구를 쳤다. 마미는 전혀 동요하는 기색 없이 두 사람을 곁눈질하고 나서 말했다.

"금붕어 똥은 가만히 있어."

"뭐?" 두 사람이 한목소리로 말했다. 둘이서 나란히 입술을 삐죽거리며 어깨를 치켜올렸다.

"겉으로는 친한 척하면서 뒤로는 얽히고설켜 있는 것쯤이야, 흔해 빠진 얘기지. 꼬리 흔드는 만큼 속으로는 싫어하기도 하고. 근데 있지, 이 세상 범죄 대부분은 그런 같잖은 감정이 일으키는 거야."

"가, 가노?"

"노지마가 그렇게 되고 나서 바로."

말투를 바꾸더니 마미가 말했다. 블라우스 가슴 주머니에서 뭔가를 꺼냈다.

"구조가 이걸 주웠어요. 뒤집힌 노지마 책상 근처에 떨어져 있었대요."

봉투였다. 아니, 세뱃돈 봉투인가. 아무것도 적혀 있지 않은, 주름 잡힌 작고 흰 봉투. 마미가 손가락을 집어넣더니 그 안에서 작게 접힌 종잇조각을 꺼내 바스락 소리를 내며 펼쳤다. 종이는 두 장 있었다. 하나는 엽서 크기, 다른 하나는 A4 용지 크기.

엽서 크기의 종이에는 노지마 유나의 얼굴이 인쇄돼 있었다. 가정용 프린터로 출력했는지, 입자가 성기고 색감도 엉망이었다. 잉크가 입혀진 부분을 문댄 듯 여기저기 갈색 얼룩이 묻어 있다. 그래도 오늘 아침 칠판에 붙어 있던 것과 똑같은 사진이란 건 알아볼 수 있었다. 교실로 보이는 곳에서 웃고 있는 스냅 사진이다.

나머지 한 장에는 글귀가 인쇄돼 있었다. 마이카는 마미가 치켜든 종이에 눈을 고정하고 속으로 문장을 읽었다. 앗, 하고 가오리가 작게 비명을 질렀다.

노지마 유나 얼굴이 여드름투성이가 되게 해주세요. 이마도, 뺨도, 코도, 턱도 순식간에 여드름으로 빽빽이 메워지게 해주세요. 그 여드름이 다 터져서 피범벅이 되게 해주세요. 평생 지워지지 않는 흉터가 되게 해주세요.

かほちよにいきるすべなきもののわざたえてのろはむうるはしみにくし

소원이 나열돼 있었다. 그 대부분이 그날, 실제로 일어났다. 그리고 마지막에 기괴하게 줄지어 적힌 히라가나. 이건 정형시 즉, 단카短歌다. 단카의 형태를 띤 저주다. 그 뜻은 아마도…….

이 좁은 세상에서마저 살아갈 재주가 없는 이에게 남겨진 재주. 죽어서 저주하리라. 아름답다, 추하다.

봉투, 사진, 글자.
무슨 의식 같다. 어떤 의례를 따르는 것 같다.
예를 들면, 주술처럼.
생각이 미친 순간, 냉수를 뒤집어쓴 듯한 감각이 온몸을 관통했다.
모두가 할 말을 잃었다. 유나가 겪은 참사를 직접 보지 못한 마쓰유키조차 섬뜩한 기운을 느꼈는지 얼굴빛이 달라졌다.

"······어제, 사라 님 집에 갔었어요."

마미가 부스럭거리며 쪽지를 집어넣고 다시 이야기를 시작했다.

"아무도 안 불렀지만 제가 일방적으로 찾아갔어요. 어떻게 해서든 부모님께 확인하고 싶은 게 있어서요."

같은 반 아이들을 응시했다.

"처음엔 두 분 다 꺼리셨는데, 제가 버티니까 가르쳐주시더라고요. 말씀하시는 것만으로도 힘들어 보였지만······ 세상을 떠난 사라 님 얼굴은 노파나 미라처럼 주름투성이였대요."

"뭐?" 노조미가 소리를 질렀다.

"그러니까 오늘 아침 사진은 진짜란 뜻이야. 사라 님이 죽은 건 『유어 프렌드』 잡지의 저주 때문이라고."

마미가 고통스럽고 억울한 듯 이를 악물었다.

"그 저주를 건 애가 우리 반에 있어."

마미는 신음하듯 말했다.

비현실적인 발언이었다. 마이카도 사라사가 죽기 전에 이 말을 들었다면 웃어넘겼으리라. 학생들을 현혹시키고 혼란에 빠뜨리는 망언을 솔선해서 부정했을 것이다. 실제로 지금도 그렇게 하려 적당한 말을 찾고 있다.

그러나 마이카는 그걸 행동으로 옮기지 못했다.

보건실이 묘하게 썰렁하고 휑하게 느껴졌다.

"그 말을…… 하러 왔니?"

겨우 입 밖에 낸 말은 조롱이라 받아들여도 어쩔 수 없는 엉성한 질문뿐이었다. 마미가 노려보는 바람에, 마이카는 그만 당황하고 말았다.

"선생님, 그게, 먼저 말을 꺼낸 사람은 저예요."

구조 게이가 말했다. 등을 구부정하게 굽힌 채로 쭈뼛쭈뼛 손을 들고 있었다.

"추리랄까, 가설 같은 걸 내친김에 가노한테 말했거든요. 그랬더니 보건실에 가자고, 꼭 가야 한다고 해서요."

"왜?"

게이는 말하기 껄끄러운 듯했지만 이내 등을 곧게 펴더니 대답했다.

"하무라, 노지마 순서로 그렇게 됐으니까, 다음은 나가스기 아니겠냐고요. 그…… 범인이 주술을 걸려고 나가스기한테 접촉할 거라 생각했어요. 아까 보여드렸던 봉투 같은 걸 이용해서요."

마쓰유키를 제외한 전원이 서로를 힐끔거렸다.

* * *

스마트폰 시계를 보니 새벽 1시였다. 어느새 시간이 흘러 있었다. 이렇게 시간이 빠르다고 느껴지는 건 역시 재밌기 때문이다.

오늘 아침, 칠판 사진과 글자를 봤을 때 애들이 보인 반응을 곱씹던 중이었다.

아침 7시 넘어 등교해서 칠판에 집에서 출력한 사진을 붙이고, 분필로 글자를 쓴 다음에 바로 교실을 나갔다. 화장실에서 시간을 때우다가 항상 등교하는 시간에 교실로 돌아갔다. 두 사람의 사진과 작위적인 글자에 소란을 떠는 녀석들을 보고 있자니, 몇 번이나 웃음이 터져 나올 뻔했다.

특히 아다치가 허둥대는 게 재밌었다. 고타니가 소외당하는 모습도 웃겨서 견딜 수가 없었다. 나가스기 치아키가 기절할 정도로 충격을 받은 건 예상 밖이었지만.

겉으로만 어울릴 뿐, 하무라나 노지마와는 사이가 별로 안 좋은 줄 알았다. 항상 담소를 나누면서도 어쩐지 주위가 산만하거나 힘들어 보이고, 그 안에 녹아들지 못하는 것처럼 보였으니까. 그런데 그건 내 착각이었나 보다.

아니, 어쩌면 나가스기는 그런 생각을 했을 수도 있다.

다음은 내 차례일지도 몰라, 하고.

계획은 세우지 않았지만, 바라는 대로 해주는 것도 나쁘지 않겠지. 어떤 식으로 추하게 만들어줄까. 질병에도 걸리게 할 수 있을까. 피부병은 어떨. 종양을 만들 수도 있을까. 분명 가능할 거야. 『유어 프렌드』에 질병에 관한 제약은 하나도 안 적혀 있어. 분명 히메는 소원을 들어줄 거야.

아니야. 진정해.

괜히 우쭐해져서 서두르면 안 돼. 들키면 말짱 도루묵이야. 아니나 다를까, 노지마한테 쓴 봉투를 구조 게이가 줍고 말았잖아.

주술 도구가 남의 손에 넘어가고 말았다.

사진은 집에서 출력했다. 글자도 이 스마트폰으로 타이핑했다. 종이 또한 아무 데서나 파는 일반 용지다. 부모님이 사 오긴 했지만, 포장지를 확인했으니 틀림없다. 집을 때는 장갑을 꼈으니까 지문도 남아 있지 않다. 칠판에 붙었던 사진도 마찬가지다. 더 선명하게 보여주려고 사진용 종이로 출력하긴 했는데, 그것도 옆 동네에서 샀다. 꼬리가 잡힐 리 없다. 그래도.

봉투를 회수하지 못한 후회와 불안이 다시 부풀기 시작했다.

노지마 그 계집애가 책상을 넘어뜨리는 바람에, 서랍 안에 넣어뒀던 봉투가 빠져나온 모양이다. 그걸 근처에 있던 구조가 하필이면 주웠고 말이다. 노지마가 교실을 뛰쳐나가고 얼마 지난 후, 다 같이 책상을 원래대로 정리하던 그때. 나는 그 순간을 목격하고 말았다. 물론 말을 할 수도, 하물며 봉투를 회수할 수도 없었다. 구조가 가노 마미에게 봉투를 보여주려고 화장실에 데려갔을 때도 그 모습을 그저 지켜볼 수밖에 없었다.

구조가 그걸 줍자마자 바로 소란을 떨었다면, 더 심각한 사태가 벌어졌을지도 모른다. 하지만 구조는 그러지 않았다. 주목받기 싫어서였을까. 그 흉터 때문에 남의 눈길을 끄는 구조 입장에선 그렇게 느껴도 이상하지 않다. 아니, 틀림없이 그렇게 느낄 것이다.

나도 사람들이 쳐다보는 게 싫다. 그런 눈길로 멸시하는 건.

구조도 분명 괴로워하고 있을 터였다. 나만큼은 아니더라도 힘들겠지. 언제였더라, 밖에서 우연히 구조를 봤을 때가 생각난다. 그 아이와 스쳐 지나가는 사람들은 모조리 그 얼굴을, 눈 주변을 다시 한번 쳐다봤다. 훨씬 더 집요하게 살피는 사람들도 있었다. 슈트를 입은 남자 무리와 보육교사가 데리고 산책하던 어린이집 아이들이 그랬다. 전자는 값을 매기듯이, 후자는 천진난만하게 호기심을 드러내면서.

가슴이 아프다. 열이 나면서 쑤시고 욱신거린다.

안 돼. 그만해. 동정 따위 하지 마. 공감하지 말라고. 구조도 분명 내가 못생기고 재수 없다고 생각할 거야. 실제로 나한테 말 한 번 안 걸잖아. 다른 녀석들도 마찬가지고.

나는 혼자야. 가장 밑바닥에서 혼자 발버둥 쳐온 사람이라고.

타월 이불을 걷어내고 침대에서 빠져나와, 손으로 더듬어서 테이블 조명을 켰다. 의자에 앉아 흠집투성이 공부 책상 앞에서 두 번째 서랍을 열었다. 혼잡하게 가득 채워진 펜 무더기 속에 손을 넣어, 너덜너덜한 책자를 끄집어냈다.

『유어 프렌드*Your Friend*』라는, 둥글둥글한 오렌지색 로고가 프린트된 정사각형 잡지다. 이런 게 AB판* 형식이라고 전에 들

---

* 210mm×257mm의 크기로, 주로 일본 주간지에 적용되는 책 판형.

은 적이 있다. 로고 오른쪽 하단에 '쇼와 64년 4월호'라고 조 그맣게 적혀 있었다. 표지 중앙에는 일본 전통 복식을 갖추고 부채로 턱을 가린 채 신비로운 미소를 띤 궁중 여인이 촌스러 운 일러스트로 그려져 있었다. 그 주변에는 크고 작은 갖가지 문구. 기묘하게도 모두 같은 문구였다.

같은 반 친구를 아름답게, 추하게! '히메의 저주' 대특집

책상에 『유어 프렌즈』를 내려놓고 가만히 펼쳤다. 젖었다 말 라서 딱딱해진 종이의 바삭거리는 소리가 방에 울렸다.

펼친 페이지 오른쪽 상단에 또다시 '같은 반 친구를 아름답 게, 추하게!'라는 문구가 나왔다. 그 밑에는 이름이 작게 덧붙 여져 있다.

주술 감수 : 히메사키 레미

모든 페이지에 같은 내용이 적혀 있었다.

이건 정상적인 책이 아니다. 이 세상 시스템으로 만들어진 것이 아니다.

한 달 전 방과 후, 교실 책상 속에서 이게 나왔을 땐 정말 깜짝 놀랐다. 내용을 보는데 땀이 쉴 새 없이 흘렀다. 진짜일 까, 가짜일까. 히메의 저주일까, 치밀한 장난일까. 며칠 동안은 신경이 쓰여서 잠도 제대로 못 잤다.

지금은 확신하고 있다. 이 주술에는 효과가 있다.

나는 본문을, 주술 거는 순서를 읽기 시작했다. 외울 정도 로 읽고 또 읽었지만 멈출 수 없었다.

'순서'가 네 개. '주의'가 네 개. 각각에 곁들여진 소녀 만화 취향의 일러스트 한 점, 한 점까지 세세하게 살폈다.

그래, 이건 사실이야.

이 세상 것이 아닌 힘으로 사람의 얼굴 생김새를 바꿔버리는 진짜 주술이야.

축하드립니다. 수년에 한 번, 오직 한 권만 이 세상에 나타나는 『유어 프렌드』 쇼와 64년 4월호의 특집 페이지 감수를 맡은 히메사키 레미입니다. 이 잡지를 받은 당신에게만 특별한 주술을 가르쳐드릴게요. 반에서 여왕처럼 구는 그 아이를 못생기게. 외모를 타고나지 못했다는 이유만으로 음지에 있는 그 아이를 아주 예쁘게. 사진이나 비디오로 찍어서 모두에게 그 얼굴을 보여주자고요. 이건 제가 사랑과 증오와 연민을 담아 고안해 낸, 아주 멋진 주술입니다.

순서 ① 추하게(아름답게) 만들고 싶은 같은 반 여자 혼자 찍힌 얼굴 사진을 입수합니다.

순서 ② 사진 속 얼굴에 당신의 피와 고름을 문질러 바릅니다.

순서 ③ '상대방을 어떤 식으로 추하게(아름답게) 만들고 싶은지' 편지에 되도록 자세히 쓴 다음, 맨 끝에 '이 좁은 세상에서마저 살아갈 재주가 없는 이에게 남겨진 재주 죽어서 저주하리라 아름답다 추하다'라고 적어주세요.

순서④ 사진과 편지를 '동시에' '등하교 중에, 혹은 학교에서' '아무도 몰래' 상대방한테 건네주세요. 효과는 바로 나타납니다.

주의① 이 주술은 상대방에게 직접적으로 상처를 입히지는 못합니다.

주의② 이 주술은 이 잡지를 저, 히메사키 레미에게 받은 당신에게는 전혀 효과가 없습니다.

주의③ 이 주술에 대해 구두나 문서, 그 외의 어떠한 방법으로 타인에게 알려줘도 그 사람은 주술을 부릴 수 없습니다. 또한 이 페이지를 타인에게 읽게 해도 마찬가지입니다. 이 주술을 부릴 수 있는 사람은 이 잡지를 저, 히메사키 레미에게 받은 당신뿐입니다.

주의④ 이 잡지를 어떠한 방법으로 더럽히고 훼손해도 주술의 효과는 사라지지 않습니다.

제 3 화

그건 요괴처럼 두 번 다시 보고 싶지 않을 정도로 얼굴이 추한 여자였다.

—다나카 고타로, 「요쓰야 괴담」 중에서

새벽 4시.

새로운 '표적'의 얼굴 사진을 프린터로 출력했다. 사진은 본인 SNS 계정에서 내려받았다. 짐작으로 계정 이름을 검색해 봤더니 쉽게 찾을 수 있었다.

히메 즉, 히메사키 레미가 살아 있었을 때는 남의 사진을 입수하기가 힘들었을 것이다. 촬영이나 사진 현상도 지금보다 훨씬 까다롭고 비용도 비쌌으리라. 그게 주술의 난도를 높여 시련이자 관문으로 기능한 것이다. 히메에게 선택받아 『유어 프렌드』를 손에 넣었는데, 사진을 못 구해서 어쩔 수 없이 포기한 학생들도 많지 않을까. 2008년 무렵까지는.

그런데 지금은 간단하다. 기술의 진보가 주술을 더 쉽게 만들었다.

방금 출력한 얼굴 사진과 그 전에 출력한 나머지 한 장을 집어 들고, 살금살금 거실을 빠져나와 계단을 뛰어 올라서 내 방으로 돌아왔다.

가족들한테 들켜도 꼬치꼬치 캐묻지는 않을 것이다. 그 사람들은 내가 뭘 하는지 따위엔 관심도 없다. 그래도 당당하게 주술 준비를 하기는 꺼림칙했다.

얼굴 사진이 인쇄된 종이를 공부 책상 위에 놓았다. 의자에 앉아, 상판에 기대어 세워둔 자그마한 사각형 거울을 들여다봤다. 거기엔 내 얼굴이 비쳐 있었다. 추하고 더러워서 보고 싶지도 않은 얼굴. 뺨에서 한층 더 크게 부어오른 여드름을 발견하고는 망설임 없이 손톱을 세웠다.

뿌직, 하고 소리라고도 할 수 없는 희미한 진동이 손끝에 전해졌다. 끈적끈적한 열기가 뺨에 번졌다. 거울 표면에는 빨간색과 유백색 액체가 튀어 있었다. 짓눌린 여드름이 따끔따끔 아프기 시작했지만, 아랑곳하지 않고 거울로 손가락을 뻗어 피와 고름을 떠냈다. 그리고 커다랗게 인쇄된 '표적'의 얼굴에 문질러 발랐다. 이어서 턱에 있는 딱지를 떼어내 스며 나온 피를 칠했다. 다음엔 관자놀이에 난 여드름을, 그다음엔 양쪽 귀 뒤에 있는.

적정량이 어느 정도인지는 모른다. 『유어 프렌드』에는 특별하게 명시돼 있지 않다. 삽화에는 두 손에서 뚝뚝 떨어질 만큼 대량으로 그려져 있지만, 그건 과장이겠지. 그래도 한 번 떠서 묻히는 거로는 부족한 느낌이 들었다. 하무라 사라사 때는 여섯 군데에서 피고름을 짜서 발랐고 그게 성공했기 때문에 노지마 때도, 이번에도 그렇게 하고 있다. 채집 장소가 모자랄 일은 없었다.

"흐음, 주술이라."

하무라의 청량한 목소리가 머릿속에 울렸다. 그 아이의 미모가 떠올랐다. 동성이라도 반해버릴 정도로 반듯한 얼굴. 커다란 눈과 높은 콧대, 입술은 알맞게 도톰하다. 긴 머리칼에는 윤기가 흘러서, 보고 있으면 만지고 싶어질 정도다. 그런 하무라가 나를 내려다보고 있었다. 그날, 교실에서 말이다.

말이 안 통했다.

가진 자와 못 가진 자는 사는 세상이 다르다. 같은 말을 해도 대화가 성립되지 않는다. 당연하지만 실제로 직면하니 고통스러웠다. 슬펐다. 무엇보다 미웠다.

여섯 군데에서 채집한 피고름을 '표적'의 사진, 특히 얼굴 부분에 덕지덕지 바르고 나서 한숨을 돌렸다. 목에서부터 위쪽 부분 여기저기서 화끈거림과 미끈거림, 통증이 느껴졌다. 싫지 않았다. 오히려 기분이 좋았다. 통증 입자 하나하나, 피와 고름 한 방울 한 방울이 주술의 원동력이 된다고 생각하니 뿌듯함마저 느껴졌다.

완전히 더럽혀진 '표적'을 접었다. 그리고 '표적'을 향한 소원이 적힌 나머지 한 장을 보며 오탈자가 없는지 확인했다. 읽는 동안 자연스레 웃음이 터져 나왔다.

비명을 지르는 '표적'을 마음속에 그려봤다. 자기 얼굴이 추하게 변모했음을 깨닫고, 내일부터 펼쳐질 생활과 주위의 시선을 상상하면서 절망해 울부짖을 그 아이를.

* * *

날카로운 시선으로 모두를 둘러보는 가노 마미. 말문이 막힌 아라키 가오리. 가바시마 노조미가 "그럼 이 중에 범인이 있다는 거니?"라면서 눈을 동그랗게 뜨자, 오하라 사쓰키가 동글동글한 얼굴이 새파래져서는 "그럴 리 없잖아" 하고 말을 내뱉었다. 마쓰유키는 눈만 이리저리 굴렸고, 나가스기 치아키는 죽은 사람처럼 축 늘어져 있었다. '먼저 말을 꺼낸 사람'인 구조 게이는 미안한 듯 몸을 움츠렸다.

아침저녁으로 전철 안에서 흔들리는 동안, 마이카는 보건실에서 있었던 일을 자주 떠올렸다. 그리고 게이가 발견하고, 마미가 공개한 봉투에 관해 생각했다.

봉투는 『유어 프렌드』의 주술' 도구일 확률이 높다. 그걸 가지고 모종의 방식으로 저주를 거는 것이다. 상대방한테 건네줄까, 아니면 가방 속에 몰래 넣어놓을까. 어쩌면 교실에 갖고 들어오기만 해도 충분할지 모르지만, 이것만큼은 추측에 기댈 수밖에 없었다.

초자연적인 힘이 실재한다는 정황 증거가 차례차례 쌓여간다.

저주를 건 '범인'이 우리 반에 있다.

믿고 싶진 않지만, 이미 부인할 수 없는 지경까지 와 있다.

학생들도 곧 그렇게 되겠지. 수업 중이나 종례 때, 혹은 쉬는 시간에 교실 앞을 지나가면서 보면 3학년 2반 학생들, 특히 여학생들은 불안에 떨고 있었다. 치아키를 비롯해 컨디션이 망가졌던 학생들도 다시 등교하게 되면서 표면상으로는 아무 일 없이 일상을 보냈지만, 그 행동에는 어딘가 천연덕스러운 데가 있었다. 서로 탐색하는 것처럼 보였다.

『유어 프렌드』의 주인 즉, '범인'을 찾고 있는 것이다. 그와 동시에 '다음은 나일지도 몰라' 하는 두려움에 떨었다.

하지만.

그것만으로는 설명이 안 되는 기묘한 분위기가 교실에 감돌기도 했다. 학생들 사이에서 의심과 불신감, 공포뿐 아니라 또 다른 감정이 끓어올라 교실에 자욱이 끼어 있었다. 그런데 그게 뭔지 마이카는 알지 못했다. 『유어 프렌드』쇼와 64년 4월호가, 저주가 실재한다 했을 때 어떻게 대처해야 할지도 생각나지 않았다. 다른 교사와 의논해야 할까. 한다면 누구와? 애당초 '범인'은 누굴까? 반에서 정점에 있는 두 사람을 추하게 만들고, 그중 하나를 자살로 몰아넣고도 태연하게 등교하고 있는 여학생은.

"고타니 선생님."

뒤에서 누군가 부르는 소리에 마이카는 돌아봤다. 가노 마미가 학교 책가방을 들고 서 있었다. 방과 후 교무실의 웅성거리는 소리가 한꺼번에 귀에 닿았다.

보건실에서 이야기를 나눈 지 일주일이 지났다.

2반 학생들 속에서 마미는 명백히 겉돌게 됐다. 고립되고 말았다. 저주의 실재를 믿고 '범인'을 찾아내기 위해 모든 학생들을 상대로 탐문을 계속하고 있으니 거북스러워하는 것도 당연하다.

"어쩐 일이야?"

"선생님은 솔직히 사라 님을 어떻게 생각하세요?"

갑자기 물어서 마이카는 당황했다. 자기도 몰래 입가에 쓴웃음이 번졌다.

"이것도 요즘 하는 탐문이니?"

"네, 사라 님을 위한 복수예요."

마미는 당당하게 대답했다. 맞은편 자리에서 차를 마시던 미쓰이가 심하게 사레들렸다. 그 모습을 싸늘하게 쳐다보고 나서 마미는 다시 물었다.

"어떠세요?"

"어떠냐니······. 그래, 반의 중심이고 리더십 있는 애라고 생각했어. 실제로 그랬고, 또."

"선생님." 마미는 가로막듯이 말했다. "제가 여쭤보고 싶은 건 미인이었던 사라 님을 어떻게 생각하셨느냐는 거예요."

"그건."

"전 우러러봤어요. 남자였다면 고백했겠죠. 스토커가 됐을 지도 몰라요."

겨우 가슴을 가라앉혔던 미쓰이가 다시 콜록거렸다.

마이카는 마미의 밋밋한 얼굴을 물끄러미 바라봤다. 약간 간격이 벌어진 눈에선 강한 의지가 서린 빛이 번쩍거렸고, 커다란 입은 한일자로 굳게 다물어져 있었다. 진심으로 하는 말이었다.

"사라 님은 미인이어서, 반에서 1등이니까 당했어요."

마미가 다시 말을 시작했다.

"동기는 분명 질투겠죠. 범인은 사라 님이 예쁜 게 견딜 수 없었던 거예요."

확신을 가지고 계속 말을 이었다.

"사라 님을 어떻게 생각하셨는지 말씀해 주세요."

"선생님, 스스로에게 더 자신감을 가지세요."

마이카의 머릿속에 사라사가 화장과 얼굴 생김새에 관해 질문했을 때의 기억과 감정이 되살아났다. 남학생이 부르자 여유롭게 교실을 나가던 사라사의 뒷모습. 찰랑거리는 긴 머릿결. 떠날 때 지었던 미소. 나는, 나는 그때…….

"날 의심하는 거니?"

마이카는 질문으로 되받아쳤다. 생각하기도 전에 말이 입밖으로 튀어나왔다. 스스로도 가시 돋친 말투로 변했음을 안다. 주위의 시선이 둘을 향해 있는 것이 느껴졌다.

마미는 분명하게 고개를 한 번 끄덕였다.

"결백한 사람은 저주를 받은 노지마하고, 사진을 본 충격으로 쓰러진 나가스기뿐이에요. 나머진 모조리 의심하고 있어요. 선생님도 예외는 아니고요. 비교적 유력한 용의자에 가깝죠."

심장이 빠르게 두방망이질 쳤다.

"이유는 지난주에 보건실로 나가스기 상태를 보러 오셨기 때문이에요. 그때 주술 도구를 건네려 하신 거 아닌가요?"

교무실이 웅성거리는 소리로 둘러싸였다.

"가노, 있잖아."

"선생님은 항상 생글생글 웃으셔서 진정성이 없어요. 그 자리에 있었던 사람 중에 제일 수상하다고요."

마미는 거의 고함치는 목소리로 말했다.

"……사라 님의 쓰야나 고별식 때도, 노지마가 그렇게 됐을 때도 마찬가지였어요. 칠판에 사진이 붙어 있던 날도 아무 일도 없었다는 듯이 수업 시작하시고."

마이카는 말문이 막혔다. 당황스러움, 조바심, 분노. 그런 감정들이 가슴에서 치밀어 올랐지만 무척 아득하게 느껴졌다. 마미의 말에 충격을 받았는데도, 아직 고통은 느껴지지 않는다. 마치 의식이 분리된 것 같았다.

자기 말에 흥분했는지, 마미의 눈은 눈물이 고이며 충혈됐다.

"노지마 병문안도 안 가셨죠? 전 갔어요. 탐문이었으니까 엄밀히 말하면 병문안은 아니지만 그래도 걱정됐어요. 선생님은 걱정도 안 되세요? 안 되시죠? 왜냐면 선생님이 하신 거니까요. 예쁜 사라 님을 질투하고, 귀여운 노지마한테도."

"가노, 잠깐 흥분 좀 가라앉힐까?"

말을 건 사람은 아다치였다. 온화한 미소를 지으며 다가와, 둘 사이에 끼어들었다.

"네 마음은 알겠어."

따뜻하게 말을 건넸다. 아다치를 올려다보던 마미는 기세가 꺾인 듯, 얼굴을 일그러뜨리며 훌쩍훌쩍 울기 시작했다. 이내 휘익, 하고 양팔로 얼굴을 가렸다.

"……선생님은 몰라요."

마미는 신음하듯 말했다. 아다치는 긍정도, 부정도 하지 않고 마이카에게 눈짓하더니 마미를 재촉해서 회의실로 데려갔다. 교사들이 딴 데로 시선을 돌리면서, 교무실은 억지스러운 안정을 되찾았다. 마이카는 그 모습을 멍하니 바라봤다. 미쓰이가 뭐라고 하는데도 말이 하나도 귀에 들어오지 않았다.

들리는 건 아주 옛날에 자신의 가슴을 후벼 판 어머니의 목소리였다.

"마이카는 웃을 때가 제일 나으니까."

잊었다고 믿었던 일들이 차례차례, 기억 밑바닥에서 북받쳤다.

콸콸, 아니, 질척질척하게 끊임없이.

마이카는 가슴이 조여드는 듯한 느낌에 서둘러 숨을 내쉬었다.

"고타니 선생님?"

부르는 소리에 고개를 들자, 아다치가 걱정스럽게 들여다보고 있었다. 햇빛이 눈부시다. 과자 상자를 들고 있다. 지금은 언제일까, 여긴 어딜까 혼란스러워하다가 바로 기억해 냈다.

지금은 토요일 오후, 둘은 노지마 유나의 집에 가는 중이다. 어제 병문안을 가겠다고 했더니 "저도 같이 가게 해주세요" 하고 아다치가 부탁하는 바람에 이렇게 함께 걷고 있다. 학교에서 꽤 가까운 맨션 주택가를.

"컨디션이 안 좋으세요?"

"아뇨."

"근데 얼굴이 새파래요. 아까부터 정신도 딴 데 가 있고요."

안색이 안 좋은 것도, 다크서클이 더 짙어진 것도 오늘 아침에 거울을 봐서 안다. 화장으로 얼버무릴 수 있는 게 아니어서, 화장을 하니까 더 아픈 사람처럼 보였다. 아다치가 지적할 정도니 객관적으로 봐도 지독한 꼴인 모양이다.

"괜찮아요."

마이카가 딱 잘라 대답하자, 아다치는 의아하다는 표정을 지었다. 그 표정의 의미를 깨닫고, 엉겁결에 눈을 피하고 말았다. 이윽고 아다치가 머뭇거리며 말을 꺼냈다.

"가노가 범인 취급한 거, 신경 쓰이세요? 적의를 분출했다고 해야 하나?"

대답하지 않자, 아다치가 가벼운 말투로 이어 말했다.

"그 녀석이 하무라한테 뭐랄까……, 푹 빠져 있었던 건 사실이잖아요. 지금도 마찬가지겠죠. 그 정도 나이 때는 그런 식으로 뭔가에 열광하는 경우가 종종 있으니까요. 엉뚱한 걸 믿기도 하고요. 근데 일시적인 거예요. 앞으로 몇 달만 지나면 언제 그랬냐는 듯 굴걸요. 그러니까 마음에 담아두지 마세요."

유나가 사는 5층짜리 맨션이 보였다.

"다 떠나서 『유어 프렌드』의 주술이라니, 너무 터무니없잖아요. 하무라 노지마 사건하고 연관 짓고 싶어 하는 마음은 알겠는데, 사진도 단순한 장난이고……."

"전 봤어요. 노지마가 제 눈앞에서 여드름투성이가 되는 모습을요."

마이카는 말했다.

"주술에 사용한 봉투랑 사진도 가노가 보여줬어요. 구조가 주웠대요."

"아니, 그건 갖다 붙이기 나름이에요. 노지마도 그런 병이랄까, 특수한 증상일지도 모르잖아요. 주술과 결부시키는 건 안이한 생각이에요."

맞는 말이다. 제대로 된 어른이라면 그렇게 생각할 것이다.

하지만⋯⋯.

맨션 부지로 들어섰다. 정면 현관의 유리문을 통과해, 엘리베이터 홀로 향한다. 건축 당시에는 세련되게 보였을 바닥과 벽, 조명도 지금은 시대에 뒤떨어져 군데군데 더러운 부분이 눈에 띄었다. 유나의 집은 5층이었다.

"죄송합니다만, 아침이 되니까 다시 만나고 싶지 않다고 해서요⋯⋯."

현관문을 열자마자, 유나 어머니가 미안한 듯 말했다. 병원에서 봤을 때보다 더 야위어서 작게 위축돼 있었다.

"인사라도 하고 싶습니다. 이제껏 못 와서 미안하단 말도요."

마이카는 진심으로 말했지만, 어머니는 미간을 찌푸렸다.

"부탁드립니다." 아다치가 간곡하게 말했다. "정 안 되면, 문밖에서라도 괜찮습니다. 잠깐 얘기를 나누고 싶어서요."

"그래요?"

문고리를 붙잡고 서 있는 어머니의 시선이 흔들렸다. 키가 작고 어쩐지 어린아이를 연상시키는 풍모가 유나와 조금 닮았다.

"……병문안 와주신 건 정말 감사해요. 여태껏 찾아와 준 애가 한 명뿐이었거든요."

가노 마미일 것이다. 아라키나 오하라가 안 오는 건 어쩌면 수긍이 갔지만, 다른 애들도 병문안을 안 왔을 줄이야. 할 말을 찾고 있을 때, 어머니가 "들어오세요" 하며 활짝 문을 열었다.

유나의 방은 복도 한가운데쯤, 욕실 옆에 있었다. 어머니가 하얀 문을 노크하고 유나를 불렀다.

"선생님 오셨어. 고타니 선생님하고 남자 선생님인데, 그……."

"수학을 가르치는 아다치입니다."

"아다치 선생님. 어때? 나올 수 있겠어?"

묵묵히 기다리는데 거실 쪽에서 드르륵, 하는 큰 소리가 났다. 앗, 하고 어머니가 종종거리며 거실로 향하더니 스마트폰을 들고 돌아왔다. 화면을 두 사람 쪽으로 들어서 보여준다.

─싫어.

유나는 어머니에게 메신저로 그 한마디만 보냈다. 서글픔과 피로가 뒤섞인 미소를 짓는 아이 어머니를 바라보는데,

아다치가 크게 소리쳤다.

"시로우사기야에서 도라야키 사 왔어. 이게 요즘 엄청 인기라며? 그렇게 오래되고 조그만 가게가 젊은 애들한테 먹히다니 솔직히 의외였어."

대답은 없었다.

"학교에 다시 와. 선생님 기다릴 테니까."

어머니의 표정이 어두워졌다. 역시 대답은 없었다.

"잠깐 얘기만이라도 하지 않을래? 넌 메신저로 해도 괜찮아."

새로운 문자열이 액정 화면에 표시됐다.

―가라고 해.

"유나야."

어머니가 타이르듯 부르며 문고리를 잡았다.

"선생님 힘들게 오셨……."

쾅, 하고 문이 세게 울려서 세 사람은 곧바로 뒷걸음질했다. 안쪽에서 베개인지 뭔지를 내던진 모양이다. 덜그럭거리며 문이 작게 흔들렸다.

어쩔 수 없다는 듯 아다치가 어깨를 움츠렸다. 어머니는 짐짓 얼굴을 찌푸리며 마이카를 쳐다봤다. 그만 돌아가달라는 무언의 호소였다. 그런 흐름이, 분위기가 조성되고 있었다. 이 세 사람 사이의 분위기가.

여기선 순순히 물러나는 게 타당하겠지. 과자 상자만 두고, 떠날 때 격려의 말을 던지는 걸로 충분해. 담임으로서, 교사로서.

그렇게 행동으로 옮기려 했을 때, 귀가 희미한 소리를 포착했다. 문 너머에서 들렸다.

흐느껴 우는 소리였다.

마이카가 울음소리를 알아챈 순간, 그건 일부러 부스럭거리며 이불 젖히는 소리에 지워졌다.

"들으셨어요?"

"네? 이불 소리 아닌가요?"

아다치가 어안이 벙벙한 표정으로 대답했다. 어머니도 들은 기색이 없었다. 가르쳐주려다 마이카는 관두기로 했다. 뇌리를 스친 건 유나가 학교에서 했던 말과 행동이었다. 유나는 어려 보이기 싫어서 말투도, 행동도 화려하고 강하게 꾸미고 다녔다. 꼭꼭 무장하고 있었다.

그걸 풀려면⋯⋯.

"죄송합니다만, 유나랑 둘만 있게 해주시겠어요?"

마이카는 생각이 떠오르자마자 말했다.

어머니는 걱정스러운 듯 여러 번 마이카 쪽을 보면서 거실로 향했다. 그 뒤를 따르던 아다치가 한 번 고개를 끄덕하더니 거실 문을 닫았다. 마이카는 복도에 홀로 남아, 호흡을 가다듬었다.

"음⋯⋯, 노지마. 대답 안 해도 되니까 들어줘."

마이카는 말을 건넸다.

"이제야 와서 미안해. 속 보이는 거 알아."

새하얗고 평평한 문에 대고 이야기를 계속했다.

"솔직히 말하면, 저번에 학교에서 가노한테 혼나고 나서야 가봐야겠구나 했어. 그때까진 무슨 일이 벌어지고 있는지 몰랐고, 알았다 해도 혼란스럽기만 해서 병문안을 가야겠단 생각조차 못 했어."

자조 어린 미소를 짓고 만다.

"냉정하지?"

반응은 없었다. 복도는 쥐죽은 듯 조용했다. 거실에 있는 두 사람도 잠자코 있는 것 같았다. 마이카는 답답한 침묵 속에서 결심하고 입을 열었다.

"노지마, 내가 범인이라고 생각하니?"

이번에도 대답은 없었지만, 망설여지기 전에 이어서 말했다.

"범인일지도 모른다고 생각한 적 없어? 히메의 저주⋯⋯ 『유어 프렌드』의 주술을 내가 부렸다고. 선생님이라고 해서 용의자 리스트에서 빼도 괜찮은 건 아니잖아. 저 여자도 충분히 수상하다면서 말이야. 게다가."

마이카는 손으로 벽을 짚으며 버텼다.

"하, 항상, 심지어 이럴 때도, 생글생글 웃으니까."

마음을 굳게 먹고 말했다.

이제껏 흘려넘기기만 했던 주위의 반응이 떠올랐다.

"네가 교실에서 그…… 다쳤을 때, 나한테 말했지? 누굴 바보로 아느냐고. 기억나? 그거, 내가 웃어서 그런 거지?"

사라사의 쓰야에서 아다치가 보인 의아해하는 표정. 교무실에서 아오야마가 보인 뿌리치는 듯한 태도. 여기 왔을 때 본 유나 어머니의 표정. 모두 이유는 알고 있었지만, 신경 쓰지 않으려 했다. 내 세계에서 분리해 놨다. 그러나 지금은.

"이거, 좋아서 웃는 거 아니야. 기뻐서도, 재미있어서도 아니야."

마이카는 겨드랑이에서 불쾌한 땀이 흐르는 게 느껴졌지만, 아랑곳하지 않고 이야기를 계속했다.

"고쳐지질 않아. 초등학교 때부터 계속 이래. 처음엔 의식해서 억지로 웃었는데, 지금은 완전히 습관이 돼서 자각이 없어졌어. 초등학교 2학년 때 설날이었나, 친척들이 모여 있는 앞에서 엄마가 그러더라. 넌 못생겼으니까 웃어, 마이카는 웃을 때가, 제일……."

목이 멘다.

"……제일 낫다고. 그 후로는 계속."

이마가 문에 닿았다.

"엄만 재작년에 돌아가셨는데, 그래도 안 고쳐지네."

떠올리기 싫은 기억을 말로 하는 바람에 가슴이 고통을 호소했다. 문을 짚던 손은 어느새 주먹을 꽉 쥐고 있었다.

"그러니까 난 범인이 아니야. 『유어 프렌드』도 얼마 전에 알았어. 믿어줘. 그리고…… 이 문 좀 열어주면 안 되겠니?"

말을 끝내자마자 후회가 밀려왔다. 이게 과연 유나에게 정답일지 몹시 불안했다. 완전히 빗나가서 역효과를 부를지도 모른다.

마이카는 문에 기대, 회한 섞인 신음이 새어 나오려는 걸 참았다.

문고리가 돌아갔다. 철커덕하는 소리와 함께 진동이 문 합판을 타고 전해져 몸을 울렸다. 그렇게 감지한 바로 다음 순간, 문이 안쪽으로 열렸다. 마이카는 몸을 휘청거리다 앞으로 고꾸라지듯 방으로 뛰어 들어가고 말았다.

깜깜했다. 커튼은 완전히 닫혔고 조명도 꺼져 있었다. 발 끝에 닿는 건 봉제 인형일까.

노지마 유나가 바로 옆에 있음을 깨닫고, 마이카는 얼어 붙었다. 문고리를 붙잡고 흰색 추리닝 차림으로 의아하다는 눈길을 마이카에게 던지고 있다. 이마도, 뺨도, 코도, 턱도 크고 작은 거즈로 덮인 채다. 거즈마다 누런색과 갈색 얼룩이 묻어 있었다.

눈이 어둠에 적응하고 나니 어질러진 방이 보였다. 옷이 바닥과 침대를 뒤덮고 있다. 유행하는 외출복으로 빼곡하게.

그 모두가 갈기갈기 찢겨 널브러져 있었다.

커다란 가위가 마치 오브제라도 되는 양, 벽에 수직으로 꽂혀 있었다.

"이제 필요 없으니까요. 평생 밖에, 나갈 수도 없고요."

유나의 목소리가 들렸다. 벽에 기대는 게 기척과 소리로 느껴졌다.

"그럴 리가."

"아뇨, 이거 안 나을 거 같아요. 의사도 제대로 얘기 안 해 주고 일단 경과를 보자, 상태를 지켜보자, 그런 말만 해요. 옆 동네 큰 병원에 가도 마찬가지고."

유나가 뺨에 덮인 거즈를 살짝 만지더니, 원망스럽다는 듯 이를 드러냈다.

"상처는 아물지 않고, 이상한 진물도 계속 나와요."

"……아프니?"

"뜨겁고 따끔따끔해요."

마이카를 노려보는 눈이 아주 조금 차분해졌다.

"선생님은 저주 같은 거 터무니없다고 생각 안 하세요?"

"안 해."

"믿는다고요?"

"응."

"선생님은 범인 아니죠?"

"아니야."

유나는 몸 전체를 마이카 쪽으로 돌리더니 물었다.

"그럼 우리 반에 있는 거네요? 『유어 프렌드』를 받은 애가.”

“내 생각엔 그래.”

마이카는 유나를 똑바로 바라봤다. 이윽고 유나가 작게 중얼거렸다.

“……역시, 그렇게 되는구나.”

고개를 숙이며 이어 말했다.

“이런 얘기, 친구한텐 못 했어요. 아니, 요즘엔 평범한 말도 하기 힘들어요. 치아키가 이런저런 메시지를 보내긴 하는데, 답장은 적당히 하게 되더라고요. 속으로 고소해하지 않을까 생각하면 짜증 나서요. 다른 반 애들한테도 말 못 하겠어요. 돌고 돌아서 반드시 범인 귀에 들어갈 테니까.”

유나는 머리맡에 둔 스마트폰으로 눈길을 돌렸다.

아무도 못 믿게 되는 심정은 이해가 갔다. 치아키는 진심으로 걱정하고 있을 테지만, 지금의 유나에겐 통하지 않는 게 당연하다.

“이런 얼굴로 누굴 부를 수도 없잖아요. 애초에 가노 말고는 아무도 찾아오지 않았고요.”

저주를 받은 이후, 유나는 계속 혼자였다. 그보단 저주를 계기로 전부터 연약했던 교우관계가 깨끗이 끊어졌다고 해야 할까.

“미안해. 더 일찍 왔으면 좋았을 텐데.”

마이카가 생각을 정리하기도 전에 말이 먼저 나왔다. 웃음이 번질 것 같은 입가에 힘을 주고 무표정을 유지했다.

유나의 젖은 눈이 희미하게 빛났다.

"선생님. 이거, 어떡해요……."

마이카는 유나의 떨리는 어깨를 가만히 안았다.

유나는 마이카의 가슴에 얼굴을 묻고, 아이처럼 울기 시작했다.

* * *

공부가 재미있다고 생각한 적은 한 번도 없지만, 수업은 좋다. 정확하게 말하면, 수업 중에만 겨우 마음이 놓인다. 아무도 나를 보지 않으니까.

그런데 지금은 아니다. 왜냐하면…….

구조 게이는 노트에서 고개를 들었다. 3학년 2반 교실. 6교시, 수학 수업 중. 교단에서는 아다치가 잡담을 하고 있다.

교실은 긴장에 휩싸여 있었다.

남학생 중 일부는 따분한 듯 보였지만, 나머지는 모두 부자연스러울 정도로 등줄기를 곧게 펴거나 거북이처럼 등을 굽히고 있었다.

반 아이들 대다수가 불안에 빠져 있다. 두려워하고 있다. 노지마 유나 같은 일이 또 일어날지도 몰라. 『유어 프렌드』의 주인이 세 번째 주술을 걸지도 몰라. 아니, 이미 걸어서 슬슬 효과가 나타나고 있을지도 몰라.

다음은 내 차례가 아닐까, 하고 여학생들은 벌벌 떨었다.

대부분의 남학생들은 옆자리 여자아이가 아닐까, 앞뒤에 앉은 여자아이는 아닐까, 하며 의심했다. 나머지 남학생들에 겐 남의 일이었다. 어쩌면 소문 따윈 애초부터 믿지 않았기 때문일지도 모른다. 사라사와 유나가 겪은 불행은 그저 잇따른 우연이고, 칠판 사진 사건은 장난이라 간주하는 것이다.

『유어 프렌드』의 주술, 하고 게이는 마음속으로 중얼거렸다.

주술은 여자에게만 효과를 발휘한다고 한다. 전해 들은 예전 희생자들도 모두 여자다. 그리고 이번 희생자 두 명도.

미모가 뛰어난 상위 그룹 여학생들만 당하는 것도 아닌 모양이다. 이것도 소문일 뿐이지만, 외모가 예쁘지 않은 여자아이들 여럿도 과거에 표적이 돼서 자살했다. 그래서 몇몇 남학생들과는 달리, 여학생들은 이 사태를 강 건너 불구경하듯 할 순 없었다.

다가오는 주술의 공포. 추하게 변해버리는 것에 대한 공포.

이보다 더 상처 입는 것에 대한 공포.

평범함에서 멀어지는 공포.

찌릿찌릿 타들어 가는 듯한 감각이 마스크 안쪽, 게이의 왼쪽 뺨에 번졌다. 실제로 무슨 일이 일어나고 있지는 않다. 얼굴이나 흉터 때문에 고민할 때마다 이런 감각에 사로잡혔다.

중학교 2학년 가을, 학교를 마치고 집에 가는 중이었다. 학교 근처 국도변을 걷는데, 경차가 갑자기 돌진해 왔다. 차에 치여 날아간 게이는 그대로 주차장 펜스에 내팽개쳐졌다. 충돌 직후에 차가 정지했기 때문에 몸이 짓이겨지지 않았고, 펜스가 쿠션 역할을 해준 덕에 치명상을 입지는 않았다.

그러나 낡은 펜스에서 비어져 나온 철선들이 게이의 얼굴을 사정없이 찢고 살점을 도려냈다. 현장은 피범벅이었다고 한다. 게이는 기절하는 바람에 상황을 직접 보지 못했다.

수술은 크고 작은 것을 모두 합쳐 열 번이나 했다. 병원에 처음 실려 갔을 때 비하면, 얼굴은 몇백 배나 나아졌다. 시력에도 전혀 이상이 없었다. 그러나 얼굴 왼쪽 절반에만 커다란 흉터가 남았다. 회전하는 드릴을 꽂아서 되는 대로 움직이게 놔둔 듯한 흉터가.

검붉은 피부는 파운데이션으로 가릴 수 있지만, 불룩 나온 흉터는 어찌할 방법이 없었다. 커다란 마스크를 쓰고 앞머리를 길러도, 눈 주위가 완전히 가려지지 않았다. 얼굴의 좌우 대칭이 크게 무너져, 멀리서 봐도 위화감이 들었다. 처음엔 입을 움직이기가 어려워서 말소리도 명료하지 못했다.

3학기가 시작되자마자 게이는 주변의 눈이 두려워졌다. 학교에 있을 때는 물론이고 외출만 해도 여기저기서 의아해하는 시선, 호기심 어린 시선이 날아와 꽂혔다. 말하는 것도 고통스러워졌다. 친구가 "응?" 하고 물을 때의 애매한 표정과 날카로운 목소리를 견딜 수 없었다.

　학교에는 자주 결석하게 됐다. 친구들과도 거리를 뒀다. 밖에 나갈 땐 마스크를 꼭 챙겨야 했다. 대화하는 사람은 부모님뿐인데, 그 부모님 또한 딸의 '가치'가 떨어졌다고 슬퍼한다는 걸 게이는 잘 알고 있었다. 한밤중에 둘이서 소곤소곤하는 이야기를 복도에서 들어버렸기 때문이다. "신부로 데려가겠단 사람은 없겠지. 그 전에 취직도 힘들 테고……" 라고 하는 말을.

　겨우 정상적으로 등교하게 된 건 3학년 2학기부터였다. 학교나 같은 반 애들은 예전과 똑같이 대해줬지만, 게이의 마음은 조금도 밝아지지 않았다.

　나는 더 이상 평범하지 않아.

　모두에게서, 세상에서 배제되고 말았어. 단지 돌을 던지거나 침을 뱉지 않을 뿐이야.

　죽을 때까지 이런 취급은 달라지지 않겠지. 의사는 "의료 기술은 날마다 진보하고 있어"라고 격려해 줬지만, 하루아침에 얼굴이 원래대로 돌아가진 않을 테니까.

　고등학교 입시 때문에 시험을 칠 때만큼은 마스크를 벗어야 했다. 사전에 문의한 결과 '감기 등이 아닌 이상 착용은 허용되지 않는다'라는 답변이 돌아왔기 때문이다. 낯선 학교에서 쏟아지는, 선생님들과 다른 학교 학생들의 가차 없는 시선. 게이는 마음을 닫고 버텼다. 이미 시험은 안중에 없었기에 가채점 점수는 엉망이었지만, 유일하게 요쓰카도 고등학교에 합격했다.

게이는 우울한 마음으로 고등학교 생활을 했다. 대놓고 괴롭히는 사람은 없었다. 멀리하지도 않았다. 그래도 마스크를 벗는 건 상상할 수 없었다. 소외감이나 시선에 관한 공포심은 항상 느꼈다. 오직 예외는 모두가 칠판만 보는 수업시간뿐.

그런데 지금은 그 수업시간에조차 긴장을 풀지 못한다.

저주에 대해 메시지로 이야기하는 학생들도 있을 것이다. 쟤가 수상해, 얘도 수상해, 그런 대화를 하는 게 분명하다. 그런 타인을 비난하면서도, 나 또한 이래저래 추측하고 있다. 용의자 리스트를 작성해 보려 한다.

'주술 도구'인 봉투를 주운 이후의 일들을 떠올려봤다.

유나가 뛰쳐나가고 책상을 원래대로 돌려놓을 때, 바닥에 떨어져 있는 봉투를 발견했다. 사진을 본 순간, 숨을 죽이고 말았다. 편지를 읽었을 때는 눈을 의심했다. 자기 말고 아무도 눈치채지 못했다는 걸 확인하자마자, 자신의 책상 속에 쑤셔 넣고 그대로 이틀을 방치했다. 그러는 동안 계속, 다음 표적을 예측할 수밖에 없었다.

"지금까지 일어난 사건 중에서 뭐 짚이는 거 없어?"

그날, 점심시간이 시작되자마자 가노 마미가 그렇게 물었을 때 게이는 망설였다. 봉투를 보여줄까 말까. 내 생각을 털어놓을까 말까. 바보 같다고 할지도 몰라. 수상쩍게 여길지도 몰라. 그래도…….

"왜 그래, 구조?"

"이거, 주웠는데……."

굳게 마음먹고 봉투를 끄집어냈다. 그리고 마미를 화장실로 데려가서 건네줬다. 내용물을 살펴본 마미의 얼굴빛이 순식간에 변했다. 생각했던 걸 말로 풀어서 들려주자 마미는 여러 번 고개를 끄덕이더니 "따라와" 하며 화장실을 뛰쳐나와 보건실로 향했다. 그리고.

"……했던 거야. 걸작이지?"

수업 중에 아다치가 그렇게 말하며 혼자 웃었다. 아무래도 아이들을 웃기려고 쓰는 비장의 에피소드인 모양인데, 교실 곳곳에서는 희미한 웃음소리만 드문드문 날 뿐이었다. 아다치는 비에 젖은 강아지 같은 눈으로 다시 판서 내용을 설명하기 시작했다. 게이는 샤프펜슬을 고쳐 쥐었다.

종이 울리자, 아다치가 이만 수업을 마친다는 신호를 보냈다. 야마기시가 구령을 붙여 인사하고, 점심시간이 시작됐다. 아다치가 나가고 얼마 지나자, 게이는 책가방에서 도시락과 돗자리가 든 작은 손가방을 꺼냈다. 점심은 늘 혼자 먹었다. 마스크를 벗어도 아무도 안 쳐다보는 옥상 문 바로 앞 층계참에서.

교실을 나가려는 그때였다.

"으악!"

여학생의 비명이 교실에 울렸다.

아라키 가오리였다. 근처에 있는 자기 책상 앞에서 엉거주춤한 자세로, 혐오스러워하는 표정을 지으며 자기 손을 바라보고 있었다. "왜 그래?" 하고 오하라 사쓰키가 묻자, 가오리는 화들짝 놀라며 손을 들어 올렸다.

"이게 책상 속에 들어 있었어!"

손에는 사진과 편지지가 들려 있었다.

가오리의 셀카 사진이었다. 광대뼈는 도드라지지 않게끔 보정했고, 눈은 크게 키웠으며, 피부색은 지나칠 정도로 하얬다. 누군가가 가오리 본인이 SNS에 올린 사진을 인쇄했다는 뜻일까. 편지지에는 활자가 인쇄돼 있었다. '아라키 가오리가' '부어올라'라는 부분만 겨우 보였다.

게이는 소리를 지를 뻔했다.

주술 도구다. 『유어 프렌드』의 주인은 다음 사냥감을 가오리로 정했다.

"주술이잖아!"

소리친 사람은 사쓰키였다.

동그란 얼굴이 새파랗게 질려서 가오리에게 뛰어갔다. 둘은 금방이라도 부둥켜안을 듯한 거리에서 "어떡해!" "저주받으려나 봐!" 하고 아우성쳤다. 반 아이들 대부분은 뭐가 어떻게 됐는지 몰라 그 자리에 우두커니 서 있었다. 예외는 그날, 보건실에 있었던 사람들뿐.

창가에 서 있던 마미가 험악한 표정으로 가오리와 사쓰키를 쏘아봤다.

가바시마 노조미는 두 손으로 입을 틀어막았다.

치아키는 의자에 앉은 채로 두 사람을 응시했다. 입술이 부들부들 떨렸다. "치아키, 어쩌면 좋지?" 하고 사쓰키가 물어도 대답하지 못했다. 그저 힘없이 고개를 저을 뿐이었다.

"어떡하지, 어떡하지."

과장되게 발을 동동 구르는 사쓰키를 보고, 가오리는 생긋 웃으며 입술을 일그러뜨렸다.

"바보, 이런 거 보나 마나 장난이잖아."

그렇게 말하더니 편지지와 사진을 겹쳐서 박박 찢었다. 반 아이들 모두에게 보란 듯이, 도발하듯이. 그러고는 꼼꼼하게 뭉쳤다.

가오리는 실내화 소리를 내며 교실 귀퉁이로 향하더니, 그대로 힘껏 주술 도구를 쓰레기통에 집어 던졌다. 통, 하고 얼빠진 소리가 교실에 울려 퍼졌다.

종례를 하려고 교실에 나타난 고타니 마이카는 어쩐지 낙담한 모습이었다. 얼굴에 들러붙은 억지웃음도 평소와는 달리 약했다. 무슨 일이 있는 걸까.

가오리나 사쓰키 중 하나가 주술 도구에 관해 마이카에게 말할 거라 생각했는데, 둘 다 아무 말도 하지 않았다. 두 사람은 종례가 끝나자, 속닥속닥 이야기를 나누며 바로 교실을 빠져나갔다.

학교에서 나와 걸어서 15분. 주택가를 벗어나, 좁고 긴 계단에 접어들었다. 모두가 그것을 '삼백 계단'이라 부르는데, 실제 계단 수는 백스물하나다. 게이의 집은 그 삼백 계단을 올라가서, 더 안쪽에 있었다.

무성한 나무들에 가려진 삼백 계단은 어두침침하고 눅눅했다. 금이 가고 이끼가 낀 계단을 바라보며 걷고 있을 때였다.

"그거, 진짜라고 생각해?"

누가 갑자기 뒤에서 말을 걸었다.

가노 마미가 심각한 표정으로 계단을 올라, 게이 바로 옆에 나란히 섰다. 가운데 난간을 잡으며 "네가 있던 자리에서는 뭐 보인 거 없었어?" 하고 연이어 질문했다.

"……모르겠어. 제대로 보지도 못했고."

"그래?"

마미는 가방에 손을 찔러 넣더니 동그란 뭔가를 꺼냈다. 동그랗게 뭉친 종이 같았다. 사진도 섞여 있었다.

"그건."

"응, 아까 챙겨놨어."

계단을 올라가며 마미는 종이 뭉치를 펼치기 시작했다.

"잘도 만진다."

"응?"

"미안. 노지마한테 쓴 거 주웠을 때, 난 힘들었거든. 계속 책상 서랍에 넣어두고 기분까지 찝찝했는데 만지긴 더 싫어서, 그래서……."

"보통은 그렇겠지."

마미가 사진 쪼가리를 집어 들었다. 가오리의 오른쪽 눈과 코 부분이었다.

"근데 이건 표적이 정해져 있으니까, 그 사람 말고는 효과가 없다는 뜻 아닐까? 새벽에 누군가를 저주하려고 신사 경내 나무에 못 박아두는 짚 인형처럼."

"짚 인형도 만지기 싫어."

"그렇긴 하지."

사진 쪼가리를 코끝에 갖다 대더니 냄새를 맡았다. 살짝 얼굴을 찌푸렸다.

"……냄새나?"

"응, 피 같아."

아무렇지 않게 말했다. 게이는 무의식중에 마미와 거리를 뒀다. 마미는 눈치를 못 챈 건지, 신경을 안 쓰는 건지 태연한 얼굴로 편지지 조각을 분류했다. 글자를 알아볼 수 있는 부분을 찾는 모양이다. 게이는 피하고 싶다고 생각하면서도 물었다.

"그럼 이건 진짜인 거네?"

"응?"

"내가 발견한 노지마 사진에도 피가 묻어 있었잖아. 똑같으니까 진짜지. 주술 도구란 뜻이라고."

"아니야."

마미는 한마디로 부정했다.

"아니긴. 게다가 주술이 피를 쓴다는 사실도 알 수 있어. 사진에 피를 칠하는 거지."

"그것도 모를 일이야."

"왜? 똑같은 게 연속으로……."

"이런 건 나나 너나 다 만들 수 있잖아?"

마미는 가벼운 말투로 말했다. 간결한 설명이었지만 단번에 수긍이 갔다.

그 봉투를 본 사람이라면 누구나 모방해서 만들 수 있다. 주운 자신도, 보여준 마미도. 그렇다면.

"저번 점심시간 때 보건실에 있었던 사람은 다 만들 수 있단 거네."

"맞아. 진짜인지 가짜인지 지금은 몰라. 아라키 말대로 장난일 수도 있고. 아니면 아라키의 자작극일지도 모르지."

"어째서?"

"자기를 용의선상에서 제외시키려고."

마미는 무척 진지한 표정으로 말했다. 밋밋한 얼굴에서 강한 의지가 뿜어져 나왔다. 농담이 아니다. 마미는 진심으로 탐정 놀이에서나 나올 법한 이런 말을 입에 담고 있다.

게이는 몸이 둥둥 뜨는 기묘한 느낌을 받으며 마음에 걸리는 점을 말했다.

"그럼 아라키가 범인이란 뜻이야?"

"가능성은 배제할 수 없어." 또다시 소설 같은 표현이 튀어나왔다.

"근데 자기 자신에게 저주를 걸다니."

"절차를 똑바로 밟지 않았거나, 애초에 자신에겐 효과가 없거나."

"그걸 어떻게 알겠어."

"그러게." 마미는 고개를 끄덕였다. "지금은 단서가 너무 적어서 어떤 방향으로든 추리할 수 있어. 범인을 특정하긴 아직 멀었지만" 하고 어깨를 움츠렸다. 그 옆얼굴에 한순간 피곤한 표정이 스쳤다.

"범인……."

게이가 한 말은 그 한마디뿐이었다. 범인. 이런 일이 벌어지기 전이라면, 이 또한 비현실적인 말이었으리라. 하지만 지금은 다르다.

"있겠구나."

"응, 범인은 있어. 사라 님을 해치고, 말 그대로 죽을 만큼 고통스럽게 만든 녀석이. 걔는 지금도 학교에 다니고 우리 반에서 태연하게 수업을 듣고 있어. 난 걔를 꼭 찾아낼 거야."

기껏 펼친 종이를 구깃구깃 찌부러뜨렸다. 조그만 눈이 위태롭게 빛났다.

"왜 범인을 찾으려는 거야?"

게이는 솔직하게 물었다. 오래전부터 마미가 사라사를 흠모한다는 사실은 알고 있었지만, 굳이 이러는 이유가 궁금했다. 누가 부탁한 것 같지도 않은데.

"좋아하는 사람이 살해당하면, 보통은 그렇게 해."

마미는 당연하다는 듯 대답하더니, 바로 이어서 말했다.

"좋아한다는 게 흔히 생각하는 그런 뜻이 아니야. 사라 님은 나 따위엔 관심조차 없었어. 그룹에 끼워주지도 않았고."

"그러니까 왜."

"몰라. 그럼 어떡해야 하는데? 다른 사람들처럼 얌전히 있으면 되는 거야?"

마미는 걸음을 멈췄다. 덩달아 게이도 멈춰 섰다.

"아무것도 안 하고 범인이 나만은 눈감아주길 기도하면 돼? 아니면 전부 우연이고 주술 같은 건 헛소문이라고 믿을까? 그런 주제에 사람 인상만 가지고 쟤가 범인이네, 아니네, 억측하면서 쑥덕쑥덕 뒷말이나 하면 되는 거야? 그게 평범해? 그게 정상이냐고."

분노로 가득 찬 말투였다. 종이 뭉치를 쥔 손에 힘이 들어가 있었다. 게이는 할 말을 잃었다. 이렇게 마주 보고 반 친구와 이야기하는 건 물론이고, 누군가가 감정을 토로하는 것도 오랜만이었다.

마미는 증오스럽게 손을 바라보면서 쥐어짜듯 말했다.

"나도 좋아서 하는 거 아니야. 가만히 있으면 직성이 안 풀려서 그래."

"미안."

게이는 겨우 사과했다. 그것 말고는 아무것도 생각나지 않았다.

마미는 일부러 크게 숨을 내쉬더니 미안한 표정을 지었다.

"괜찮아. 나야말로 미안해. 굳이 쫓아와서 먼저 말 걸어놓고 화를 내다니, 기분 나빴지?"

"아니야, 근데⋯⋯."

게이는 솔직하게 대답했다. 마미가 다시 걷기 시작하자 따라서 계단을 올라갔다.

"궁금하긴 해. 너희 집, 학교 끼고 반대쪽이잖아."

"이런 얘기 할 수 있는 사람, 너밖에 생각이 안 나더라. 봉투를 주운 것만으로 범인의 노림수를 추리하다니."

"그게 뭐 별거라고."

이 또한 솔직하게 대답했다. 사라사, 유나 순서면 다음은 치아키일 가능성이 클 것이라니. 그런 건 추리도 아니다. 흔해 빠진 짐작이다.

"그리고 하나 더."

마미가 말했다. 게이는 계단을 끝까지 올라가자마자 우뚝 멈춰 섰다.

요쓰카도 고등학교 교복을 입은 여학생 세 명이 서 있었다. 게이를 알아보자마자, 바로 앞에 있던 두 사람이 험상궂은 표정을 지었다.

가오리와 사쓰키였다. 두 사람 다 스마트폰을 들고 게이 쪽을 노려봤다. 그 뒤에서 치아키가 불안한 시선을 보내고 있었다.

가오리가 뭐라고 말하려는 순간이었다.

"잠복이라도 했니?"

마미가 선수 치듯 따졌다. 그리고 혀를 차는 가오리와 사쓰키에게 말했다.

"어쩐지 그럴 것 같더라. 이 주변은 오가는 사람도 적으니까. 그래서 이렇게 신변 경호……."

"닥쳐."

사쓰키가 날카로운 목소리로 되받아쳤다.

무슨 말이지? 그럴 것 같았다니. 신변 경호는 뭐야. 게이가 갈피를 못 잡고 있자, 마미가 종이 뭉치를 치켜들었다.

"저쪽 세 분은 말이야, 이걸 구조 네가 했다고 생각하고 계셔."

연극 대사처럼 말하며 세 사람을 쏘아봤다.

"역시 탐정."

조롱을 감추지 않고 가오리가 말했다. 지퍼를 연 채로 어깨에 멘 가방을 흔들며, 몸을 게이에게로 돌렸다. 역시나 나는 의심받고 있는 걸까.

"아, 아니야."

게이는 순간적으로 그렇게 대꾸했지만, 다음 말이 나오지 않았다. 주술 안 걸었어.『유어 프렌드』는 나한테 없어. 그러니까 나는 범인이 아니야. 그런 단순한 사실을 전하는 게 불가능했다. 마스크 속 뜨뜻미지근한 날숨이 견디기 힘들 만큼 불쾌하게 느껴졌다.

"왜 난데?"

게이는 간신히 물었다.

"얼굴이 그러니까."

가오리가 스마트폰을 만지작거리며 대답했다.

순간, 왼쪽 뺨에 그 찌릿찌릿한 감각이 스쳤다. 왼쪽 눈꺼풀에 경련이 일기 시작했다. 셋의 시선이 따갑다. 아니, 넷이다. 옆에 있는 마미까지 자신을 쳐다보는 게 느껴졌다.

얼굴이 이러니까 예쁜 애를 질투하겠지, 저주하겠지. 히메의 선택을 받고,『유어 프렌드』를 물려받았겠지. 그리고 저주를 걸었겠지. 세 사람은 자기를 그렇게 간주하고, 범인 취급을 하고 있다. 마미도 그걸 예측하고 뒤쫓아 온 것이다.

"너야?"

피투성이가 된 유나가 자신에게 달려든 이유도 그렇게 생각했기 때문이다. 틀림없다.

무릎에 힘이 들어가지 않았다. 위장이 둥둥 떠올랐다. 당장이라도 달려 도망치고 싶은데, 그 자리에서 한 발짝도 움직일 수 없었다.

사쓰키가 입을 열었다.

"가오리 책상에 그거 처박아놓은 사람, 너지? 사라사랑 유나를 그렇게 만든 것도."

"아냐, 아냐. 주술 같은 거."

"같은 거라니. 사람이 죽었어."

"그래도 뭐." 가오리가 이어 말했다. "지금은 '같은 거'라고 해도 되지 않을까? 찢어버리면 효과가 없다는 걸 알았으니까."

자기 얼굴을 손가락으로 가리켜 보여준다. 광대뼈, 여드름, 얼굴빛. 모두 평소와 다름이 없었다.

"다시 물을게. 네가 한 짓 맞지? 네 얼굴이 그러니까 우리 그룹을 질투한 거야. 예쁜 사라사나 귀여운 유나가 미웠겠지. 그래서 다음엔 치아키를 노리려 했는데, 들킬 것 같으니까 우리로 바꿨지?"

그런 생각은 하지도 않았고, 아무 짓도 안 했어. 그렇게 반론하고 싶은데 말이 나오지 않았다. 왼쪽 뺨이 분명하게 통증을 호소했고, 열기마저 느껴졌다. 그 때문에 생각할 여유가 없었다. 정신을 차리고 보니 아스팔트 바닥과 가오리의 신발만 보고 있었다. 눈을 맞출 수가 없었다.

가오리는 여전히 이야기하는 중이었다.

"우리 그룹이 부럽지? 다들 예쁘고 빛나잖아. 우린 사이도 좋고, 청춘을 마음껏 누리고 있으니까."

"보통 저런 말은 자기 입으로 안 하지 않나?"

마미가 나직이 말했다.

"뭐?" 가오리와 사쓰키가 입을 모았다.

마미는 전혀 동요하지 않고, 두 사람을 정면으로 응시했다.

"자의식 과잉이네. 외모가 별로라고 해서 모조리 너희를 질투할 리 없잖아. 사이좋은 척 연기하면서 서로 분위기 파악하느라 바쁘고, 메신저도 바로 답장 안 하면 왕따. 절친 놀이에 필사적인 동조 압력의 노예들이면서. 오히려 불쌍해."

"뭐라고?" 둘의 얼굴이 동시에 붉어졌다.

"백 보 양보해서 상위 그룹을 질투하는 마음이 동기였다 해도, 용의자를 구조 한 사람으로 좁힐 순 없어. 이를테면 나도 충분히 수상해. 얼굴은 이렇게 넓적하고 눈은 작고 미간은 멀고. 친척들이 넙치라고 부를 때마다 얼마나 짜증 나는데. 너희들, 나는 왜 제외했어?"

"가, 가노." 게이가 끼어들었지만, 마미는 여전히 말을 계속했다.

"나나 구조뿐만이 아니야. 우사미도 의심쩍고 구라하시도 상당하잖아. 가바시마도 애교 많고 밝지만, 객관적으로 보면 못생긴 범주에 속해. 못난이에, 돼지에, 땀 많은 식충이. 우리 모두 인간이잖아. 보통 질투 정도는 하지."

"얘, 가노."

가오리 일행은 어안이 벙벙해져 있었다.

"질투 하면 고타니 선생님이 가장 수상하지 않아? 우리 젊음을 질투하는 거야. 생긴 것도 그렇고, 맨날 히죽거리기나 하고. 학생들을 농락하고 높은 데서 내려다보며 웃고 있을지도 몰라."

"가노, 너 아까부터 여러 사람한테 무례……."

"이것저것 다 떠나서, 너희 둘도 별로 예쁘거나 귀엽지 않거든? 사라 님이 살아 있을 때는 기껏해야 들러리일 뿐이었어. 지금은 나가스기 들러리고."

"야!"

마침내 가오리가 소리쳤다. 스마트폰을 무기처럼 휘두르면서 무슨 말인가를 하려 했지만, 너무 화가 나서인지 으르렁거리는 소리밖에 내지 못했다. 사쓰키는 대조적으로 풀이 죽어 있었다.

마미는 두 사람을 침착하게 바라보면서 말했다.

"나가스기, 추종자들 뒤치다꺼리나 해주지그래?"

"그런 거 아니야."

진저리가 난다는 듯 치아키가 말했다.

"내가 주도하지도 않았어. 범인을 알아냈다고, 가만두지 않겠다고 하기에 따라왔을 뿐이야. 그랬더니 이 모양이잖아.

한심해 죽겠어."

"치아키." 가오리가 당황해서 뒤돌아봤다.

"그런 식으로 말할 필요 없잖아. 범인이 날 노렸어. 흉측하게 변할 뻔했다고. 몰랐으면 지금쯤."

"어떻게 됐을까?"

치아키가 싸늘하게 말했다. 그리고 마미가 든 종이 뭉치를 턱으로 가리켰다.

"아까 가노가 말한 추리에는 허점이 있어. 저거, 나라도 만들려고 마음먹으면 얼마든지 만들 수 있는걸" 하고 덧붙였다.

"무슨 소리야? 다 가친 네가 그런 짓을 할 리가 없잖아."

메마른 목소리로 가오리가 하하 웃었다. 사쓰키도 크게 고개를 끄덕였다. 치아키는 하아, 하고 작게 한숨을 내뱉었다.

"지금은 어떤 가능성도 제로라고 단정할 수 없단 뜻이야. 증거가 너무 부족하니까" 하고 낮은 목소리로 말했다. 아까 마미가 말했던 것과 똑같은 결론에 이르러 있었다. 마미는 기분 좋은 듯 종이 뭉치를 만지작거렸다.

치아키는 의기소침해진 추종자 둘을 힐끗 쳐다보더니, 게이에게 당당하게 사과했다.

"시간 뺏어서 미안해, 구조."

게이는 허둥지둥하면서도 "아니야, 괜찮아" 하고 대답했다. 뺨의 찌릿찌릿한 감각은 어느새 거의 사라졌다.

"그럼 가도 되지?" 하고 묻는 마미.

"허락받을 필요 없어" 하고 대답하는 치아키에게 가오리가 덤벼들었다.

"잠깐만. 우리가 힘들게 범인 찾아줬는데, 왜 네 마음대로 사과하고 끝내려 해?"

"맞아, 그럼 우리가 바보 같잖아."

"바보 '같아'?"

치아키가 조롱 섞인 미소를 지었다. 일그러진 표정인데도 아름답고 매력적이었다. 게이는 이런 상황에서 동성에게 넋을 빼앗긴 자신을 깨닫고, 얼른 시선을 돌렸다.

"야!"

가오리가 치아키를 향해 소리쳤다.

"뭐야, 아까부터. 사라사가 없다고 까부는 거야?"

"유치하긴."

"뭐? 얘가 뭐라는 거야. 야, 나대지 마."

"나대는 건 너잖아. 나 없었으면 이 일을 어떻게 매듭지으려고 했는데?"

"이 계집애가."

가오리가 발치에 스마트폰을 휙 내던졌다. 그게 신호라도 되는 듯 말다툼이 시작됐다. 얼굴이 시뻘게져서 발광하는 가오리, 완전히 싸늘해진 치아키. 사쓰키가 허둥거리며 끼어들 타이밍을 엿봤다.

"우리도 너 같은 거 별로 안 좋아하거든!"

가오리의 고함이 주택가에 울렸다. 자기 말 때문에 더 흥분하고 있었다. 발치에 내던진 스마트폰을 수차례 짓밟았다.

"원래 사라랑 유나가 너 무시했던 거 몰라? 항상 놀림당했잖아. 그걸 친구처럼……."

거기까지 말하고 갑자기 입을 다물었다. 뭔가 이상하다는 듯 끔벅끔벅 여러 차례 눈을 깜박이더니 세차게 비볐다.

"어……?"

그렇게 말한 순간, 가오리의 얼굴이 물컹거리며 요동쳤다. 이제껏 본 적 없는 기괴한 움직임을 보이고 있었다. 꺄악, 하고 사쓰키가 작게 비명을 질렀다.

소리도 없이 오른쪽 뺨이 부풀어 올랐다. 순식간에 검붉은 색으로 변하더니 표면에 수많은 융기가 생겼다. 종기는 마치 살아 있는 것처럼 부풀고, 퍼져서, 눈꺼풀까지 침식했다.

"뭐야, 이거. 앞이 안 보여…… 아얏!"

가오리가 손으로 가리자, 손가락 사이로 시커먼 피가 뚝뚝 떨어졌다.

"아파! 아파! 아, 파."

고장 난 기계처럼 되풀이했다. 두 손으로 머리를 움켜쥐었다가 털어내자, 부스슥 소리를 내며 머리칼이 뭉땅 빠졌다.

"응? 뭐, 뭐가 어떻게 된 거야? 사쓰키, 치아키."

어느새 가오리의 뺨은 야위고, 얼굴빛이 죽은 사람처럼 변해 있었다. 허리를 잔뜩 구부린 채 손을 내밀며 휘청휘청 돌아다녔다. 가방이 바닥에 질질 끌렸다.

"얼굴이, 이상해. 애들아. 무겁고, 엄청나게 뭔가."

게이가 무의식중에 뒷걸음질했다. 다른 애들도 가오리에게서 물러났다.

"진짜였어……."

마미가 작은 눈을 커다랗게 뜨며 중얼거렸다.

게이의 온몸에 소름이 돋았다.

"이게 뭐냐고!"

가오리가 아스팔트를 박차더니 사쓰키한테 매달렸다. 사쓰키는 비명을 지르며 힘껏 뿌리쳐 밀쳐냈다.

"앗!"

게이가 자기도 모르게 소리를 질렀다.

가오리가 비틀거린 끝은 계단이었다. 미리 그렇게 정해져 있기라도 한 것처럼 발을 헛디뎠다.

손을 내밀고 도와주려 해도 몸이 따르지 못했다.

피투성이로 부어오른 얼굴에는 경악이라고도, 절망이라고도 할 수 없는 표정이 어려 있었다. 그렇게 생각한 다음 순간, 가오리는 시야에서 사라졌다.

단단한 것이 부딪히는 소리, 서로 스치는 소리가 났다.

소리는 이내 멀어져 들리지 않았다.

순간 얼어붙을 듯한 정적이 주위를 감쌌다. 모두 아무 말 없이, 꼼짝도 하지 못했다. 그저 계단만 바라볼 뿐이었다. 털썩, 하고 사쓰키가 그 자리에서 엉덩방아를 찧었다. 그대로 얼굴을 가리며 참았던 울음을 터트렸다.

그 소리에 마비가 풀렸다. 게이는 조심조심 몸을 내밀어 계단을 내려다봤다.

계단은 가오리의 소지품이 여기저기 흩어져 선명하게 채색돼 있었다. 파우치, 화장품, 수건, 휴대용 스피커, 두꺼운 중지갑, 보조 배터리, 스마트폰, 헤어 아이론, 컬러 펜. 그리고 새빨간 피.

가오리는 까마득한 저 밑, 지면에 누워 하늘을 보고 쓰러져 있었다. 미동조차 하지 않았다. 다리와 목이 부자연스럽게 꺾여 있었다. 먼 거리에서도 부어올라 짓무른 얼굴만은 똑똑히 보였다.

"오, 오이와*……"

사쓰키가 흐느껴 울며 말했다.

"적혀 있었어. 오, 오이와처럼 되라고."

이제야 효과가 나타났구나.

주술 도구를 찢어버린 정도로는 막을 수 없다.

바스락거리는 작은 소리가 났다. 마미 손에서 떨어진 종이 뭉치가 아스팔트를 구르다 이윽고 멈췄다.

* 일본 전통 연극인 도카이도요쓰야 괴담東海道四谷怪談에서, 남편의 계략 때문에 얼굴이 흉측하게 변해 죽는 주인공.

제 4화

"그 아이는 이미 죽었어. 매력적인 아이였지."

—데즈카 오사무, 『블랙잭』 중에서

아라키 가오리 얼굴이 도카이도요쓰야 괴담에 나오는 오이와 그림처럼 변하게 해주세요. 오른쪽 뺨과 눈꺼풀이 부어올라 축 늘어지게 해주세요. 머리카락이 잔뜩 빠지게 해주세요. 부어오른 부위와 머리에는 타는 듯한 통증이 엄습하게 해주세요. 그리고 피부는 죽은 사람처럼 흙빛으로 변하게 해주세요.

이 좁은 세상에서마저 살아갈 재주가 없는 이에게 남겨진 재주 죽어서 저주하리라 아름답다 추하다

부고를 들은 건 1교시 수업 종이 울린 직후였다. 미쓰이가 교실에 들어오자마자 진땀을 흘리며 "아라키 가오리가 어제 사고로 세상을 떠났다"라고 속사포처럼 말했다. 삼백 계단에

서 굴러떨어졌다고 한다. 단짝인 오하라 사쓰키가 병원에서 가오리의 부모님과 함께 임종을 지킨 모양이었다.

오하라는 학교에 오지 않았다. 구조 게이와 가노 마미가 의미심장하게 눈길을 주고받았다. 둘 다 초췌해 보이는데, 무슨 일이 있었는지 아는 걸까. 아니면……

오이와처럼 흉측하게 변하는 순간을 목격했을까.

교실에서 귀를 쫑긋 세우고, SNS에서 검색만 해도 건질 수 있는 정보는 많다. 고별식이 끝날 즈음에는 상황이 보이기 시작했다. 구조와 가노, 나가스기와 오하라. 이 네 사람이 보는 앞에서 아라키는 오이와가 됐고, 그 때문에 계단에서 굴러떨어져 죽은 듯했다. 오하라가 밀쳐서 떨어뜨렸다는 소문도 있지만, 진위는 확실치 않았다.

다음 날 아침, 눈과 눈꺼풀이 새빨갛게 부은 오하라가 아라키 자리에 꽃을 바쳤다.

학교는 소란스러워졌다. 이상한 분위기가 3학년 2반뿐 아니라 학교 전체를 뒤덮었다. 어제는 교문 앞에 기자가 몇 명이나 와 있었다고 한다. 한껏 달아오르고 있다. 세상을 떠들썩하게 만들고 있다.

일본사를 가르치는 마스노가 "소문을 곧이곧대로 믿지 마. 퍼트리는 데 가담하는 것도 절대 금지야"라고 수업 중에 설교했다. 남자 배구부 고문이자 현대 국어 담당인 쓰네타는 "그런 일을 시시한 학교 괴담하고 연관시키는 건 아니겠지?" 하고 으름장을 놨다. 두 선생님 모두 학생들을 지도할 심산이었겠지. 나는 교과서로 얼굴을 가리고 웃음을 참았다.『유어 프렌드』는 들키지 않을 것이다. 정상적인 어른은 상대도 안 하니까.

하지만.

아라키가 죽고 나서, 3학년 2반에는 이른바 엄중한 경계 태세가 발동됐다. 종례가 끝나자마자 학생들은 교실에서 퇴출당한다. 고타니가 교실 문에 자물쇠를 채우고, 다음 날 아침 8시에 연다. 아무래도 고타니는 주술을 '실재하는 것'이라 간주하고 대처하는 듯했다. 어떻게 학교 허락을 얻어냈을까. 어쨌든 책상이나 교실 뒤쪽 선반에 주술 도구를 집어넣기는 어렵게 됐다.

나는 냉정하게 행동했다. 아라키의 죽음을 알고 장례식에 참석하면서도 동요하지 않았고, 울부짖는 가족들을 보면서도 죄책감에 시달리지 않았다. 사고사이기 때문일까. 아니면 오로지 반 아이들을 교란하기 위해 적당히 고른 상대이기 때문일까. 분명 후자일 테지. 편지 문장도 대충 썼다. 고타니가 방해할 줄은 예상치 못했지만 곤혹스럽진 않다. 분하지도 않고.

그러나 아라키가 변모하는 순간을 보지 못한 게 분하기는 하다.

짓무르는 얼굴을 가까이에서 관찰하고 싶었다. 비명을 듣고 싶었다. 주위 사람들이 혐오스러워하는 표정도 확인하고 싶었다. 때만 잘 맞췄다면 교실에서 볼 수 있었을 텐데. 그것도 5교시가 끝나고 과학실에서 돌아온 다음, 6교시 수업 중에.

어떻게 된 걸까. 저주의 효과는 바로 나타나는 게 아니었나. 순서 ④에는 분명 그렇게 적혀 있었는데. 여태까지도 '바로'라고는 할 수 없을 만큼 틈이 있긴 했지만 이번엔 특히 심했다.

그뿐만이 아니다. 더 이상한 점이 하나 있다.

당사자나 주위 사람들이 주술 도구를 봤는데도 주술이 걸렸다는 점이다. 이것도 순서 ④와 모순된다. 『유어 프렌드』에 기술된 내용과 실제 효과에 차이가 있다.

주술이, 저주의 힘이 이상해진 걸까. 그러면 조만간 약해져서 사라지는 일도 생길까.

기껏 손에 넣었는데. 이렇게 히메사키 레미에게 선택받았는데.

이렇게 기분이 유쾌했던 건 처음인데.

아니, 잠깐.

한 글자, 한 구절 모조리 암기했던 『유어 프렌드』의 설명을 떠올리면서 나는 스스로를 진정시켰다.

'바로'라는 표현은 상대적이다. 무엇을 기준으로 한 '바로'일까. 세상의 일반적인 감각일까, 아니면 히메사키 레미의 감각일까. 어쩌면 이곳이 아닌 세계의 것일까. 가능성이 없다고 단정할 순 없다. 만지거나 읽을 수 있지만 그 잡지는 이 세상 물건이 아니다.

기준을 모르는 이상, 가령 주술 도구를 건네고 효과가 나타나기까지 며칠, 몇 달이 걸렸다 해도 '기술된 내용과 다르다'라고 할 수 없다.

남은 한 가지 의심은 맨 처음부터 해소돼 있었다. 내가 멍청했다. 그때 놀라서 당황하는 바람에, 세세한 상황을 완전히 잊고 있었다. 하무라 사라사는 주술을 바로 알아챘다. 그리고 나를…….

어쨌든 건네는 순간만 아니면 주술 도구가 발각돼도 큰 문제가 없다는 뜻이다. 건네는 방법에 관한 선택지는 얼마든지 있다. 교실이 잠겨 있어도 저주할 수 있다. 가령 이메일이나 메신저는 어떨까. 피고름을 칠한 사진을 스캔해서 텍스트와 함께 송신하는 건?

아니, 그 방법은 미덥지가 않다. 이메일이나 메시지는 수신자가 계약한 서버에 전송되고, 수신자는 그걸 기기에서 불러낼 뿐이다. 진정한 의미에서 '건넸다'라고 할 수 있을지, 꽤 의심스럽다. '학교에서'라는 문구와도 반하는 느낌이 든다. 그래도 시도해 볼 가치는 있겠지. 성공하면 확률은 큰 폭으로 오른다. 저주하기 더 쉬워진다. 이번에 아라키 가오리를 저주함으로써 새로운 발견을 하게 됐다. 다시 한번 『유어 프렌드』에 감사해야지.

고맙다.

사고가 멈췄다. 가슴이 아리다. 갑자기 눈물이 날 것 같다.

안 돼, 이러지 마.

생각하지 마. 이렇게 신나는데, 고맙게 여겨.

감사해. 주술에, 『유어 프렌즈』에. 멋진 주술을 남기고 자살한 못생긴 여학생, 히메사키 레미에게. 그리고 지금 당장 다음 '표적'을 정하자. 누구로 할까. 이번에야말로 나가스기 치아키로 해야 하나. 아라키와 친한 오하라로 할까. 아니면…….

"저기, 있잖아."

누군가가 말을 걸어서 심장이 날뛰었다. 소리 지를 뻔했지만 아슬아슬하게 참았다.

교실에서 아이들이 웅성거리는 소리가 귀에 전해졌다. 맞다. 지금은 점심시간이고, 나는 자리에 앉아 있다. 늘 그렇듯 혼자.

책상 바로 옆에서 가노 마미가 이상하다는 듯한 표정으로 나를 내려다보고 있었다. 넓적하고 밋밋한 얼굴에 여드름이 살짝 나 있다. 나는 아무 말 없이 올려다봤다.

"잠깐 시간 돼?"

그 아이는 작은 목소리로 물었다. 그리고 스마트폰을 책상에 놓더니, 화면에 표시된 캘린더를 가리켰다.

"이날 아침, 몇 시에 등교했는지 가르쳐줬으면 해서."

칠판에 사진과 글자를, 그러니까 내가 범행 성명聲明을 남긴 날이었다.

"그리고 이날, 각 쉬는 시간마다 뭘 했는지도."

아라키의 책상에 주술 도구를 넣었던 날.

가슴이 빠르게 뛰었다. 심장이 목구멍에서 튀어나올 것 같았다. 마미가 탐정 놀이에 열중한다고 해도 이렇게까지 소소하고 번거로운 데다가 현실적인 조사를 하는 줄은 몰랐다.

대답하기 싫었다. 거짓말을 잘해 낼 자신이 없었다. 그래도 대답을 안 할 순 없었다. 반드시 의심받을 테니까.

"……왜 나한테 물어?"

평정을 가장하며 물었다. 시간을 벌어서 그럴듯한 거짓말을 생각해 내자.

"그냥 자리 순인데."

그 아이는 대답했다.

"바로 대답해 줄 것 같은 애들한테는 미리 물어봤으니까, 그다음부터는 자리 순. 창가 맨 앞부터 시작해서, 이렇게 돌아왔어."

몰랐어? 계속 교실에 있었으면서 몰랐다고? 그런 어이없어하는 표정을 지었다. 가노 마미의 시선이 신경 쓰여서 생각이 정리되지 않는다. 거짓말을 빚어내는 작업이 진행되지 않는다.

어쩌지. 어떻게 대답해야 의심받지 않고 끝날까.

어찌어찌 손가락으로 캘린더를 가리키며 말했다.

"……이날 아침은, 평소랑 똑같은 시간에 왔어."

"평소면 몇 시?"

"8시 20분쯤."

"학교에 도착한 게? 아니면 교실에 들어온 게?"

"하, 학교."

"그럼 교실에는 21분이나 22분쯤 들어왔다? 그래서 칠판이 이상하다는 걸 알았어?"

"응. 그때는 사람들이 꽤 모여 있었으니까."

이건 사실이다. 심장 박동이 조금씩 진정됐다. 가슴에 안도감이 번진 그때였다.

"신발 갈아 신고 나서, 화장실엔 안 갔어?"

예상치 못한 질문에, 내 체온은 단숨에 쑥 내려갔다. 정신을 차려 보니, 나는 자세를 바로잡고 가노 마미를 바라보고 있었다. 뭔가 알고 있나? 내가 화장실에서 시간을 때웠다는 사실을 알고, 지금 떠보는 건가.

"그건, 왜?"

"아침에 제일 먼저 온 사람이 시노미야인데, 그때 이미 칠판에 사진이랑 글자가 있었대. 7시 45분 정각에. 그리고 1분 후에 우에노가 도착했어. 둘이 항상 일찍 와서 망상 토크를 펼친대."

나는 복도 쪽 자리를 쳐다봤다. 해초처럼 양 갈래로 머리를 땋은 시노미야 마유와 고슴도치처럼 직모인 우에노 아이가 무슨 말인가를 주고받으며 태블릿 한 대를 들여다보는 중이었다. 화면에는 애니메이션 그림체의 남자 캐릭터가 여럿 표시돼 있었다. 둘은 남자끼리 연애하는 만화를 좋아하는 소위, 부녀자腐女子 콤비다. 단조롭고 빠른 대화가 내 책상까지 들렸다.

"그렇다면 범인은 그보다 먼저 와서, 일을 한바탕 끝내놓고 교실을 빠져나갔단 뜻이잖아? 전날에는 순찰하는 선생님이 아무것도 없는 거 확인했고. 그러니까 화장실이나 다른 데 숨어 있지 않았을까 하고."

정답이다. 하지만.

"저 두 사람이 거, 거짓말을 했을지도 모르잖아. 입을 맞춰서……."

"그건 아닐 거야." 가노 마미는 단박에 부정했다. "두 사람 사이에 나가이가 교실에 도착했거든. 항상 아슬아슬하게 오는데, 그날은 부모님이랑 싸워서 평소보다 훨씬 일찍 집에서 나왔대. 즉, 우연히 그 시간에 등교한 거지. 그리고 시노미야와 우에노의 증언을 뒷받침하고 있어. 그 두 사람을 두둔하거나 도와줄 이유가 나가이한테는 없잖아. 오히려 싫어하는 것 같던데? 저런 여자애들은 남자끼리 이러쿵저러쿵하는 괴상한 망상만 해서 재수 없다고. 칠판 보고 같이 놀라기는 했지만, 대화다운 대화는 안 했어. 그리고……."

어머, 너무 떠들었네, 하며 일부러 이야기를 끊었다.

이게 있을 법한 일인가, 하고 나는 내심 감탄했다. 동시에 두려웠다. 내 눈앞에서 탐정 행세를 하는 이 아이는 혼자 앞서 나가기만 하는 게 아니다. 착실히 성과를 올리고 있다. 그 기백과 집념에 감화됐는지, 아이들은 대체로 마미에게 협력하고 있다. 하기 힘든 이야기도 털어놓는다. 이 기세로 조사가 진행된다면, 가노 마미는 머지않아 진상에 도달할지도 모른다.

"……화장실은, 간 거 같아. 잘 기억은 안 나지만."

나는 애매하게 대답했다. 들어올 때나 나갈 때나 아무도 없었지만, 목격자가 전혀 없으리라곤 단정할 수 없다.

"그래? 그럼 그날 쉬는 시간엔?"

"교실 아니면 화장실, 둘 중 하나. 근데 정확히는 기억 안 나."

작게 쓴웃음을 지어 보였지만, 가노 마미는 웃지 않았다. 진지한 눈으로 나를 쳐다봤다. 아니, 내 얼굴을 봤다. 자연스럽게, 그러나 꼼꼼하게 관찰했다. 내 뺨을, 이마를, 턱을. 코를, 미간을, 관자놀이를.

이 못난 얼굴을.

"최대한 생각해 봐. 너는 물론이고, 다른 사람에 관한 것도. 교실에서 말하기 껄끄러우면 전화로 해도 돼. 번호는 여기."

그 아이는 액정에 연락처를 띄웠다. 고압적이지 않은데도 좋고 싫음을 말할 수 없게 만드는 말투와 태도. 나는 마지못해 가방에서 스마트폰을 꺼내, 가노 마미와 전화번호를 교환했다. 머릿속에서 여러 감정과 사고가 소용돌이쳤다. 이걸로 질문은 끝이다. 해방이다.

그렇게 생각했을 때, 머리 한구석에서 작은 생각이 켜졌다. 그건 한순간에 폭발해서 어떤 감정을 들끓게 만들었다. 갑작스러운 사태에 나는 당황했다. 땀이 여기저기서 배어 나왔다. 안 돼. 하지 마. 그냥 이대로 자연스럽게 끝내.

"……있잖아."

"응?"

"아라키가 그, 사고당했을 때, 그 자리에 있었다며?"

가노 마미의 밋밋한 얼굴에 약간 변화가 나타났다. 눈에 어두운 빛이 깃들더니 입술이 씰룩 움직였다.

"있었어. 구급차 부른 사람이 나야."

말투도 방금까지와는 달리 힘이 없었다.

"봐, 봤어? 주술 걸리는 장면."

나는 물었다. 묻고 말았다. 손바닥에서 엄청난 땀이 느껴졌다.

들끓은 감정은 호기심이었다. 도저히 참기 힘든 욕구였다. 이성이 아무리 말려도, 묻지 않고서는 견딜 수 없었다.

그 아이의 한쪽 눈썹이 올라갔다. 어깨도 치켜 올라갔다. 역시 가만히 있을 걸 그랬나. 기분이 상했을까. 아니면 내 태도나 말투가 수상해서 의심하게 됐을까.

후회스러운 마음에 시달리던 때였다.

"다들 궁금해하는구나."

그 아이는 귀찮다는 듯 한숨을 내쉬었다.

"그거 물어본 사람이 벌써 몇 번째인지 알아? 진짜 싫다. 사람이 죽었고, 난 충격을 받는데."

"미안해."

"괜찮아. 궁금한 게 정상이라면 정상이니까. 그래도 대답하긴 싫어. 말 안 할래."

내가 대답하기도 전에, 그 아이는 총총걸음으로 멀어져갔다. 같은 줄에서 남학생을 건너뛰고, '나 다음' 여학생인 다나미 유키에게 말을 걸었다.

그 뒷모습을 멍하니 바라보면서, 나는 어느새 상상하고 있었다. 동급생에 관해, 학교에 관해 생각했다.

많이 있다. 남이 추해지는 꼴을 보고 싶어 하는 인간은 수두룩하다. 피투성이 유나에게 분명 다들 주목했다. 칠판 사진을 뚫어지게 쳐다봤다. 유나의 얼굴에 수건을 덮어주거나 사진을 떼어내는 사람은 학생 중에선 한 명도 나타나지 않았다.

멸시하면서도 원하고 있다. 가까이하긴 싫어도, 지켜보면서 즐기고는 싶은 것이다. 추한 인간을, 추하게 무너져가는 인간을. 자기가 다음 표적이 되리라고는 꿈에도 생각지 않고, 계속 구경꾼으로 존재할 수 있으리라 믿으면서.

얼마나 어리석은가. 얼마나 야비하고 천박한가.

가노 마미는 그런 애들하고 나를 똑같이 취급했다. 구별하지 못했다.

수업 종이 울렸다. 동시에 어금니에서 통증이 느껴졌다. 나도 모르게 이를 악물고 있었다. 책상 위에 놓인 두 손도 꽉 쥔 채였다.

***

『유어 프렌드』의 주술을 처음 안 게 언제였더라. 게이는 기억을 캐내려다 금방 어떤 일을 떠올렸다. 얼굴이 이렇게 되기 전, 초등학교 6학년 때다. 요쓰카도 고등학교에 다니는 언니에게 들었다며 설레발치던 반 친구가 가르쳐줬다.

아주 조금 결이 다른 학교 괴담.

들었을 당시에도 그 정도 인상이었다. 그 자리에선 약간 열을 올렸지만 금방 잊어버렸다. 그리고 여태까지 잊고 있었다. 진로를 결정할 무렵에 그 기억이 났다면, 이 학교에 지망하지 않았을지도 모른다.

이렇게 될 줄 몰랐다. 학교 괴담이라 여겼던 소문이 현실의 위협이 되리라고는 상상도 못 했다. 사람을 해치고, 죽이는 힘이라니. 자신까지 그 여파를 맞고 힘들어하게 될 줄이야.

눈을 감으면 몰라보게 변해버린 가오리 얼굴이 생각났다. 신음과 뚝뚝 떨어지는 피. 허탈한 표정. 가방과 소지품이 흩어진 계단.

내 눈 아래, 땅바닥에 누워 있는 가오리.

"구급차 부를게!"

소리친 사람은 가노 마미였다. 스마트폰을 귀에 대고, 세차게 계단을 뛰어 내려갔다. 게이는 난간을 붙잡고 휘청거리는 다리로 뒤쫓아 갔다. 여러 번 넘어질 뻔한 바람에 결국 치아키가 앞질러 가고 말았다. 치아키는 가오리 옆에 웅크리고 앉더니, 가장 먼저 말려 올라간 치마를 내려줬다.

게이가 불러도 가오리는 반응하지 않았다. 뺨을 때리려던 손이 멈췄다.

만질 수 없었다. 아니, 만지고 싶지 않았다.

반대편으로 돌아간 치아키가 큰 소리로 가오리 이름을 부르더니 망설임 없이 뺨을 때렸다.

사쓰키는 그저 흐느껴 울기만 했다. 구급차가 오는 동안, 치아키는 가오리의 소지품을 챙겨 가방에 담는 일까지 끝마쳤다. 마미는 전화로 상황과 현장 위치를 침착하게 전달했다. 나는 뭘 하고 있었더라.

사이렌 소리. 구급차 안. 병원. 넋을 잃은 가오리의 가족. 그들과 의사에게 뭐라고 설명했는지 기억나지 않는다. 기억은 선명하지 않고, 시간 순서는 모호했다. 오로지 같은 감정만 가슴에 남아 있었다.

저주가 또 사람을 죽였다. 직접은 아니더라도 죽음으로 내몰았다.

다음은 나일지도 몰라.

그 공포만큼이나 죄책감과 자기 혐오가 게이의 마음을 좀먹었다.

변모한 가오리 얼굴을 만지지 못했다. 추하다고, 징그럽다고 생각했다. 그런 취급을 받는 게 얼마나 괴로운지 알면서. 그런 시선을 받아내야 하는 고통을 충분하고도 남을 정도로 맛보고 있으면서.

가오리가 죽은 다음 날부터 게이는 잠들지 못했다. 운 좋게 잠들어도 금방 가위에 눌려서 벌떡 일어나고 말았다. 악몽을 꾸는 탓이다. 번화가에서 보이지 않는 누군가가 마스크를 벗겨내는 꿈. 얼굴을 가리고 수많은 사람의 시선을 피해 우왕좌왕하는 사이에 얼굴이 욱신거리기 시작한다. 울룩불룩 융기하기 시작한다. 손바닥이 뜨거운 것에 젖고, 손가락에 머리칼이 휘감긴다. 자신의 얼굴이 어떻게 돼 있을지 극명하게 상상하고, 절규하는 대목에서 잠이 깬다. 그것의 반복이었다. 먹는 양도 줄고 부모님이 걱정해서 솔직하게 사정을 털어놨더니, 신경정신과 진료를 권했다.

"넌 친구의 불행 때문에 쇠약해진 거야."

아버지가 어두운 표정으로 말했다.

"우리 게이 정말 착하네. 그래서 상처받았구나."

어머니는 눈물을 흘리며 말했다.

딱 한 번, 신경정신과에 가서 수면제를 처방받았다. 약을 먹으면서 악몽을 꾸는 비율은 줄었지만, 기분은 조금도 나아지지 않았다.

정신을 차려 보니 기말고사가 일주일 앞으로 다가와 있었다.

공부할 마음은 전혀 들지 않았다. 3학년이 되자마자 지망 대학교도 정했지만, 지금은 1밀리그램도 집중할 수가 없었다. 나중에 후회하리란 건 불 보듯 뻔했다. 수업 끝나고 남아서 억지로라도 공부해 볼까. 안 되지, 교실은 고타니 마이카가 문을 잠그잖아. 주술을 막기 위한 대책인 모양인데, 즉

흥적이긴 하지만 효과는 있었다. 그 점은 안심이 됐다.

그렇다면.

게이는 그 대목에서 비로소 깨달았다.

고타니가 교실 앞문을 잠그고, 이어서 뒷문을 잠갔다. 복도에 모여 있는 학생은 거의 없었다. 좋은 기회였다. 게이는 고타니에게 말을 걸었다.

"선생님은 『유어 프렌드』 주술을 믿으세요?"

고타니의 수수한 얼굴에 놀라움이 어렸지만, 이내 평소처럼 웃는 얼굴로 돌아갔다. 가면 같은 미소. 온화하고 수업도 쉬운 편이지만, 대하기 껄끄럽다는 학생이 많다. 무슨 생각을 하는지 모르겠다며 기피하는 학생. 이목구비와 밋밋한 허리가 '토우土偶' 같다며 야유하는 학생도. 가미에스와 나가이가 그렇다. 유나와 사라사도 그랬다.

게이는 의문이었다. 조롱할 만한 얼굴인가. 오히려 소년 같아서 귀엽다. 들러붙은 미소만 없으면, 더 친근감을 느꼈을 텐데. 더 빨리 말을 걸었을 텐데.

"지금은 그러려고 해."

열쇠를 차랑차랑 울리며 고타니는 대답했다.

"주술은 그냥 소문이다, 있을 수 없는 일이다, 그러니까 내버려 두자. 그렇게 넘기기엔 스스로 납득이 안 돼. 더 이상 2반 애들 누구도 아프게 하고 싶지 않고."

게이는 당황했다. 상상했던 것 이상으로 진지한 대답이다. 자세히 보니 입과 뺨만 웃고 있을 뿐, 눈은 비장한 결의로 빛나고 있었다.

"어, 어떻게 교실 문 잠그는 걸 허락해 주셨네요. 교장 선생님이나, 교감 선생님께서……."

"잘 설득했지. 장난이 지나쳐서 이상한 일을 벌일 학생이 2반에 나타날지도 모른다고. 이 타이밍에 몰래 교실에 숨어들어서 철딱서니 없는 낙서 같은 거 할 법한 애들도 있잖아."

품행이 불량한 4반 남자아이 몇 명이 떠올랐다. 2학년에나 1학년에도 그런 부류의 학생은 있다.

"실제로 어때? 이상한 일 없었어? 들은 얘기라도 괜찮아."

"지금은 딱히 없어요. 그래도 문 잠그는 게 효과가 있는 것 같아요."

게이가 열쇠를 바라보자, 고타니는 "그렇구나. 하길 잘했네" 하고 말했다. 말투에서 피로와 안도가 배어 나왔다. 생각 이상으로 진지하다. 학생들을 아낀다. 담임에게 갖고 있던 인상이 잠깐의 대화로 달라졌다.

"몸은 좀 어때? 아직도 못 자?"

"아뇨, 이제 나아졌어요."

솔직하게 대답했다. 병원에 가기 전에 잠을 제대로 못 자고 있다며 고타니한테 말한 적이 있는데, 자세히는 생각나지 않았다.

"다른 세 사람은 어때? 그 자리에 있었던 애들."

"오하라는 침울해하고 있어요."

그 순간, 오하라 사쓰키의 얼굴이 떠올랐다. 바로 몇 시간 전, 점심시간 때였다. 사쓰키는 자기 자리에서 혼자 공허한 표정으로 스마트폰을 만지작거렸다. 액정 화면에는 수많은 금이 가 있었다.

본 적이 있다. 그날 그때, 치아키와 말다툼이 벌어졌을 때, 가오리가 땅바닥에 내던진 스마트폰이었다. 즉, 가오리의 유품이다. 빨간색 케이스는 여기저기 검게 더럽혀져 있었다.

사쓰키의 가느다란 눈에서 눈물이 넘쳐 동글동글한 뺨을 타고 흘렀다.

반 아이들을 지위로만 따지는 사쓰키지만, 가오리는 예외였던 모양이다. 비슷한 사람들끼리 진짜로 사이가 좋았던 것 같다. 어쩌면 가오리를 밀쳐냈다는 후회에 시달리고 있을지도 모른다. 주위의 시선을 눈치채고, 사쓰키는 얼굴을 가리며 교실을 빠져나갔다.

"가노는 열심히 조사하고 있어요. 나가스기도 가라앉아 있긴 한데, 주위에서 다독여줘서 약간 추스른 것 같아요. 다른 반 애들이나 남자애들이요. 나가이나 가미에스 같은."

"그래? 내가 지켜본 것과 크게 다르지 않네."

학생들을 꼼꼼하게 보고 있구나. 또다시 거리가 조금 가까워진 듯한 느낌이 들었다. 그 순간, 고타니가 문득 표정을 누그러뜨렸다. 억지웃음이 아닌, 진짜 미소가 번졌다.

"구조, 네 목소리가 이랬구나."

"네?"

무슨 뜻인지 모르겠다. 대화한 적도 여러 번 있고, 수업시간에 지목받아서 대답한 횟수는 더 많다. 아라키가 죽은 직후에도, 분명히 병원에서 경위를 설명했다.

고타니가 부끄러운 듯 눈길을 돌렸다.

"미안, 이제껏 내가 제대로 안 들었을 뿐인데. 뭐랄까, 기억에 안 남아 있어서."

"그런, 가요?"

"나도 모르는 사이에 벽을 만들었나 봐. 이 얼굴도 그렇고."

올라가 있는 입꼬리를 가리켰다. 자신의 억지웃음을 자각하고 있었단 말인가.

"그래서 일이 이렇게 됐는데도, 제대로 된 대책 하나 못 세우고 있어. 그런 주제에 의심이 꼬리를 물고 점점 부풀어서, 솔직히 지금 살짝 긴장돼."

의심이란 뭘까. 고개를 갸웃거리고 있을 때였다.

"솔직히 말해서…… 네가 범인이면 어떻게 해야 하나 생각 중이야."

고타니는 머뭇머뭇 말했다.

복도에 침묵이 감돌았다. 멀리서 관악부의 플루트 소리가 들렸다.

스스로도 놀랐지만 게이는 그 말에 상처받지 않았다. 오히려 어이가 없었다. 고타니가 『유어 프렌드』를 믿는다면, 자신한테 의심의 눈길을 보내도 이상할 게 없다. 왜 여태껏 그 가능성에 생각이 미치지 못했을까. 이런 얼굴이면 의심받는 게 당연하다. 가오리랑 사쓰키는 실제로 자기를 의심하지 않았나.

뺨이 아플 줄 알았는데, 아무 감각도 느껴지지 않았다. 대신 상황에 걸맞지 않은 안도감이 가슴에서 솟았다.

눈앞에 있는 이 선생님은 진심이다. 진정으로 학생을 걱정하고, 일련의 사건에 가슴 아파하고 있다. 어떻게든 해보려고 실제로 움직이고, 하기 껄끄러운 말도 이렇게 학생에게 털어놓는다. 좋은 선생님인 척 연기하는 게 절대 아니다. 정말 좋은 선생님이다. 다만 알아채기 어려울 뿐, 미소가 벽이 돼서 보이지 않을 뿐이다.

그래서 고타니 마이카는 범인이 아니다. 『유어 프렌드』의 주인도 아니고 학생을 괴롭히지도 않는다. 마미는 이 선생님을 용의자 리스트에 넣어둔 모양인데, 나라면 뺀다. 직감에 지나지 않았지만, 게이는 거의 확신하고 있었다.

"전 아니에요. 안 믿으실 것 같지만."

게이는 말했다.

"말씀해 주셔서 감사해요. 오히려 뭐랄까, 기분 좋네요. 진지하게 생각해 주고 계신다는 걸 알게 돼서요."

"구조."

"마음에 걸리거나 알아낸 거 있으면 말씀드릴게요. 가노처럼 복수 같은 건 할 생각도 없지만, 그냥 막고 싶어서요."

말한 직후, 오한이 전류처럼 손발을 훑고 지나갔다.

그래. 계속될 거야. 이대로라면 새로운 희생자가 나올 거야. 막을 때까지 끝나지 않아.

이것도 직감이지만 확신이 있었다. 저도 모르게 예상이 됐다. 그리고 작은 결심이 게이의 가슴 속에서 굳어졌다.

막자.

내가 얼마나 할 수 있을지 모르겠지만, 막으려는 노력은 해보자. 주술을 무효로 만드는 방법을 찾거나 범인을 특정하거나. 일단 가노 마미와 협력하는 편이 좋겠어. 물론 고타니 선생님과도.

"고맙다."

고타니는 흐뭇해했다. 그러더니 후욱, 하고 과장되게 한숨을 내뱉었다.

"다행이야. 네가 날 싫어하면 어쩌나 했거든."

"아니에요, 전혀."

"노지마는 싫어하는 것 같아. 병문안 갔을 때 중간까지는 얘기도 잘 나눴는데."

"그래요?"

"응, 어렵네."

슬슬 헤어지는 분위기다. 게이가 작별 인사를 했다.

"그래, 조심히 가."

고타니가 대답했다. 그리고 바로 덧붙였다.

"내가 너희 모두를 지킬 거야."

작은 목소리였지만, 결의에 가득 차 있었다. 표정도 진지했다.

"네, 그럼."

게이는 발길을 돌려 걷기 시작했다. 복도를 직진해서 모퉁이를 돌면 바로 있는 계단에 발을 내디딘 순간, 거의 무의식적으로 뺨에 손을 댔다.

여느 때처럼 그 찌릿찌릿한 감각이 얼굴 왼쪽 절반에 퍼졌다.

차갑게 내쳐진 것 같은 기분도 들었다.

왜일까. 자신의 얼굴 이야기를 들은 것도 아니고, 시선이 마음에 걸리지도 않았는데. 고타니 선생님과 이야기할 수 있어서 좋았는데, 가까워졌다고 생각했는데, 어째서 금방 다시 거리감이 느껴질까.

게이는 의아해하며 학교를 나섰다.

지우개가 다 떨어진 게 생각나, 역 근처 슈퍼에 가서 샤프심과 함께 샀다. 대로를 걷다가 낡은 패밀리 레스토랑 앞에 다다랐다. 넓은 교외형 주차장에는 차가 드문드문 세워져 있었다. 무심결에 레스토랑으로 눈길을 돌렸는데, 창 너머로 한 사람과 눈이 마주쳤다.

가노 마미였다. 거리가 꽤 되는데도 확실하게 보였다. 4인용 테이블 자리. 맞은편에 요쓰카도 고등학교 교복을 입은 여자아이가 앉아 있었는데 얼굴은 보이지 않았다.

마미가 자리에서 일어나더니 크게 손짓하며 불렀다.

심장 소리가 세차게 울렸다.

같은 반 애가 패밀리 레스토랑에서 이리 오라며 부르고 있다. 동급생이랑 음식점에 가는 게 얼마 만일까. 기억이 안 날 정도로 오랜만이다.

가노 마미가 콩콩 뛰면서 손짓을 계속했다. '못살아' 하고 말하듯 볼을 불만스럽게 부풀린다. 게이는 종종거리며 레스토랑 문으로 향했다.

"무슨 일 있어? 엄청 째려보던데."

테이블에 도착하자, 마미가 이상하다는 듯 물었다. "아니, 아무것도 아니야" 하고 얼버무리고 나서, 마미 맞은편으로 눈길을 돌렸다. 오하라 사쓰키가 가오리의 스마트폰을 들고, 어두운 얼굴로 2인용 소파 한가운데에 앉아 있다. 바로 앞에 놓인 커다란 접시는 비어 있었다.

게이는 마미 옆에 앉았다.

"음……, 조사 중이야?"

"이제 수사지. 완전히 범인 찾기니까."

마미는 차분한 표정으로 말하더니, 지나가는 직원에게 메뉴판을 부탁했다.

　메뉴판을 보며 이것저것 고민한 끝에, 결국 드링크 바만 이용하기로 했다. 호출 버튼을 누르고 다가온 점원에게 주문했다. 그 정도 일만으로도 가슴이 두근거렸다. 심각한 자리일 거라 짐작은 했지만, 고양되는 기분은 어쩔 수가 없었다.

　드링크 바 코너로 가서 트로피컬 티를 유리잔에 따랐다. 빨대가 안 보여서 점원에게 물으니, "환경 보호를 위해 현재는 제공하지 않습니다"라는 답이 돌아왔다. 언제 그렇게 달라졌을까. 이러면 마실 때 마스크를 벗어야 한다.

　역시 여긴 보통 사람이 이용하는 가게이다.

　즐거웠던 마음이 순식간에 시들해졌다. 시무룩해져서 자리로 돌아가니, 기다렸다는 듯 마미가 입을 열었다.

　"혹시 범인이 누군지 짚이는 거 있냐고 오하라한테 물어보고 있었어. 4단 팬케이크 두 세트에 드링크 바까지 쏘면서."

　사쓰키가 고개를 들었다. 입가가 번들거리는 이유는 메이플 시럽 때문일까.

　"전에도 말했지만, 역시 아래쪽 애들이 의심스러워. 우리가 빛나고 예쁘니까 재수 없어서, 그래서."

　사쓰키는 힐끗 게이를 봤다. 볼이 찌릿하게 화끈거렸지만 금세 사그라졌다. 경계를 하고 있었던 탓이리라. 마미가 물을 한 모금 마시더니 말했다.

"결국 동기는 질투란 거지? 하위 계급이 상위 계급을 질투했다. 그 서열은 외모와 어느 정도 인과관계가 있다. 그러니까 못생긴 애가 범인이다. 그런 뜻이야?"

"그렇다고 했잖아."

"나도 전에 말했을 텐데? 너희들 별로 안 부럽다고. 아름답고 멋진 사람은 사라 님뿐이야. 나머진 아무래도 좋아."

"그만 좀 해. 너 그러는 거, 사라도 질려 했어."

"알아. 그래도 뿌리치진 않았어. 나 같은 사람이 옛날부터 주위에 하나씩은 꼭 있었대. 유치원, 초등학교, 중학교는 물론이고, 교류하는 친척, 동네, 여행지에도. 일일이 짜증 내기 시작하면 끝이 없다고 했어."

사라사라면 가능하다.

"하아, 익숙해져 있었구나."

"맞아. 그래서 사라 님에게 난 공기 같은 존재였어. 그리고 나에겐 사라 님 빼고 다 공기. 질투 따위 안 해."

마미는 사쓰키를 똑바로 쳐다봤다. 사쓰키가 혀를 차며 뒤질세라 쏘아봤다. 긴장된 분위기가 테이블을 뒤덮었다. 게이는 움츠리고 사태가 진정되길 기다렸다.

"그럼 구조, 넌 어때?"

"응?" 갑작스러운 마미의 질문에 게이는 바짝 움츠러들었다.

"예쁘고 반 중심에 있는 애들, 질투해? 부록으로 아라키나 오하라도."

"뭐? 부록?"

사쓰키가 날이 선 목소리로 물었지만, 마미는 태연한 얼굴로 게이를 바라봤다.

잔혹한 질문이었다. 자신의 얼굴이 이래서 던지는 질문이란 걸 안다. 그걸 사쓰키 앞에서 대답하게 하는 것도 너무하다면 너무하다. 그제야 이러려고 불렀다는 사실을 깨닫고 수긍이 갔다.

하지만.

"……부러운 마음은, 있어."

게이는 마음을 단단히 먹고 대답했다. 유리잔을 든 두 손에 힘이 들어갔다.

"물론 있어. 근데 그건 모두에 대해서야. 가, 가노 너한테도, 오하라한테도 있어. 평범한 사람 모두에게."

고작 이 정도 말하는데, 입과 목이 완전히 말라 버렸다.

작정하고 마스크를 내려, 단숨에 트로피컬 티를 다 마시고 바로 다시 썼다. 테이블에 유리잔을 내려놓을 즈음에는 온 얼굴이 저릿했다.

"이, 이 정도 하기도 힘들어. 난 평범하지 않으니까. 자의식 과잉이라 해도 어쩔 수 없어. 너희 둘 다 보고 있었잖아. 내 얼굴, 궁금했지?"

말이 제멋대로 입에서 튀어나왔다.

대답이 돌아오기 전에 이야기했다.

"특별히 예뻐지고 싶다는 마음은 전혀, 없어. 펴, 평범해지고 싶을 뿐이야. 그래서 예쁜 애가 싫다든가, 해치고 싶다는 생각도, 전혀. 그 이전의 문제……."

게이는 숨이 가빠져서 말을 멈췄다.

사쓰키는 어색한 듯 밖을 보고 있었다. 마미는 테이블에 시선을 떨구고 있다. 기껏 물어봐 놓고 이건 아니지, 라고 생각하면서도 게이는 이해가 갔다. 지금 한 말은 받아들이기 힘들겠지. 입장이 반대라면, 자신도 아무 말 못 했을 것이다.

어쩌지. 무슨 이야기를 하면 좋을지 생각하는데, 사쓰키가 갑자기 게이의 유리잔을 들고 일어났다. 자기 것도 들고 있다.

"같은 거?"

"응?"

"그럼 뭐 마시고 싶은데?"

성가시다는 듯 물었다. 순간적으로 "콜라" 하고 대답하자, 사쓰키는 총총거리며 드링크 바 코너로 걸어갔다.

멍하니 그 뒷모습을 보고 있을 때였다.

"미안."

마미가 말했다.

"솔직히 나도 의심을 안 하진 않았어. 봉투를 나한테 보여주고 추리를 들려준 것도, 의심받지 않으려고 선의의 제삼자를 가장한 게 아닐까, 잠깐 생각했어."

"이것 때문이지?"

마스크를 가리켰다. 마미는 바로 움츠러들더니 "응. 정말 미안해" 하고 말했다.

"별수 없지. 솔직하게 말해줘서 고마워."

게이는 진심으로 말했다.

"고타니 선생님도 의심했다더라. 아까 학교에서 그런 얘기 했거든."

"응? 고타니가?"

요약해서 설명하자, 마미는 입술을 삐죽거렸다.

"의외로 진지하네."

"그래서 선생님도 범인이 아닌 것 같아."

"아니, 모를 일이야. 그거랑 이건 또 달라."

"그래도."

반론하려는데, 사쓰키가 돌아왔다. 콜라로 가득 채워진 유리잔을 게이 앞에 놓고, 미끄러뜨리듯 빨대를 곁들였다.

"여긴 빨대 달라고 하면 줘."

그렇게 말을 내뱉더니 나른한 모습으로 자리에 앉았다. 게이는 고맙다고 했지만, 사쓰키는 아무 반응도 하지 않았다.

"얘기를 되돌려보자." 마미가 먼저 말을 꺼냈다.

"솔직히 나도 오하라랑 비슷하게 생각했어. 지금도 완전히 배제하진 않았고. 근데 좀 더 단순한 동기에서 찾아봐도 되지 않을까 싶더라."

마미는 의미심장하게 잠시 뜸을 들였다.

"'나무를 감추려면 숲속에 감춰라'라고 하잖아. 죽이고 싶은 상대가 하나 있는데, 그 사람을 죽이기 전과 후에 전혀 상관없는 사람을 여럿 죽이는 거야. 의미심장한 가짜 법칙을 던져주면서. 피해자 이름이랑 살해 현장 지명의 이니셜이 같다든가, 피해자 성씨가 미국 역대 부통령하고 이니셜이 같은 데다 살해당한 순서와 취임 순서가 일치한다든가. 탐정이 그 법칙에 정신을 빼앗겨 있는 동안, 범인은 혐의에서 벗어날 수 있는 거지."

"만화나 소설에서만 있는 일이잖아." 사쓰키가 코웃음을 쳤다.

"물론이야. 왜냐면 현실적이지 않잖아. 탐정이 가짜 법칙이란 사실을 알아챌 때까지 범인은 살인을 계속해야 하니까. 죄는 점점 무거워지겠지. 설사 탐정이 더 이른 단계에서 알아챘다 해도, 진짜를 죽인 지점에서 끝내버릴 수도 없어. 범인의 진의, 그러니까 진짜 동기가 들통 날 위험이 있으니까. 그럼 추가로 몇 명을 더 죽여야 안심할 수 있을까? 하나로는 마음이 안 놓이지. 두 명도 살짝 불안해. 빈틈없이 하려면 셋이나 넷은 더 죽여놓고 싶어. 이것 봐, 어떻게 굴러가도 배보다 배꼽이 더 크잖아. 근데."

마미는 유리잔에 든 물을 끝까지 마시고, 다시 말하기 시작했다.

"『유어 프렌드』 주술은 이득이야. 심리적으로나, 법률적으로나. 애초에 범죄도 아니고, 아마 절차도 그리 까다롭지 않을 거야. 나무를 감추기 위한 숲을 쉽게 만들 수 있어. 우리 반에서만 해도 정점인 사라 님, 두 번째인 노지마, 살짝 비껴가서 아라키."

"비껴가다니, 무슨 뜻이야?"

"일단 '전 너무도 상위 그룹만을 노리고 있어요' 하는 느낌이 나오잖아. 사진을 칠판에 붙이고 이상한 문구를 남긴 것도 그런 인상을 남기려는 수단이고. 나를 비롯한 모두가 속아 넘어갔을 뿐, 실은 지금까지 당한 사람 중 하나, 아니면 앞으로 당할 사람 중에 하나가 진짜일 가능성도 있지 않을까?"

마미가 게이의 물을 마시기 시작했지만, 게이는 아무 말도 하지 못했다.

"개인적인 원한이라는 선도 있어. 그래서 지금 오하라 너한테 물어보는 거야. 뭐 짚이는 데 없어? 단순히 누군가가 누구 하나를 해치고 싶어 할 정도로 미워한다는 얘기, 아는 거 없어?"

"……글쎄."

사쓰키는 고개를 숙이고 생각에 잠겼다. 아까부터 마미에게 여러 번 무시당했지만 화난 기색은 없었다. 기백에 압도된 걸까. 어쨌든 마미의 가설에는 나름의 설득력이 있었다.

"근데 그건." 게이가 생각이 떠올라 말했다.

"그…… 진짜 말고는 단지 눈속임을 위해서 저주받았다는 뜻이잖아. 아니면 앞으로 저주를 받든가."

"응, 내 말이 그거야."

"하무라도?"

"물론."

마미는 혐오스럽다는 듯한 표정을 지었다.

"생각하고 싶지도 않아. 사라 님을 가짜 도형을 그리기 위한 점 A로 삼고 죽음으로 내몰았다니. 그래도 싫다고 제외하면 수사가 안 되니까."

"가오리도?"

사쓰키가 물었다. "가오리도 점으로 삼았단 뜻이야?"

"그럴지도."

마미가 냉혹하게 대답했다.

두 사람이 또다시 서로를 노려보자, 게이는 또다시 움츠러들었다. 먼저 눈길을 피한 사람은 사쓰키였다.

"……뭐야, 그게."

꽉 깨문 이 사이로 목소리를 짜냈다. 가오리의 유품인 스마트폰을 쥔 손과 손가락에 힘이 들어가면서 핏기가 가셨다.

"가오리는 내가 죽였잖아?"

"네 탓 아니야."

강한 어조로 마미가 말했다. 게이도 크게 고개를 끄덕여 보였다. 그건 사고다. 불행한 우연이다.

"근데 무서웠어. 가오리가 무서웠다고. 가까이 오는 게 싫어서……."

"나도 그랬어." 마미가 다시 덧붙였다. "그 자리에 있었던 모두가 가오리를 무서워했어. 너뿐만이 아니야. 나도, 구조도, 나가스기도, 다 마찬가지야."

게이가 고개를 끄덕였다. 자신 역시 무서웠다. 기피했다. 누워 있는 가오리의 뺨을 만지지 못했다. 그 점은 인정할 수밖에 없었다.

"정말 미안한 일이지." 마미가 어두운 표정으로 말했다. "저질이라고 생각해. 하지만 그렇게 말하면 다들 저질이지, 너 혼자 떠안을 일은 아니야."

"젠장."

사쓰키가 작게 내뱉었다. 눈물과 콧물 때문에 얼굴 전체가 번들거렸다.

"가짜 법칙이니 도형이니, 그런 이유 때문에 가오리가 그렇게 되고 나까지 놀아나고……."

가오리의 스마트폰 위로 눈물이 뚝뚝 떨어졌다.

"가오리가 얼마나 열심히 살았는지 알아? 가고 싶은 학교가 있는데 커트라인도 높고, 요즘 아빠 일이 어려워서 학비도 못 대준다고 작년부터 한 푼 두 푼 제힘으로 돈을 모았어. 사실 하면 안 되지만 아르바이트까지 해가면서. 구라시 마트가 자연주의 노선으로 새로 단장한 가게에서 말이야."

"구라시 팜?"

마미가 장단을 맞췄다. 현縣 경계를 넘어간 곳에 있는 중형 마트다. 그렇게까지 멀리 가면, 같은 학교 학생이나 선생님한테 들킬 일은 없을 것이다.

"아르바이트 갈 때도 아무도 몰래 자전거 타고 가서 지급받은 교통비까지 모았어. 머리도 제 손으로 자르고, 스마트폰도 두 대 쓰다가 하나로 줄이고. 내가 원조교제 해보는 건 어떠냐고 했더니 어찌나 화를 내던지. 농담이라도 그런 말하지 말라고, 그런 건 말로 내뱉기만 해도 점점 거부감이 줄어드니까 사쓰키 너도 절대 안 했으면 좋겠다고 저, 정색을 하면서……."

사쓰키는 테이블에 와락 엎드렸다. 기울어진 유리잔을 마미가 순간적으로 붙잡았다.

소리 죽여 우는 사쓰키에게 건넬 말이 생각나지 않았다.

반 내부에서는 아무런 원한 관계가 발견되지 않았다. 적어도 사쓰키는 짚이는 데가 없다고 한다. "그룹 채팅방에서 험담 지껄이다가 본인한테 들킨 일 같은 건?" 하고 마미가 물었지만, 사쓰키는 고개를 저었다. 그런 데서 반 친구를 놀리는 일은 일상다반사고, 그것도 악의가 있어서 하는 짓이 아니란다. 사라사, 유나, 치아키, 가오리와 사쓰키, 그리고 다른 반 여자아이 몇몇이 참여하는 그룹의 배려 없는 일상 대화.

"너도 여러 번 씹혔어." 사쓰키가 마미에게 말했다. "신자니, 부하니, 하면서. 만약에 사라가 범죄 저지르면 대신 출두하게 하자고. 말해두지만, 사라는 전혀 호응 안 했어."

"그야 그랬겠지." 마미는 자랑스럽게 대답했다.

나도 놀림거리가 된 적이 있겠지. 게이는 생각했지만 묻지 않았다. 사쓰키도 말하지 않았다. 비난의 대상이 된 사람 중에는 여학생뿐만 아니라 남학생과 선생님도 있었다. 고타니는 그룹 채팅방에서도 토우라 불렸다. 거기서 범인을 찾기는 어려울 듯했다.

해가 저물 즈음에 헤어졌다. 귀가한 게이는 어머니에게 잔소리를 들었지만, 하나도 머리에 들어오지 않았다. 오직『유어 프렌드』와 범인 생각뿐이었다.

방으로 들어가 마스크를 벗고, 아무 생각 없이 실내복으로 갈아입은 직후.

책상에 놔둔 가방이 눈에 들어왔다.

의자에 포개둔 치마와 블라우스도.

시간은 살짝 늦었지만, 평소와 똑같은 풍경이었다. 그런데도 이상했다. 눈을 뗄 수 없을 만큼 불길한 낌새가 느껴졌다. 이유는 생각할 것도 없었다.

게이는 숨죽이고 교복 주머니와 가방 안을 살펴봤다.

주술 도구는 아무 데도 들어 있지 않았다.

사진도, 편지도. 봉투도, 그 비슷한 것도 안 보였다.

직전까지 자욱하게 끼어 있던 무겁고 괴이한 공기가 맥이 빠질 정도로 말끔하게 걷혔다.

가슴을 쓸어내리자마자, 남을 시기하고 의심하는 자신의 마음에 진저리가 났다. 동급생, 그것도 조금이긴 하지만 확실하게 거리를 좁힌 두 사람에게까지 의심의 눈초리를 돌리게 되는 상황 또한 지긋지긋했다.

이게 언제까지 계속될까.

거기까지 생각하다가 게이는 고타니와 나눈 대화를 떠올렸다.

범인의 행동을 막을 때까지는 계속될 것이다. 그러니까 막아야 한다.

결심을 다시 떠올리자, 뺨의 감각이 되살아났다.

그건 뭐였을까. 왜 고타니하고 이야기할 때 느껴졌을까. 게이는 그 답을 찾지 못한 채 저녁을 먹었다. 시험공부에는 조금도 집중이 되지 않았다.

다음 날 아침. 삼백 계단을 내려간 곳에 꽃이 바쳐져 있었다. 여태까지는 안 보였다. 떨어져 있는 선향의 재가 아직 새것인 걸 보니, 어젯밤에 바친 듯했다. 어두워서 있는 줄 몰랐다.

나도 꽃을 바쳐야지. 지금껏 그런 생각을 못 했다는 게 미안했다. 친하진 않았지만 아라키 가오리의 죽음은 그저 슬프고 마음이 아팠다. 정상적인 감정이 돌아왔음을 실감하면서 게이는 학교로 향했다.

　교문을 통과하자, 교직원용 현관에서 고타니의 뒷모습이 보였다. 바로 시야에서 사라지긴 했지만, 오른손에 새하얀 붕대를 감고 있었다. 어떻게 된 일일까. 고작 하룻밤 사이에. 게이는 이상하다고 생각하면서 학생용 현관으로 들어가, 실내화로 갈아 신었다.

　"안녕?"

　마미가 거의 감긴 눈을 비비고 있었다. 게이는 자리를 비켜주며 인사했다.

　"어젠 미안해. 조사에 끼게 해서."

　"아니야."

　"1교시 수학이지?"

　"그 전에 학년 집회."

　"그랬나? 특별히 얘기할 거리도……."

　마미가 실내화를 끄집어내자, 안에서 하얀 것이 떨어져 나무 발판 위에 톡, 하고 착지했다.

　봉투였다.

　가로쓰기용, 혹은 서양식 봉투라고 하나. 겉에는 받는 사람 이름만 인쇄돼 있었다.

　가노 마미 님께

　누가 끌어당기기라도 한 듯 마미가 쭈그려 앉더니, 손을 뻗어 봉투를 주워 올렸다. 그대로 종종거리며 현관 귀퉁이,

우산꽂이 옆으로 갔다.

게이가 오기를 기다렸다가, 마미는 봉투를 뒤집었다.

빨간 하트 모양 스티커로 봉해진 봉투 오른쪽 하단에는 보낸 사람 이름이 적혀 있었다.

당신의 친구가

멀리서 신이 난 듯한 남자아이 목소리가 들렸다. 발판이 바닥을 치는 소리도 났다. 게이에겐 하나같이 멀게만 느껴졌다. 마미가 손에 든 봉투에서 눈을 뗄 수가 없었다.

지금까지와는 다르다. 그래서 모방범의 소행인 것도 같다. 그냥 고약한 장난이야. 하지만 게이는 그렇게 일축하지 못했다. 이성보다 먼저 감정이 날뛰고, 단정하고, 예감하고 말았다. 이건 진짜다.

그리 머지않은 미래에 마미 얼굴은 추하게 망가질 것이다.

"후훗."

마미가 대담하게 웃었다. 아니, 일부러 웃어 보였다. 게이를 보는 표정은 딱딱하고 입술이 창백했다.

"바라던 바야, 나의 친구."

주위를 살피더니 마미는 난폭하게 봉해진 부분을 뜯었다.

* * *

아라키 가오리의 사고사는 너무도 갑작스러웠다.

더 이상 말할 수 없는 가오리의 얼굴은 붕대로 가려져 있었다.

병원에서 주술이 얽혀 있다는 이야기를 아이들로부터 듣고, 마이카는 현기증을 느꼈다. 게이는 허탈한 표정으로 자신이 보고 들은 것을 담담하게, 흩어져 있던 가방 속 소지품까지 상세히 설명했다. 그러나 사쓰키는 계속 울기만 했다. 마미는 마이카가 미심쩍은지, 말을 아꼈다. 치아키는 가오리와 말다툼이 벌어진 데까지는 말했지만, 그다음부터는 입을 다물었다. 떠올리고 싶지 않은 걸까. 아니면 떠올리지 못할 정도로 충격을 강하게 받았을까.

이번엔 '오이와'였다고 한다. 어이가 없었지만, 그래서 더더욱 범인의 악의가 느껴졌다.

마치 약속이라도 한 듯 교장과 교감, 학년 주임 후카가와가 학생 간의 괴롭힘이 없었는지 확인했다.

3학년 2반에 『유어 프렌드』를 물려받은 여자아이가 있다.

벌써 세 명이나 주술에 희생됐다.

가오리의 고별식이 끝날 무렵부터 어디서 먼저랄 것도 없이 그런 소문이 생겨났다. 교사들 귀에도 들어왔다. 대부분이 웃어넘겼고, 신경질적인 몇몇은 "시답잖은 소문 퍼트리지 마"라며 학생들을 야단쳤다. 아오야마는 "어머, 무서워라" 하고 몸서리를 쳤지만, 어쩐지 상황을 즐기는 것 같기도 했다.

교무실에서 그런 교사들의 모습을 바라보며, 마이카는 유나의 병문안을 갔던 날을 떠올렸다. 껌껌한 방에서 흐느껴 우는, 거즈로 얼굴을 덮은 소녀를.

유나는 껌껌한 방에서 울며 괴로움을 털어놨다. 마이카는 가끔씩 맞장구치는 것 말고는 아무것도 하지 않고, 유나 말에 귀를 기울였다. 남자친구와는 헤어졌다, 진정한 친구 따윈 없었다, 부모님도 낙담하신 게 태도에서 느껴진다, 나는 이제 다시 원래 생활로 돌아갈 수 없을 거다…….

뜻을 파악하기 힘든 대목도 몇 군데 있었지만, 마이카는 끈기 있게 계속 들어줬다.

그리고 흐느낌이 약해졌을 때, 질문과 부탁을 했다. 범인이 누군지 뭐 짚이는 거 없어? 교실에서 마음에 걸렸던 점은? 『유어 프렌드』의 주술에 관해 아는 게 있으면 가르쳐줘.

"치아키가 수상해요."

유나는 조금 생각하다가 그렇게 대답했다.

"걔, 조금 어벙한 구석이 있어서 저랑 사라가 자주 놀렸거든요. 2학년 때 같은 반이 되면서부터요. 가능성 있다고 생각해요. 우리는 놀리는 거였지만, 치아키한테는 괴롭힘이었을지도 모르니까."

"그렇게 심한 짓을 했어?"

"말로 놀리는 게 다였어요. '치매냐?' 하고 메시지를 보내거나. 게다가 걔 중학교 때 사진 보면 정말 칙칙하고 촌스럽거든요. 같은 중학교였으면 절대 친구 안 했을 거라고 했죠."

한숨이 나오려는 걸 참는 순간, 생각났다.

"근데 나가스기는 널 진심으로 걱정하고 있어. 너 다치고 나서 학교도 안 나왔고, 한 번은 수업하다 쓰러진 적도 있어. 위로 문자도 보낸다며?"

유나는 잠시 생각에 잠기더니, 이내 "그럴지도요, 좋은 애니까요" 하고 고개를 끄덕였다.

『유어 프렌드』의 주술에 얽힌 소문에 관해서는 아오야마한테 들은 이야기와 거의 비슷했다. 다만 희생자가 두 명 더 많고, 히메사키 레미의 유일한 혈육인 어머니가 실성해서 실종된 것만 조금 달랐다. 세부 내용이 크게 다른 소문도 들은 적이 있다고 하는데, 유나는 기억해 내지 못했다.

비과학적인 이야기, 그것도 사람을 해치는 사악한 힘에 관한 이야기를 학생과 나누고 있다. 하지만 동시에 마음이 통하고 있다. 내 가면을 벗음으로써 학생과 쌓았던 벽을 허물 수 있었다. 유나의 표정도 처음보다는 훨씬 차분했다.

마이카는 회상을 멈췄다. 나는 내가 할 수 있는 일을 하면 돼. 학생들을 위해서라도.

교실 문을 잠그자는 의견은 수월하게 통과됐다. 학생들도 불평하지 않았고, 오히려 안심하는 것 같기도 했다. 그래도 이를테면 종례 때 『유어 프렌드』에 관해 말하거나 묻는 건 망설여졌다.

"이 중에 ○○의 급식비를 훔친 녀석이 있어."

옛날 옛적에 TV에서 봤던 학원 콩트의 첫머리가 뇌리를 스쳤다. 시답잖은 연상이지만 결코 상관이 없지 않았다. 범인은 3학년 2반 학생 중에 있다. 『유어 프렌드』 이야기를 꺼내면, 틀림없이 범인을 자극하겠지. 새로운 희생자가 나올지도 모른다. 고통받는 학생이 늘어날 수도 있다.

이제 해야 할 일은 몰래 범인을 찾는 것이다.

수업 중이나 그 외에도, 마이카는 넌지시 3학년 2반 여학생들을 관찰했다. 여학생들은 명백히 불안해하고 있었다. 한창 담소를 나누는 와중에도 어쩐지 서로 서먹서먹했다. 나가스기 치아키는 연일 지각을 했다. 잠을 못 잔다고 한다. 치아키만이 아니다. 학교 전체에서 갑자기 몸 상태가 안 좋아져서 보건실에 가거나 조퇴하는 학생이 늘었다. 그러는 한편, 아라키 가오리의 죽음에 관한 소문은 착실하게 퍼졌다. 성별을 가리지 않고, 학년을 가리지 않고, 교사와 학생이라는 벽도 넘어서.

아라키는 원래 못생겼는데.

응.

오오.

『유어 프렌드』 때문에 더 못생겨져서, 그 충격으로 삼백 계단에서 굴러떨어져 죽었대.

우와, 진짜?

아냐, 아냐, 오하라 사쓰키가 밀쳐서 죽었어. 못생긴 애는 저리 가! 하고.

너무해.

아니야, 있을 만한 일이야.

응, 그럴 수 있어.

'여자의 우정'이란 어차피 그런 거니까.

평소엔 사이좋게 어울려도, 속으론 서로 미워하는 경우도 흔하고.

여차하면 사이가 틀어지고도 남지.

근데 오하라, 슬퍼하던데. 맨날 울잖아.

글쎄. 그 속마음을 누가 알겠어. 유품이 스마트폰이라니 꼭 일부러 그러는 것 같아.

범인일지도.

범인은 아니어도, 절친을 잃은 애처로운 자신에게 취해 있는 듯.

아, 그건 진짜 인정.

나가스기 치아키도 틀림없이 그 부류야, 토까지 하고.

근데 아라키 얼굴은 어떻게 됐대?

광대뼈가 퍽, 하고 터진 거 아냐? 하하하.

『사자에상』만화에 나오는 캐릭터 있잖아? 바로 그 아나고처럼 됐다고 들었어. 입술이 볼록 부어올라서.

얼굴 전체에 사마귀가 그득해져서 죽은 거야. 쓰야 때 몰래 본 애가 있어.

뻥치시네. 내가 반은 다르지만 집이 엄청 가까워서 쓰야 갔거든? 그래서 알아. 관에 달린 창 부분에 꽃을 둬서 못 보게 돼 있었어.

역시 얼굴은 보여줄 수 없단 뜻이겠지? 어른들도 진심으로 그렇게 생각하고 판단했단 거잖아.

하무라 때랑 똑같네.

어떤 얼굴이었을까? 하무라도, 아라키도.

어떻게 못생겨졌을까?

노지마는 그래도 살아갈 수 있는 수준이란 뜻일까?

보고 싶다.

보고 싶네.

보고 싶어.

다음은 누굴까?

어떻게 못생겨질까?

그랬구나, 하고 마이카는 이해가 갔다.

칠판에 사진이 붙은 직후부터 교실에 감돌던 분위기. 학생들의 표정과 말, 행동에서 엿보였던 이상하게 고양된 느낌. 이제는 학교 전체를 뒤덮고 있는 이 열기.

다들 즐기고 있다. 『유어 프렌드』의 희생자가 어떤 일을 겪었을지 희희낙락 추리하면서, 새로운 희생자가 나오길 은근히 기대하고 있다. 그러기 위해서라면 적당한 유언비어를 흘리고, 죽은 사람을 두 번 죽이는 듯한 발언도 마다하지 않는다.

결정적으로 아이들의 야비함을 뼈저리게 깨달은 건 기말고사를 일주일 앞둔 때였다.

수업을 마치고 복도를 걷는데, 2반 뒷문이 세차게 열리며 가바시마 노조미가 성큼성큼 걸어 나왔다. 직후에 나가이와 가미에스가 웃으며 앞다퉈 뛰어나와 노조미 앞을 막아섰다.

"이렇게 빌게요, 가바 누님. 제발 돌려주세요."

나가이가 우스꽝스럽게 몸을 배배 꼬면서 손을 모았다. 노조미는 흥, 하고 과장되게 콧소리를 내더니 "안 돼, 없앨 거야" 하면서 밀쳐냈다. 노조미의 두툼한 손가락 사이로 프린트 같은 게 보였다.

"뭐 어때." 가미에스가 반쯤 웃으며 말했다. "남자들은 이런 거 다 해. 본능 수준으로 하도록 생겨먹었다고. 일일이 눈 치켜뜰 일 아니라니까."

"그런 수준의 얘기가 아니잖아."

"가바 누님도 최하위는 아니었으니까 오히려 기뻐하면 되지. 내용 봤잖아?"

"그런 얘기도 아니고."

노조미는 둥글게 뭉친 프린트를 치켜들고 말했다.

"못난이, 뚱보에 관해서라면 난 거의 프로나 다름없어. 어제오늘 뚱뚱한 것도 아니고. 그런 걸로 돈을 번 적은 없지만,

무한리필 가게에서 이득을 보는 경우는 꽤 많지. 그래서 이런 생김새는 오히려 내 자랑이야. 하지만 다른 사람들은 아니잖아. 아마추어를 비웃는 건 예의에 어긋나."

일부러 이중 턱을 쑥 내밀었다.

가미에스가 배꼽 빠지게 웃으며 말했다.

"역시 가바 누님. 존경스러워. 근데 그거 아직 미완성이야."

"부탁할게. 우리 초등학교 5학년 때부터 오래 알고 지냈잖아" 하는 나가이.

"안 돼."

"뭐 어때, 가바 누님은 괜찮……."

나가이가 빼앗으려고 손을 뻗었을 때, 가미에스가 마이카의 존재를 알아챘다. 보자마자 겸연쩍은 표정을 짓는다. 일부러 꾸며낸 듯한 노조미의 새침한 얼굴이 살짝 일그러졌다.

"왜 그래?"

마이카가 물었다.

"아무것도 아니에요." 남학생 둘이 입을 모았다.

"그냥 노는 거니까 신경 쓰지 마세요" 하는 가미에스.

"그러니, 가바시마?"

"가바 누님한테는 오히려 좋은 상황이라고요, 안 그래?" 하는 나가이. "서로 싸우는 것도 아니고 오히려 친하니까 연출될 수 있는 상투적인 장면이랄까, 프로레슬링처럼요."

"가바시마한테 물었어."

마이카가 약간 언성을 높이자, 나가이가 의외였는지 눈이 휘둥그레졌다. 노조미는 잠시 망설였지만, 이윽고 프린트를 가만히 내밀었다.

3학년 2반 명단이었다. 그것도 여학생 부분만 확대한 것이다. 왼쪽에는 여학생들 이름이 위에서 아래로, 출석 번호순으로 나열돼 있고 오른쪽 여백에는 손 글씨로 기호가 적혀 있었다.

아라키 가오리 D → × ? (불佛)

우에노 아이 D

우사미 네네 E

오하라 사쓰키 C

가노 마미 C

가바시마 노조미 E^+(◎)

구조 게이 E (○)

구라하시 노조미 E^-

시노미야 마유 C

다나미 유키 C (○)

나가스기 치아키 A^-

노지마 유나 A^- → × (○)

하무라 사라사 A^+ → × (불佛)

미노 하루카 B

유다 나오 C (○)

"이게 뭐니?"

어쩐지 짐작은 갔지만, 마이카는 남학생들에게 물었다. 둘은 얼굴을 마주 보면서 아무 대답도 하지 않고, 대신 "죄송합니다" 하고 용서를 빌었다.

"2반 여학생, 등급 평가표예요."

대답한 사람은 노조미였다.

"외모 등급?"

"네." 노조미는 명단을 가리키며 말했다. "아, 전 새삼스럽기도 하고, 타당한 판정인 거 같거든요? 이런 걸로 상처받을 만큼 약하지도 않고, 괄호 판정은 오히려 공정해요."

"괄호 판정은 뭘 뜻하는데?"

"조건부로 할 수 있음."

"뭐?"

"저 같은 몸매를 좋아하는 뚱보 성애자들은 충분히 할 수 있대요. 이중 동그라미는 취향 저격이란 뜻이고요. 그 방면에선 먹히는 거죠. 예를 들면."

노조미는 자랑스럽게 가슴을 펴고, 다른 반 남학생 몇몇의 이름을 들었다. 모두 잘나가는 편에 속하는 학생들로, 나가이나 가미에스와도 친했다.

정작 그 나가이와 가미에스는 먼 산만 바라보고 있었다.

"가바시마······."

마이카는 자기도 모르게 중얼거렸다.

상처받지 않은 척하는 노조미의 모습에 가슴이 아팠다. 이렇게까지 저속하게 값을 매기고 순위를 매기는데, 상처를 안받을 리가 없다. 아까 주고받은 일련의 대화가 노조미에게 얼마나 실례였는지, 마이카는 새삼스레 깨달았다. 눈앞에 있는 두 남자아이에게 화가 치밀었다.

그 낌새를 알아챘는지, 갑자기 노조미가 입을 열었다.

"아뇨, 아뇨, 전 괜찮아요. 진짜 아무렇지 않아요. 이거, 둘이 아침부터 쓴 모양인데 저밖에 못 봤으니까 피해자는 없어요. 그래도 다른 여자애들이 보면 상처받으니까 압수하려다 지금 이렇게 된 거예요. 그러니까 일을 크게 벌이면 안 되는 문제죠. 정말 죄송합니다. 선생님께도, 두 사람에게도."

감싸는 듯한 말투와 시선이었다.

남학생들은 애매한 표정으로 우두커니 서 있었다. 동조하고 싶지만 아무래도 교사 앞이라서 자중하는 걸까. 어떻게 끝맺어야 할지 생각하는데, 명단에 적힌 기호가 눈에 들어왔다. 몇몇 학생에게 화살표가 달려 있다.

"'불(佛)'이라는 이 부분은 아미타불, 한마디로 죽었단 뜻이니, 가미에스?"

네, 하고 가미에스가 들릴락 말락 한 소리를 입 밖으로 내뱉었다.

"그럼 '→ × (불(佛))'은 '정말 밑바닥급으로 못생겨졌다. 게다가 죽어버렸으니 물리적인 의미에서 안을 수 없다'라는 뜻이고?"

"······."

같은 반 친구가 죽었는데 한다는 생각이 고작 이건가. 이런 거 말고는 흥미가 없을까. 그게 남자의 본능이란 건가. 학생들에게 화가 나기는 오랜만이었다. 큰 소리로 꾸짖고 싶은 마음을 꾹 참았다.

"압수야. 다신 이런 짓 하지 마."

마이카가 냉정하게 딱 잘라 말하자, 둘은 "네" 하고 도망치듯 교실로 돌아갔다. 문을 통과하는 순간에 또다시 얼굴을 마주 보며 히죽히죽 웃는 모습이 보였지만, 마이카는 아무 말도 하지 않았다.

"감사합니다, 선생님." 노조미가 커다란 몸을 움츠렸다. "다른 여자애들이 알기 전에 처리해야겠다 싶어서······."

"고마워."

노조미의 비굴함을 부드럽게 타이를까도 생각했지만, 마이카는 고맙다는 말만 하고 그 자리를 떴다. 등급 평가표는 교무실에 있는 문서 파쇄기에 쑤셔 넣고 분쇄했는데, 화는 다음 수업 중간까지 사그라지지 않았다.

종례가 끝나자, 학생들은 교실을 빠져나갔다. 뭐 하는 애들인지 남학생 셋이 잡담을 하고 있기에 나가라고 했더니 순순히 퇴실했다. 자물쇠를 채우는데, 구조 게이가 말을 걸었다.

"선생님은 『유어 프렌드』 믿으세요?"

"지금은 그러려고 해."

등급 평가표의 기호가 떠올랐다. 'E (○)'는 '못생겼지만 얼굴을 가리면 안을 수 있음'이란 뜻일까. 천박하기 그지없으나, 사실을 포착하고 있기는 했다. 게이는 키가 크고 호리호리한 여성스러운 몸매에, 가슴도 마이카보다 더 컸다. 얼굴에 흉터만 없었다면 다른 인생을 살았을 테고, 본인도 그렇게 생각하고 있을 것이다.

남을 시기하기도 하겠지. 미워하기도 하겠지. 만약 『유어 프렌드』가 앞에 나타나면, 주술을 시험해 보는 정도는 틀림없이 할 테지. 진짜로 그렇게 동급생 셋을 저주하고, 지금은 걸리적거리는 담임을 떠보는지도 모른다.

아니, 과연 그럴까.

눈앞에 있는 이 여학생은 명백하게 수척해져 있다. 잠을 못 잔다는 말도 들었다.

마이카는 망설인 끝에, 성실하게 대화하는 방법을 택했다. 유나에게 했듯이 정면으로, 숨기지 않고.

"말씀해 주셔서 감사해요. 오히려 뭐랄까, 기분 좋네요."

게이는 아주 살짝 웃었다. 마스크에 가려져서 분명치는 않았지만 웃은 것 같았다.

힘을 보탠다고 한다. 이 사태를 막고 싶다고도 말했다. 역시 이 아이는 범인이 아닌 모양이다. 의심이 사라지진 않았지만 지금은 믿고 싶다. 고지식하더라도 방법은 이것뿐이다. 이게 바로 범인에게 이르는 유일한 길이리라. 반 학생들 한 명 한 명과 마주하고 관계를 다지는 길만이.

대화가 끝을 향하고 있었다. 이제부터 기말고사 문제를 다 만들고 나면, 곧바로 3학년 교사 몇몇과 회동이란 이름의 술자리가 있다. 코앞의 일정을 되새기면서 마이카는 말했다.

"그래, 조심히 가……. 내가 너희 모두를 지킬 거야."

거의 무의식적으로 결의를 표명했다. 다른 교사가 들었다면 웃었을 테지만, 조금도 부끄럽다는 생각이 들지 않았다. 이건 진심이다. 더 이상 학생들이 위험에 처하도록 해서는 안 된다. 담임으로서, 인간으로서.

순간, 게이의 왼쪽 눈꺼풀이 심하게 떨리기 시작했다.

"네, 그럼" 하고 말하자마자 등을 돌리고, 도망치듯 계단으로 사라졌다.

마이카는 한동안 복도에 우두커니 서 있었다. 정신이 들자 황급히 걷기 시작했다.

게이가 예상치 못한 행동을 보였다. 이상한 말을 한 기억은 없는데 어떻게 된 걸까.

마지막 순간 일이 틀어진 건 이번이 두 번째다.

마이카는 유나 집에서 유나와 나눴던 대화를 떠올렸다.

"마음이 좀 편해졌어요."

이야기하다 지쳤는지 녹초가 된 모습으로, 유나는 스마트폰을 머리맡에 내려놨다. 불과 몇 분 전에 연락처를 교환한 참이었다.

"뭐 생각나는 거 있으면 언제든 알려줘."

마이카가 방 한구석에서 일어났다. 슬슬 가야 할 타이밍이다. 다친 사람을 무리하게 만들면 안 된다.

"선생님."

유나가 아이 같은 목소리로 불렀다. 불안한 듯 이어 말했다.

"누가 그랬을까요? 그리고 다…… 다음도 있을까요?"

"모르겠어. 근데."

마이카는 똑바로 일어서서 대답했다.

"더 이상 반 아이들 중 누구도 상처 안 받게 하고 싶어. 물론 노지마 너도."

새로운 희생자가 나오는 건 어떻게든 막고 싶었고, 유나의 몸조리도 못지않게 중요했다. 이때도 진심이었다. 거짓 없는 마음을 말했다.

그런데.

유나의 표정이 갑자기 어두워졌다. 침대 위에서 두 주먹을 꽉 쥐고, 날카로운 시선으로 마이카를 노려봤다. 무슨 일일까. 속으로 당황할 때였다.

"하."

유나가 기묘한 소리를 냈다. 비웃는 것 같기도 하고, 한숨 같기도 한 소리였다.

"안녕히 가세요, 선생님."

그렇게 말하고는 침대에 털썩 쓰러지더니 마이카에게 등을 돌렸다. 타월 이불을 머리까지 뒤집어썼다. 면회 종료라는 뜻이리라. 눈앞에서 셔터가 내려진 게 확실히 느껴졌다. 마이카는 어수선한 마음으로 아다치와 함께 노지마의 집을 뒤로했다.

완전히 똑같다. 유나도, 게이도 헤어질 때 갑자기 돌변했다.

역시 이 표정이 문제일까. 또다시 경계하게 될 정도로 수상쩍고, 서먹서먹하게 보이는 걸까.

"마이카는 웃을 때가 제일 나으니까."

어머니의 목소리가 머리에 울렸다.

"고타니 선생님은 안 가세요?"

누군가의 물음에 마이카는 키보드를 치던 손을 멈췄다. 옆자리에서 아다치가 책상을 정리하며 마이카 쪽을 보고 있었다. 냉방을 가동하는데도 교무실은 눅눅하고 음침했다. 남아 있는 교사들도 하나같이 지친 모습이었다.

"오늘은 고타니 선생님을 격려하는 모임이니까요. 주인공이 계셔야죠."

"이거 끝내고 갈게요. 이따 봬요."

마이카는 그렇게 말하고 다시 일을 시작했다. 아라키가 죽고 나서, 다른 교사들이 자신에게 마음을 써주는 게 피부로 느껴졌다. "불행한 우연이야" "선생님 잘못 없어요" 하고 위로의 말을 건네는 사람도 적지 않았다. 마음은 고맙지만, 그렇다고 해서 『유어 프렌드』의 주인을 함께 찾아주세요' 하고 부탁할 수도 없는 노릇이었다. 마스노와 쓰네타는 수업 도중에 그런 이야기는 믿지 말고 퍼트려서도 안 된다고 2반 학생들한테 으름장을 놓은 모양이었다.

이 사건에 관해서는 어른들에게 의지할 수 없다. 지금까지도, 앞으로도.

시험 문제를 다 만들고 저장한 다음, 출력해서 검토했다. 몇 가지를 수정해서 다시 저장하고 PC 전원을 껐다. 모니터를 껐을 때, 옆에 아직 아다치가 있음을 알아챘다. 아다치는 골똘히 생각에 잠긴 표정을 짓고 있었다.

"왜 그러세요?"

"너무 혼자 떠안으려 하지 마세요."

"네?"

꿰뚫어 보는 듯한 말에, 마이카의 입꼬리가 자연스레 올라갔다. 아다치가 진지한 눈으로 마이카를 바라보며 말했다.

"여러 일 때문에 지쳐 계시잖아요. 저라도 괜찮으시면, 힘든 얘기 털어놓을 수 있는 상대가 돼드릴게요. 저번에 노지마 병문안 갔을 때도 도움을 전혀 못 드려서, 최소한 그 정도는 하고 싶어요. 선생님은 사람 많이 모인 술자리에서 발산하는 타입도 아니신 것 같고요."

"아뇨, 마음만으로도……."

"바로 그거예요. 그 미소 때문에 도리어 엄청나게 혼자 떠안고 있는 것처럼 보인다고요."

마이카는 눈이 휘둥그레졌다.

단호하게 말할 때는 언제고, 아다치는 바로 혼이 난 듯한 표정을 지었다. 죄송합니다, 하고 어두운 목소리로 중얼거렸다. 멀리 떨어진 자리에서 젊은 교사가 이쪽 상황을 엿보는 게 느껴졌다.

말이 안 나왔다. 이 얼굴이 가면임을 눈치채는 사람은 많아도, 대놓고 지적한 이는 아다치뿐이었다. 이전부터 정직한 사람이라고 느끼긴 했지만, 이 정도일 줄이야.

놀랐지만 어이가 없지는 않았다. 화도 안 났다. 오히려 마음에 작은 등불이 켜진 듯한 느낌이 들었다.

"아, 저, 정말 고맙습니다."

마이카는 한심할 정도로 당황하면서 대답했다. 이 남자라면 도와달라고 부탁해도 괜찮을지 모른다는 생각이 들었지만, 바로 머릿속에서 그걸 지워버렸다. 그것과 이것은 별개다. 실제로 가미에스와 아이들이 『유어 프렌드』 이야기를 했는데도, 아다치는 바로 일축하지 않았던가.

"가시죠. 무슨 일 생기면 의논드릴게요."

짐을 챙겨서 일어났다. 아다치는 복잡한 표정으로 마이카를 올려다봤지만, 이윽고 "그래요" 하고 대답했다.

모임 장소인 주점에 도착하자, 안쪽 객실로 안내됐다. 장지문을 열었더니 미쓰이가 "메인 게스트 행차요" 하고 벌건 얼굴로 외치며 비뚤어진 안경을 고쳐 썼다. 참석한 사람은 십여 명. 생각보다 큰 술자리였다. 몇몇 교사는 거나하게 취해 있었다.

마이카는 맨 처음에만 유리잔으로 맥주를 마시고, 그 다음부터는 우롱차를 마셨다. 아다치는 두 잔 정도에 벌써 얼굴이 새빨개져서, 후카가와랑 이야기하는 동안 점점 말투가 이상해졌다. "이런 상황일수록 정보 활용 능력 교육을 철저하게 해야 해." 마스노가 열변을 토하자, 쓰네타가 동조했다. 그러나 쓰네다 외의 몇몇 사람은 "뭘 그렇게 정색하고 그래?" 하고 놀리기만 했다.

모든 목소리가 멀게만 느껴졌다. 누구의 어떤 행동에도 초점이 맞춰지지 않았다. 모두가 마이카에게 위로를 건넸다. 마음은 고마웠지만 말은 마음을 그냥 지나쳐갔다.

마이카는 화장실에 다녀와서 원래 자리에 앉았다. 유리잔을 들자마자, 부스럭하고 종이를 깔아뭉개는 감촉이 느껴졌다. A4 크기의 프린트가 정강이 밑에 깔려 있었다.

명단이었다. 그것도 3학년 2반 여학생의. 왼쪽 끝에는 이름이 출석 번호순으로, 오른쪽에는 알파벳. 몇몇 여자아이에게는 ◎나 ▲ 같은 기호도 적혀 있었다. 나가이와 가미에스가 만든 표는 아니었지만, 같은 성질의 것임을 바로 알아챘다.

여학생들의 등급 평가표다.

이런 게 어째서 여기에.

"아차……."

맞은편에서 미쓰이가 머리를 감싸는 시늉을 했다.

"이러면 안 되죠, 후카가와 선생님. 확실하게 처분한다고 하셨잖아요."

"미안, 미안." 후카가와가 웃으며 술을 들이켰다.

"이건……."

"아, 이거?" 미쓰이가 대답했다. "내가 수업 중에 발견해서 압수한 거야. 6교시가 2반이잖아. 가와사키랑 오가타가 돌리고 있더라고."

그 둘은 오타쿠 콤비라고 불리는 학생들이다.

그 아이들 얼굴을 떠올리는데, 미쓰이가 재빠르게 마이카 손에서 등급 평가표를 채 갔다.

"하무라하고 노지마는 내향적인 아이들한테도 인기가 엄청 많네, AAA하고 AA니까…… 아니, 그래도 너무하지 않아? 그 녀석들, 무슨 경마처럼 예측하더라고."

"예측이요?" 아다치가 물었다.

"일련의 사건이 정말 『유어 프렌드』 탓이라 가정했을 때, 다음엔 누가 당할까. 하무라, 노지마, 아라키 순이면 네 번째, 다섯 번째, 여섯 번째 희생자는 누굴까. 완전히 게임하듯이 추리하고 있어. 경솔함에도 정도가 있지."

"근데 잘 만들었네. 소질 있어."

"후카가와 선생님, 그건 좀."

"미쓰이 자네도 아까 칭찬했잖아. 유력 후보가 나가스기인 건 당연하지만 대항마가 미노라니 뭘 좀 아네, 하면서."

"하하하, 그렇긴 하죠." 태도를 바꾸기로 했는지, 미쓰이가 웃기 시작했다. "하위 계급에 촌스럽긴 하지만, 미노가 예쁘잖아요. 전 나가스기보다 위라고 생각해요. 문제는 걔가 옛날 미인이야, 하라 세쓰코*처럼."

"이제 그만하시죠. 그만하세요, 미쓰이 선생님."

"마스노 선생님, 왜 그래? 이 두 사람 오기 전까진 당신이 가장 신랄했잖아. 아라키가 당하면서 전혀 예측할 수 없게 됐네, 둘 중 하나를 노린다면 광대뼈 나온 아라키보다는 당연히 얼굴이 동글하니 큰 오하라가 아니겠냐면서. 이야, 역시 여자는 여자의 외모에 가차 없다니까."

"제가 언제요? 그런 말 안 했어요."

"저기, 이 얘기 정말 그만하시죠."

아다치가 싹싹하게 말했다. 그러자 미쓰이가 입을 삐죽 내밀었다.

"아다치 선생님, 여자 편드는 거야?"

사방에서 야유가 날아들자, 아다치가 당혹감을 드러냈다. 후카가와가 온화한 미소를 지으며 "자자, 아다치 선생님도 흥분하지 말고" 하면서 달랬다.

---

* 1930~1950년대에 주로 활동한 일본 여배우.

"그렇지만."

"어디까지나 게임이야. 현실하고는 아무 상관도 없어."

"사귄다면 누구, 잔다면 누구, 하는 얘기도 아니고." 쓰네타가 반쯤 웃으며 말했다.

"봐, 고타니 선생님도 웃고 계시잖아. 평화롭게, 평화롭게 가자고. 알았지, 아다치 선생님?"

"그래도."

"여자들도 다 꽃미남 순위 만든다니까." 미쓰이가 마스노와 마이카를 번갈아 가며 가리켰다.

"학생들 순위는 물론이고 선생들 것까지. 피차일반이야."

"안 만들어요, 안 만든다니까요."

"2위는 오하라? 가바시마였나?"

등급 평가표가 교사들에게 차례차례 건네진다. 그들의 목소리가 객실에 울려 퍼졌다.

"맞아. 폭탄은 우사미랑 구라하시."

"걔들은 범인 후보 아니야?"

"그러니까 폭탄이지. 역시 이거 재밌네."

"저기, 여러분."

"아다치 선생님, 괜찮다니까. 여기서 그런 고지식한 캐릭터 연기해 봐야 분위기만 썰렁해져."

"가노가 범인이라는 설은 어때? 탐정이니까 전 아니에요, 하고 눈속임하는 거지."

"요즘 시대에는 진부하죠."

"그럼 누굴까요? 시기와 질투가 동기라 가정하고."

"유력 후보는 구라하시야."

"우사미 아닐까요?"

"그 둘이 공범이라는 설은 어때요? 범인 한 사람의 일인칭 시점인 것처럼 보여주지만, 실은 두 사람의 시점이 번갈아 적혀 있었다는 트릭이요. 저번에 소설 읽다가 속았거든요."

"그 두 사람, 별로 안 친하잖아. 구라하시는 맨날 혼자고."

"우사미는 유다랑 미노하고 같이 다니나? 하층 그룹."

"일인칭으로 서술 트릭 심어놓은 거, 이제 질려."

"구조 게이가 수상해. 마스크로 인물 오인 트릭을 쓰는 거지."

"그건 힘들지 않을까요? 눈 부위는 특수 분장을 해야 하잖아요."

"아이참, 이건 게임이라니까."

"그러고 보니, 나 요전에 미스터리 읽다가 3인칭 지문에 사실하고 다른 내용이 적혀 있어서 책을 벽에 던져버렸어. 최소한의 규칙도 안 지키면서 뭐가 미스터리야."

"가바시마는?"

"아냐, 아냐. 걔는 씩씩하잖아."

"그런 애들만 있으면 여자 다루기도 쉬울 텐데……."

"저기요."

"재미없어요. 3인칭 규칙은 '이 세상에 유일하고 절대적이며 객관적인 사실이 있었으면 좋겠다'라는 유치한 소망의 산물이잖아요."

"부녀자 콤비가 범인이라는 설은?"

"그것도 아니야. 그런 애들은 현실 따위에 관심 없어."

"미스터리는 엄정한 규칙 안에서 노는 장르야. 스포츠처럼 룰 위반은 예외 없이 불공정, 반칙, 아웃이라고."

"네네, 그렇게 자력으로 풀지 못한 미스터리를 불공정하다고 확정지어서 헐뜯고, 해결한 미스터리는 초심자용이라고 비웃는 게 자칭 미스터리 상급자들의 상투적인 수단이에요."

"깐깐하긴. 아, 고타니 선생님 웃는다. 방금 같은 독설 좋아하는구나."

"남자가 범인이란 설은? 성 정체성이 여자였다는 결말. 요즘 시대에 맞잖아."

"그러면 여자 전원이 표적이 될 수 있어. 미인이든 아니든, 여자라는 사실 자체가 질투의 대상이니까. 까딱하면 테러라고."

"오오, 무서워."

"하무라가 범인이고, 어딘가에 살아 있다는 설은?"

"그건 동기가 불명확하잖아요. 개가 질투 따위를 할 리가 없으니까."

"자기 자신에게 주술을 걸 수⋯⋯?"

"없어. 소문엔 그렇게 돼 있더라고. 그러니까 세 명은 빼야지."

"다나미는?"

"제가 꽤 좋아하는 타입이에요. 가만히 놔두면 수염 날 것 같은 애."

"수염이라. 마니악한 부분을 공략하네."

"구조 같은 그런 상처는 보통 가망 없잖아. 세상을 비관하고 남을 원망해서……."

빠직, 하고 견고한 소리가 객실에 울렸다.

모래가 서로 스치는 듯한 소리가 이어졌다.

무슨 소리일까. 무슨 일이 벌어졌을까. 마이카는 객실이 서서히 조용해지는 것을 아득하게 느끼고 있었다. 아다치가 놀란 눈으로 마이카 쪽을 쳐다봤다.

"고타니 선생님." 누군가가 불렀다.

"아, 네."

무의식적으로 대답한 순간, 오른손이 열기를 띠었다. 통증이 조금씩 뻗치기 시작한다. 아득히 저편에 있던 현실이 바짝 곁으로 돌아왔다. 마이카는 욱신욱신 쑤시는 쪽으로 천천히 시선을 돌렸다가, "어머" 하고 얼빠진 소리를 냈다.

오른손이 새빨갰다.

꽉 움켜쥔 손가락 사이로 피가 여러 가닥 흘렀다.

우롱차가 테이블에 엎질러져서 얼음이 접시 사이로 천천히 미끄러지고 있었다. 손바닥과 손가락에 박힌 유리잔 파편이

바직바직 희미한 소리를 냈다.

마이카가 오른손으로 유리잔을 꽉 쥐어 깨부순 것이다.

"고, 고타니 선생님……."

미쓰이가 창백해진 얼굴로 말했다.

"괜찮아요."

마이카는 바로 대답했다. 의식해도 오른손은 전혀 펴지지 않았지만, 아랑곳하지 않고 이어서 말했다.

"정말 괜찮아요. 죄송합니다. 분위기 깨서요."

후카가와가 굳은 표정으로 몸을 뒤로 뺐다. 다른 사람들도 비슷하게 반응했다. 왜일까. 뭐가 그렇게 겁날까. 거기까지 생각하고 나서, 마이카는 지금 자기 표정이 어떤지 깨달았다.

웃고 있었다.

이런 상황에도 미소가 들러붙어 있다. 유리잔을 깨서 손이 피범벅이 됐으면서도 생글거린다. 아무렴, 이러면 당연히 무섭지. 괴기스럽다고 생각해도 어쩔 수 없다.

"죄송합니다. 바로 정리할게요……."

통증이 심해져서 오른손을 움직일 수조차 없었다. 왼손으로 잡으면 돼. 그렇게 생각하자 왼쪽까지 움직일 수 없게 됐다.

뭐가 어떻게 돌아가고 있는 거지. 내가 왜 이런 짓을.

"고타니 선생님!"

아다치가 옆에 주저앉더니 마이카의 오른손을 붙잡았다. 그걸 신호로 삼듯, 모두 차례차례 일어났다. 쓰네타가 접시를 치우고, 마스노는 테이블을 닦았다. 구급상자가 없는지 점원에게 물어보고 있는 사람은 미쓰이였다. 마이카는 그들의 모습을 멍하니 바라봤다.

다행히 주점 근처에 응급 병원이 있어서, 마이카는 따라온 아다치와 함께 처치를 받으러 갔다. 의사가 손바닥과 손가락 살에 박힌 유리 파편들을 핀셋으로 빼냈다. 열을 동반한 통증이 때때로 어깨 언저리까지 뻗쳤지만, 소리까지 지를 정도는 아니었다.

오른손에 붕대를 감고, 항생제 처방전을 받아 병원을 나섰다. 집까지 가는 길에 아다치가 연신 "죄송합니다" "바로 그만하게 하든지, 화제를 바꿨어야 했는데" 하며 사죄와 후회의 말을 되풀이했다. 마이카는 자신의 목소리가 "신경 쓰지 마세요" 하고 대답하는 것을 의식 한편에서 들었다. 붕대 안쪽만이 마치 다른 생물처럼 박동하고 있었다.

어느새 마이카의 집이 있는 맨션 근처까지 왔다. 아다치에게 고마움을 전하고 헤어진 다음, 입구를 통과했다. 문을 여는 것도 옷을 갈아입는 것도, 화장을 지우는 것도 왼손 하나로는 번거로워서 점점 짜증이 치밀었다. 정상적인 감정이, 분리해 놨던 마음이 돌아왔다.

침대에 쓰러지듯 누운 순간, "젠장" 하고 욕을 내뱉었다. 왼손을 치켜들어 이불을 내려친다.

다들 바보야. 유치하게. 나이도 먹을 만큼 먹은 어른이 시답잖은 장난에 빠져서는.

그래, 나는 지금 화를 내고 있는 건가.

2반 여학생들을 안줏거리 삼아서 열 받았나.

흘려들으려 해도 잘 안 됐나.

젠장, 젠장, 젠장.

정신을 차려보니 마이카는 울면서 계속 이불을 때리고 있었다.

마음은 겨우 안정됐지만, 통증 때문에 잠들지 못했다.

다음 날, 마이카는 잠이 모자란 상태로 출근했다. 교무실에 들어가자마자 몇몇 교사가 사과했고, 후카가와는 상처 걱정을 했다. 자리에 앉자, 맞은편 자리인 미쓰이가 "난 어제 바로 사과했지?" 하고 물었다. 기억이 하나도 안 났지만 "네" 하고 대답하자, 미쓰이는 겁에 질린 얼굴로 다시 일을 시작했다.

노트북을 열고 비밀번호를 입력하는 것만으로도 고생스러웠다. 손가락 끝도 상처투성이라, 키보드를 치는 것마저 쉽지 않았기 때문이다. 앞으로 겪어야 할 고생을 생각하며 책상에 놓인 우편물을 확인했다. 사무직원이 우편함에서 꺼내 분류해서 놓아둔 것이다.

아다치가 어느새 와 있었다. 눈은 새빨갛게 충혈되고, 눈꺼풀이 부어올라 있었다. 아무리 수면 부족인 걸 감안해도 형

편없는 꼴이었지만, 지금 자신의 꼴도 비슷할 것이다. 아침에 거울 속에서 봤던 얼굴을 상기하는데, 아다치가 입을 열었다.

"어제 일 말인데요. 저, 헤어질 때 말씀드렸던⋯⋯."

"무슨 얘기요?"

마이카는 고개를 갸웃했다. 뭔가 말한 것도 같지만, 기억이 나지 않았다. 그땐 아직 마음이 멀리 있었다. 뇌도 제대로 작동하지 않았으리라. 기억을 캐내려는 그때였다.

"아뇨! 기억 못 하시면 아무 문제 없습니다. 그냥 별 얘기 아니었어요."

아다치가 자리에 어울리지 않게 큰 소리로 말했다. "자, 그럼" 하고 연극처럼 말하더니 키보드를 두들기기 시작했다. 영문을 모른 채 마이카는 앞에 있는 우편물로 시선을 떨궜다. 온라인으로 구입한 사무용 서적이 두 권, 스마트폰 충전 케이블이 하나. 예전 학교에서 친해진 선배 교사가 보낸 그림엽서. 출산 휴가를 내고 본가에서 지내는 중이라고 한다.

감정은 대부분 원래대로 돌아와 있었다. 아까 아다치가 한 말과 행동은 이상했고, 선배가 아기를 가진 건 순수하게 기뻤다. 그렇게 자신을 분석하며, 가장 아래에 있는 봉투를 집었다. 겉에는 학교 주소와 '고타니 마이카 님, 본인 개봉 요망', 뒤에는 보내는 사람 이름으로 '고타니 겐타'라고 적혀 있었다.

누굴까. 이런 이름을 가진 친척은 모른다. 일단 봉투를 열고 왼손 손가락을 집어넣어 내용물을 꺼냈다.

안에서 나온 건 마이카의 얼굴 사진이었다.

지금보다 훨씬 젊었다. 대학 시절 사진인 듯하다. 세미나에서 발표 중인 모습을 찍힌 기억이 난다. 학부 사이트에 게재한다고 들은 것도 같은데 잘 기억나지 않았다.

사진 표면에는 갈색 얼룩이 묻어 있었다.

설마, 이건.

봉투에는 우표가 붙어 있고, 소인이 찍혀 있었다. 속을 들여다보니 편지지가 있었다. 날뛰는 심장 박동을 느끼며, 다시 손가락을 집어넣어 편지지를 꺼냈다. 블라우스 속에서 불쾌한 땀이 흐르기 시작했다.

편지지에는 이런 문장이 인쇄돼 있었다.

고타니 마이카 얼굴이 검붉고 우둘투둘한 반점투성이가 되게 해주세요. 특히 입 주변은 도둑 일러스트처럼 크고 둥그렇게 반점으로 둘러싸게 해주세요. 심한 치은염 때문에 잇몸이 흐물흐물해져서 이가 여러 개 빠지게 해주세요. 빠지는 이는 주로 앞니로, 다 합쳐서 세 개 이상이면 몇 개라도 상관없습니다. 히메사키 님께 맡길게요.

이 좁은 세상에서마저 살아갈 재주가 없는 이에게 남겨진 재주 죽어서 저주하리라 아름답다 추하다

제 5 화

"난 이제 추해질 거야! 그럼 모두 날 괴물 취급하겠지. 당신도!"

— 우메즈 가즈오, 『오로치』 중에서

동시에 여러 사람에게 주술을 거는 것도 가능할까.

깊은 밤, 방에서 다음 '표적'에 관해 생각하다가 문득 그런 궁금증이 생겼다. 바로 무릎 위에 놓여 있던 『유어 프렌드』를 펼쳤다.

내 기억대로 '불가능하다'라고는 적혀 있지 않았다. 순서 ① 에 '같은 반 여자'라고 적혀 있으니, 주술이 걸리는 사람 수에 사실상 상한선은 있다. 그렇지만 이 기술은 결코 '동시 공격' 을 부정하지는 않는다. 해볼 만한 가치는 있을 듯하다.

누구로 할까.

첫 번째는 가노 마미다. 쓸데없는 걸 조사하러 돌아다니고, 나를 다른 애들이랑 똑같이 취급하는 엉터리 탐정.

나머지 한 사람은······.

순간, 지금까지 생각지도 못했던 것이 머릿속에 떠올랐다. 서둘러 스마트폰을 들고, 사전을 검색했다.

여자女子 ①여아. 딸. «—» 남자. ②여성. 여인. 「여자 학생」「여자 골프」

역시. 여자는 여성 전반을 가리키는 말이기도 하다. 잘 생각해 보면 모두가 보통 '여자 화장실'이라고 한다. 더 나아가 60대, 70대 여고생도 드물긴 하지만 실재한다. 단지 현재 요쓰카도 고등학교에 없을 뿐이다.

그러니까 주술은 담임인 고타니 마이카에게도 효과가 있다.

글쎄. 이 해석은 과연 옳을까.

아니면 순수하게 있는 그대로 담임 선생님은 사정 범위 밖일까.

아무도 답을 가르쳐주지 않는다. 히메사키 레미의 영혼이 직접 머리에 속삭여주지도 않는다. 혹시나 해서 전체 페이지를 샅샅이 뒤져 봤지만, 『유어 프렌드』에도 적혀 있지 않았다. 어려울 것 같다. 어디까지나 느낌이지만, '동시 공격'보다 가능성이 적다.

이를 갈았다.

저주하고 싶은데. 추하게 만들어버리고 싶은데.

여태껏 그냥 담임이었던 주제에, 갑자기 진지하게 대책을 강

구하기 시작했다. 게다가 교실 문 잠그는 일도 그만둘 낌새가 전혀 없다. 다 떠나서 그 경박한 미소. 사실 학생들 생각은 하나도 안 하는 주제에.

　이메일이나 메시지로 주술을 시험하는 건 단념했다. 디지털 데이터는 이력이 남는다. 꼬리가 잡힌다. 무엇보다 지루하다. 물질인 종이랑 잉크로, 출력한 사진과 내 피고름으로 그 애들을 저주하고 싶다. 고통스럽게 하고 싶다. 그런데 가노는 둘째 치고 고타니에겐 효과가 없을 것 같다. 어쩌면 좋을까?

　잠깐, 내가 착각하고 있었다. 그보단 시야가 좁아져 있었다.

　실제로 효과가 있을지 없을지, 그런 건 지금 고타니의 경우에는 별로 중요하지 않다.

　『유어 프렌드』의 주술을 믿는 고타니라면, 자기 앞으로 온 주술 도구를 손에 쥐기만 해도 전율할 것이다. 자기 얼굴이 망가지는 모습을 상상하면서 공포에 질리겠지. 저주받지 않을까, 하고 날마다 두려움에 떠는 일도 또 하나의 저주다. 물리적으로 효과가 없을지라도 정신적으로는 충분하다. 여태까지처럼 효과가 나타난다면, 그건 그것대로 이득이다.

　그렇다면 주술 도구도 몰래 건넬 필요가 없다. 오히려 대놓고, 여봐란듯이 전달하는 편이 효과적이다. 이건 가노한테도 해당하는 말이다.

　나는 계획을 짰다.『유어 프렌드』의 새로운 사용법을 터득했다는 사실에 자칫하다간 춤이라도 출 것처럼 기뻤다.

* * *

　체육관에서 학년 집회가 시작됐다. 학생들이 정렬해서 앉아 있다. 무대는 사용하지 않고, 교사들이 마이크를 들고 학생들에게 전달 사항을 말했다. 맨 먼저 기말고사에 관해, 이어서 여름방학에 치러지는 몇몇 모의고사에 관해, 그리고 생활 태도에 관해.

　지금은 마스노가 두 손으로 마이크를 잡고, 여름방학 기간 중 진로 지도실 이용에 관해 설명하고 있다.

　그다음은 마이카가 말할 차례였다. 3학년 2반에서 연달아 일어난 슬픈 사건에 관해 말하고, 사라사와 가오리를 위해 다시 묵도를 올릴 예정이었다.

　어젯밤 술자리를 생각하면 속이 빤히 보이는 연극에 지나지 않았다. 게다가 사라사와 가오리에게 올리는 묵도는 그때그때 전체 집회에서 끝마친 상태였다. 그러나 학년 집회에서 더 극진하게 애도하고, 동요하는 학생들을 보듬는 시간이 필요했다. 의의가 있었다.

　하지만 지금은 아무래도 좋아. 한시라도 빨리 이 자리에서 도망치고 싶어.

　그게 마이카의 본심이었다. 그 생각밖에 들지 않았다.

　이다음 순간에라도 내 얼굴이 반점투성이가 될지도 몰라. 이가 빠져버릴지도 몰라. 이 수많은 사람들 앞에서 전부 드러나게 될지도 몰라.

공포와 조바심이 마이카 안에서 미쳐 날뛰었다.

가까스로 평정을 가장하고, 앉아 있는 학생들 옆에 서 있었다.

"그리고, 그리고 여러분이 가장 많이 활용할 기출문제집. 그건 원칙적으로 대출이 안 됩니다. 복사, 복사하세요. 지도실에 복사기도 있습니다."

마스노의 특색 있는 말투가 신경에 거슬렸다. 마치 마이카에게 악의를 품고, 일부러 시간을 버는 것처럼 느껴졌다. 진정해. 냉정해져.

조바심을 억눌러도 공포는 사라지지 않고, 이번에는 새롭게 후회가 솟아났다.

어째서 지금껏 이 가능성에 생각이 미치지 못했을까. 표적이 되는 사람은 학생뿐이고, 무슨 근거로 나 자신은 안전할 거라고 확신하고 있었을까. 주술에 관해서 아는 거라곤 전해 들은 내용뿐인데.

그랬구나, 하고 이 상황에서도 이해가 갔다.

그래서 유나도, 게이도 나와 거리를 뒀구나. 아니, 그 반대다. 두 아이 모두 내가 높은 데서 학생들을 내려다보고 있다는 사실을 눈치챈 것이다. 단어 선택을 보고 민감하게 알아챘겠지.

뭐가 '학생들을 지키겠다'라는 건가. 뭐가 '담임으로서, 사람으로서'인가.

강 건너 불구경하기로 작정한 사람은 다른 누구도 아닌 나 자신이다. 등급 평가표를 돌려 읽으며 2반 여학생들에게 값을 매긴, 어제 그 교사들과 별반 다르지 않다.

"지도실에는 대개 제가 있습니다. 근데, 근데 상주하는 건 아니에요. 음식 섭취 금지니까요. 교무실에서 도시락을 먹거나, 물론 화장실에 가거나……."

도망치고 싶다.

주술에서는 도망칠 수 없지만, 최소한 수많은 사람의 시선에서는 도망치고 싶다.

아주 질 나쁜 장난이었으면 좋겠다. 그런데 확인할 방법이 없다. 오늘은 그냥 넘어가도 내일 효과가 나타날지도 모른다. 나는 앞으로 계속 초조하게, 주술을 두려워하면서 살아가야 하는 걸까.

차라리 지금 당장 추하게 만들어주면 안 될까. 그러면 이 불안은 해소될 텐데.

안 돼. 혼란스러워서 넋을 놓을 뻔했다.

"물론 단순히 자습실로만 쓰는 건 아닙니다. 진로 '지도'실이니까요, '지도'실. 거리낌 없이 상담 신청해 주세요. 제가 성심성의껏 지도해 드리겠습니다. 다만……."

무의식적으로 뺨에 손을 댔다. 감촉은 여느 때와 똑같지만, 색은 이미 변해 있을지도 모른다. 지금 변하는 중일 수도 있다. 바로 근처에 있는 남학생 한 무리와 눈이 마주쳤는데, 특별히 이상한 반응은 보이지 않았다. 그럼 아직인가. 잠깐 안심했다가 바로 불안해진다.

손의 통증은 어느새 사라졌다. 그걸 신경 쓸 겨를이 없었다.

"고타니 선생님, 어디 안 좋으세요?"

옆에서 아다치가 작은 목소리로 물었다. 걱정스럽게 보고 있다. 그럼 아직 괜찮은 모양이다.

"괜찮아요."

마이카는 대답했다.

누굴까. 새삼스레 근본적인 의심이 고개를 들었다.

『유어 프렌드』를 물려받은 사람은 누굴까. 주술을 걸어서 세 명을 고통에 빠뜨리고, 그중 둘을 죽음으로 내몰고, 이어서 나를 사냥감으로 정한 사람은.

3학년 2반 여학생들을 앞에서부터 순서대로 살펴봤다. 모두가 의심스럽다. 추해지는 순간을 지켜보겠다며 속으로 혼자 히죽대는 사람이 분명히 하나 있다. 누굴까. 어느 여학생일까. 한 사람씩 추리해 보자. 역시 이건 외모에 콤플렉스를 가진 사람이 질투 때문에……

안 돼. 이러면 더더욱 어제 그 교사들하고 똑같아지는 거야.

"이상입니다."

마스노가 이야기를 마치고, 마이카 쪽으로 마이크를 치켜들었다. 마이카는 그걸 왼손으로 받아, 머뭇머뭇 학생들

앞에 섰다.

시선이 한순간에 마이카에게 집중됐다. 학생들 중 30퍼센트 정도는 고개를 숙이거나 먼 산만 바라보고 있었지만, 그럼에도 많은 사람에게 주목받고 있는 건 사실이었다.

이 타이밍에 때마침 주술의 효과가 나타날 것 같진 않았다. 하지만 나타나지 않으리란 보장도 없었다. 마이크를 붙잡은 손은 이미 땀에 축축이 젖어 있었다.

하필이면 유나 생각이 났다.

목소리를 내려 해도 잘 나오지 않아, 헛기침을 계속했다.

"……얼마 전부터, 3학년 2반에 잇따라 슬픈 일들이 일어났습니다. 여러분도 잘 알겠지만……."

세 사람에 대해 간결하게 설명했다. 얼굴에 손을 갖다 대고 싶은 마음을 꾹 참았다. 미쓰이와 후카가와가 의아한 표정으로 마이카를 쳐다봤다.

"놀라고, 불안해하는 건 자연스러운 반응입니다. 슬픈 것도 당연합니다. 저도 담임을 맡은 학생이 그렇게 돼서 비통합니다. 하지만 그런 감정에 휩쓸려서 중요한 걸 놓쳐선 안 됩니다. 진위가 불명확한 정보를 퍼트리거나, 고인을 모욕하거나……."

몇몇 학생이 서로 눈길을 주고받더니 웃었다. 만약 저들이 내가 추해지는 꼴을 직접 보면, 얼마나 많은 사람한테 말하고 돌아다닐까. 어차피 누구 하나 죄책감 따윈 눈곱만큼도 갖지 않을 테지.

멀리서 아다치가 작게 손을 흔들었다. 생뚱맞은 몸짓이었다. 왜 이 자리에서, 이 타이밍에? 그렇게 의아스러워한 순간, 마이카는 자신이 입을 다물고 있다는 사실을 깨달았다. 학생들이 웅성거리고 있었다.

"……죄송합니다."

사과함과 동시에 얼굴에 억지웃음이 들러붙었다. 의식해서 웃음을 거둬들이고, 자세를 바로잡았다. 웅성거리는 소리가 천천히 잦아들었다.

뺨에 이질감이 느껴졌다. 이건 땀이야, 땀이 뺨을 따라 흐르고 있을 뿐이야, 하고 금세 알아챘지만 불안은 사그라지지 않았다. 범인은 이 상황을 구경하고 있을까. 구경거리로, 쇼로.

"마, 마지막으로 세상을 떠난 하무라와 아라키에게 이 자리에서 다 함께 묵도를 올리도록 하겠습니다. 그리고 노지마가 하루빨리 회복하길 기도했으면 좋겠습니다. 여러분, 모두 자리에서 일어나주세요."

느릿느릿한 동작으로 학생들이 일어났다. 마룻장이 스치는 소리와 실내화 소리가 체육관에 메아리쳤다.

줄지어 선 학생들의 머리. 그 한쪽 귀퉁이에서 몇몇이 큰 소리로 말했다.

"괜찮아?"

"어디 아파?"

"선생님!"

2반이었다. 여학생 하나가 주저앉아, 고개를 푹 숙이고 있다. 손에는 스마트폰을 쥐고 있었다. 저 헤어스타일, 저 체격, 교복을 갖춰 입는 모양새는 분명…….

"가노가."

한 여학생의 목소리가 들렸다.

아다치에게 눈짓을 보내고 그가 고개를 끄덕인 순간, 꺄악! 으악! 하고 남녀의 비명이 차례로 터져 나왔다.

순식간에 사람으로 울타리가 쳐지더니, 가노 마미를 중심으로 원형의 공간이 생겼다. 노조미가 축 늘어진 마미를 부축했고, 그 옆에 게이가 넋이 나간 얼굴로 웅크리고 앉아 있었다.

"앗!" 하고 소리친 사람은 아다치였다. 허둥지둥하며 학생들을 밀어냈다. 마이카는 그 뒤를 따라, 마미 곁으로 달려가려 했다.

그러지 못했다.

마미 얼굴이 보인 순간, 다리가 제멋대로 멈췄다. 가까이 다가가고 싶었지만, 한 발도 내디딜 수 없었다.

마미의 목에서부터 위쪽은 끔찍할 정도로 바짝 말라 있었다.

눈은 움푹 들어가고 뺨은 야위었다.

두개골 모양을 알 수 있을 정도로 근육도, 지방도 도려내져 있었다.

피부는 버석버석 소리가 날 것처럼 메말라 있었다.

흰 블라우스의 어깨와 가슴 부분에 빠진 머리칼이 수북이 쌓여 있었다.

설마, 마미도.

노조미가 크게 소리쳐도 실눈만 뜰 뿐, 마미는 아무 반응도 보이지 않았다.

"구급차!" 후카가와가 고함쳤다.

"우와, 미라네." "좀비잖아."

웅성거림 속에서 그렇게 속삭이는 소리가 들렸다. 걱정스러운 척 연기하고 있을 뿐 내심 즐거워하는, 그런 감정이 배어 나온 목소리였다.

마이카의 오른손이 욱신욱신 쑤셨다.

"대체 왜……."

게이가 스러질 듯한 목소리로 중얼거렸다.

마이카는 보건실 침대에 누워 천장을 올려다보는 마미를 옆에서 지켜보고 있었다. 운 나쁘게도 옆 동네에서 대규모 교통사고가 일어나 구급차 도착이 지연되고 있단다. 커튼을 움켜쥔 마쓰유키가 초조하게 창밖을 내다보고 있다. 어떻게 처치를 해야 할지도 모르겠다고 한다.

"만약 주술이라면 어떻게 하시겠어요? 혹시 그런 방면으로 잘 알고 계시지 않으세요?"

몇 분 전에 마음을 굳게 먹고 그렇게 물었더니, 마쓰유키가 "진정해" 하고 따뜻하게 어깨를 다독여줬다.

에어컨 기계음에 섞여, 마미의 숨 쉬는 소리가 들렸다. 힘이 없고 당장에라도 멎을 것 같아서 조바심만 더해졌다. 분명 '바짝 말라버려라' 하고 주술을 걸었을 테지만, 이렇게까지 몸이 쇠약해지다니 범인도 예상 밖이 아니었을까.

체육관에서 마미의 모습을 직접 보고, 범인은 어떤 생각을 했을까. 구경거리가 된 마미를 보고, 어떤 느낌을 받았을까. 놀라고 당황했을까, 가슴이 아팠을까. 아니면 희희낙락하며 지켜봤을까.

오른손의 통증이 도졌다.

"……생님."

마미의 호흡이 조금 달라졌다. 아니, 이건 목소리다. 뭔가 말하고 있다.

"선생님."

알아들은 순간에 눈이 마주쳤다. "가노!" 하고 부르며 몸을 숙여 얼굴을 가까이 댔다.

"구조, 는……."

"다들 수업 중이야. 지금 구급차 불러뒀어."

"선생님은요?"

"자습시켰어."

어차피 이 시기에는 아무도 수업을 듣지 않는다. 학생들은 교과서로 가리고, 몰래 시험공부에 열중한다. 자습은 오히려 환영받을 것이다.

"갑자기 얼굴이 아파서, 스마트폰으로 봤더니, 힘이 빠져서…… 분해."

마미가 입술을 일그러뜨렸다.

"사라 님, 죄송해요. 더는 힘들 것 같아요."

휴우, 하고 숨을 내쉬었다. 오른쪽 눈에서 한 줄기 눈물이 흘러내렸다.

"더 애쓰지 않아도 널 탓하는 사람은 없을 거야. 장하구나."

말을 하고 나서야 실감이 뒤따라왔다. 그래, 마미는 장하다. 학생이나 교사나 방관과 소문, 시답잖은 범인 맞추기 놀이로 시종일관 떠드는데, 그 속에서도 마미는. 이 아이는.

다시 마미의 입이 움직였다.

"그, 그런데 이유를 모르겠어요. 대체 왜?"

"응?"

"그게……. 응, 됐어요."

마미는 잠시 생각하더니 화제를 전환했다.

"선생님, 부탁이에요."

"응? 부탁이라니?"

"복수, 대신 부탁해요."

"가노."

"『유어 프렌드』, 믿잖아요. 구조랑 힘을 합쳐서……. 진정성 없다고 해서, 죄송해요. 증거, 줄게요."

"대체 무슨 소리야?"

마쓰유키가 물었지만 마이카는 대답하지 않았다.

마미가 침대에서 손을 내밀었다. 손가락이나 손바닥 모두 하나도 야위지 않고, 나이에 걸맞게 포동포동 살이 붙어 있었다. 역시 이건 주술의 효과다. 이 세상 질병이 아니다.

마미가 마이카의 왼손을 붙잡았다.

"스마트폰…… 사라졌어요."

"뭐?"

"사라 님, 스마트폰, 행방불명. 부모님이, 방을 뒤졌는데, 없어서. 전날엔 가지고 있었어요."

"잃어버렸단 뜻이야?"

"몰라요. 전원 꺼져 있어요."

그래서 GPS로는 장소를 알아낼 수 없단 뜻인가.

마미의 손에 힘이 들어갔다.

"범인, 가져갔을, 지도. 사진하고 대화, 남아 있어서."

"응."

"그리고, 알리바이 조사는, 구조한테."

"전달했다는 거지?"

"응, 그러니까 둘이서."

"그래, 그래."

마쓰유키가 다시 끼어들려다, 입을 다물었다.

"그리고, 선생님."

"응?"

"이거……『유어 프렌드』. 오늘 아침, 신발장에."

"그래?"

"네."

수긍이 가는 동시에 공포가 스쳤다. 범인은 자신과 마미에게 대담하게 편지를 보냈다. 더 이상 숨길 마음이 없는 듯했다. 대놓고 보여주면서 위협하는 작전에 나선 것이다. 칠판에 붙어 있던 사진보다 더 거무스레한 악의가 느껴졌다.

"선생님, 이상해요."

"뭐가?"

"이상해……. 아닌가."

"뭐가 아니야?"

"주술. 전부 아니고, 그거일지도."

헛소리다. 뜻을 전혀 파악할 수 없었다.

사이렌 소리가 가까워졌다. 마쓰유키와 눈짓을 주고받은 후 대화를 중단하고, "구급차 왔어" 하고 마미에게 전했다. 구급대원이 침대차에 옮겨 밖으로 이송할 때까지 마미는 거의 감긴 눈으로 마이카를 바라봤다.

약간 긴장이 풀리자마자 마이카는 자신에게 걸린 주술을

떠올렸다.

＊＊＊

가노 마미의 말라비틀어진 얼굴을 본 순간, 놀라서 펄쩍 뛸 뻔했다. 편지지에 쓴 대로 굶어 죽은 사람 꼴이었는데 좀비네, 미라네, 하면서 서로 속닥거리는 애들도 있었다. 불쌍해라. 정말 가여워서 어쩌나.

물론 기뻤다. 나를 멍청이 취급한 가노를 먼저 공격했다는 성취감은 굉장했고, 나를 찾아내서 심판하려 했던 탐정이 도리어 나에게 심판받아 구경거리가 돼서 유쾌했다. 그 정도까지 몸이 쇠약해질 줄은 생각지 못했지만.

얼굴을 극단적으로 변화시키면, 몸 상태에 영향을 끼치기도 하는 모양이다. 어떤 여파 때문에 노지마 또한 과다 출혈로 위험한 지경에 처했을 수도 있다. 더 조심해야지.

고타니는 어떻게 될까.

이 시간이면 분명 4반에서 수업 중일 텐데 귀를 기울여봐도 비명이나 웅성거리는 소리는 들리지 않는다. 역시 담임에겐 효과가 없다고 생각하는 편이 나을까.

이른 아침, 가노의 신발장에 주술 도구를 집어넣었더니 몇 시간 후에 학년 집회에서 효과가 나타났다.

그제 우편으로 보낸 고타니에겐 아직 효과가 나타나지 않았다.

이건 기대하지 않는 게 좋을 듯하다.

어차피 고타니는 공포에 떨고 있다. 집회 때 넌지시 관찰했는데, 안절부절못하는 기색이 역력했다. 늘 짓던 미소도 어색했다. 분명 사진을 본 것이다. 편지를 읽었다. 이 순간에도 무서워서 벌벌 떨 테지. 마미의 참상을 보고 더 타격을 입었을지도 모른다.

공포에 떨게 하려면, 예감하게 만들면 된다.

나도 이렇게 되진 않을까, 하고 상상하게 만들면 된다. 실제로 일이 벌어지고 아니고는 중요하지 않다.

그런 의미에서 고타니에겐 주술이 '먹혔다'. 정신적으로 저주할 수 있었다. 더할 나위 없다. 나는 주술을 더 능숙히 구사할 수 있게 됐다. 히메사키 레미가 그렇게 되리란 걸 미리 내다보고 나한테 맡겼으리라.

다음은 누구로 할까. 아니, 급하게 고를 필요는 없다. 오늘은 느긋하게 고타니를 보며 즐기자. 나는 앞에 놔둔 교과서로 다시 시선을 돌렸다.

수업이 끝났다. 쉬는 시간이 끝나고 다시 수업이 시작되더니 또 끝났다. 반 애들이 가노가 어떻게 변모했는지 떠드는 소리가 들렸다. 화장실에 가면 다른 반 여자아이들이 그 이야기를 입에 올리고 있었다. 고타니의 비명은 아직 들리지 않았다.

기대하지 말라고 여러 차례 스스로를 타일렀는데도, 앞서가는 마음을 억누를 수 없었다. 오늘은 고전 수업이 없다. 종례까지 못 기다리겠다.

식당 한구석에서 혼자 점심을 때우고, 바로 교실로 되돌아가 책상을 뒤졌다. 그리고 수학 문제집과 노트를 꺼내 교무실로 갔다. 질문하러 온 척, 고타니의 상태를 보기 위해서였다.

교무실 문을 열고 들어가려는 순간, "거기" 하고 누군가가 등 뒤에서 불러 세웠다. 아다치가 차가운 눈길로 내려다보고 있었다.

"현재 학생은 출입금지야."

말을 듣자 그제야 생각났다. 그래, 시험 일주일 전부터는 교무실에 들어가면 안 되지. 중학교 때도 그랬는데 깜박했다. 너무 들떴다. 나는 왜 이렇게 바보 같을까, 속으로 타박하면서 "죄송합니다" 하고 사과했다.

"수학에서 모르는 부분이 있어서요."

"흐음." 아다치가 무표정하게 턱을 쓰다듬더니, "저기서라도 괜찮으면 말해볼래?" 하고 창가를 가리켰다. 여기서 거절하면 더 수상해진다. 나는 문제집을 펼쳐서 정말 모르는 부분을 두세 가지 질문했다.

아다치의 해설은 기계적이었다. 표정은 얼음 같고, 자주 한숨이 섞였다. 나와 이야기하는 게 고통스러울까. 그래도 대답해주는 것만으로 고맙고, 허튼 거짓말에 시간을 쓰게 해서 마음이 안 좋았다.

"어때? 이해됐어?"

"……네."

"또 모르는 거 있으면 아무 때나 물어보러 와."

아다치가 생기 없는 눈으로 말했다.

"감사합니다."

인사를 하고 교실로 돌아가려는데, 여자아이 둘이 허둥지둥 계단에서 뛰어 내려왔다. 4반 여학생들이었다. 둘 다 이목구비가 반듯한 미인으로, 교복을 수선해 입었다. 하무라 그룹과도 친했던 애들이다. 나는 곧바로 길을 양보했다.

"아다치 선생님!" 두 사람이 불렀다.

"응, 어쩐 일이야?"

아다치의 얼굴에 웃음이 번졌다.

"선생님이 전에 알려주신 코미디 프로그램 봤어요. 다운타운*의 완전 좋은 어쩌고 하는 거요."

"렌탈해서 봤죠."

"그래? 장하네. 어땠어?"

"그냥 평범." 아이들이 입을 모았다. 아다치가 빙글거리며 허공을 올려다봤다.

"뭐 그렇게 느낄 법도 하지. 정확히는 그 방송을 계기로 그런 코디미가 평범해진 거야."

"에헤헤, 잘 아시네요."

"아냐, 사실 선생님도 철들기 직전일 때라 한참 지나서 형이

---

* 일본의 개그 콤비.

가르쳐줬어."

"몰랐으면서 아는 체는!" 여학생들이 웃자, 아다치도 따라 웃었다.

그냥 잡담이었다. 그것도 시답잖은, 정말 시답잖은 잡담이었다. 나는 발걸음을 옮기기 시작했다. 계단을 오르려 했지만 다리에 힘이 들어가지 않아 난간을 붙잡았다.

즐거운 마음은 완전히 사라지고 없었다.

오히려 비참한 마음으로 가득했다.

여태까지와 똑같다. 나는 지금도 나약하다. 지금도 하층이다. 지금도 땅바닥을 기어 다니고 있다. 『유어 프렌즈』를 갖고 있어도 변함이 없다.

고타니도 추해지면 좋을 텐데. 빨리 다음 '표적'을 정해야지. 다음 사람은 더 추하게, 더 고통스럽게, 두 번 다시 보고 싶지 않은 얼굴로 만들어야지.

평생 이렇게 비참한 기분으로 살아가야만 하는 얼굴로.

이를 갈며 계단을 올라가는데, "괜찮니?" 하고 큰 목소리가 들렸다. 이번엔 가바시마 노조미가 내려다보고 있었다.

"힘들어 보이는데. 보건실 다녀오는 게 어때?"

"됐어."

"그래? 아, 혹시 아다치 선생님한테 다녀왔어?"

교과서 때문에 알아챈 모양이다.

"응."

"고타니 선생님도 계셨어?"

"글쎄. 교무실에는 못 들어가니까."

"그건 그러네. 나도 참 멍청하지."

가바시마가 들고 있던 스마트폰으로 자기 이마를 때렸다. 찰싹, 하고 얼빠진 소리가 위아래층이 시원하게 뚫린 건물 층계참에 울려 퍼졌다. 이어서 손끝으로 액정 화면을 닦더니, "앗, 피지가 너무 많네" 하고 중얼거렸다.

"시간 뺏어서 미안. 그럼 몸조심해."

가바시마는 그렇게 말하더니 계단을 뛰어 내려갔다. 그 아이의 땀에 젖은 목 주변이 시야에서 사라지자, 나는 다시 걷기 시작했다. 마음이 아주 조금 가벼워졌다.

결심 하나가 가슴 속에서 굳어졌다.

가바시마 노조미는 '표적'으로 삼지 말자. 나를 다른 애들이랑 똑같이 대해주니 말이다. 지극히 평범하게. 당연하다는 듯이. 생각해 보면 이름도 똑같잖아. 그런 장난스러운 마음으로 허락해도 괜찮겠지. 하지만 그 외에는, 그 외의 동급생들은.

히메사키 레미도 이런 비참함과 증오에 사로잡혀서 하루하루를 보냈겠지.

한두 조각의 희망에 기대, 어떻게든 살아갔겠지.

힘들었겠지, 괴로웠겠지. 하지만 이제 안심하세요. 내가 당신 대신 복수할 테니까. 당신에게 산 제물을 바칠 테니까. 당신의 고통이 손바닥 들여다보듯 이해가 돼. 뭐가 구원이 될지도 알고.

당연하지. 나는 당신의 친구니까.

나는 만난 적도 없고, 실재했는지조차 의심스러운 친구, 히메사키 레미를 생각했다.

***

병원으로 옮겨진 마미는 입원하게 됐는데, 무척 쇠약해져 있다고 한다. 생명에 지장은 없고 어머니가 곁을 지키고 있지만 의사도 원인을 알 수 없어 고개를 갸웃거리는 모양이다.

"어쩌다 이런 일이……."

유선 전화의 수화기 너머로 마미의 어머니가 코를 훌쩍거리며 작게 말했다. 마이카는 한참을 망설인 끝에 "끝나고 찾아뵐게요"라고만 대답했다.

수화기를 내려놓자 아다치가 말을 걸었다.

"밖에 가바시마가 와 있어요. 시험공부를 하는데 모르는 게 있대요."

마이카는 대답도 하는 둥 마는 둥 자리에서 일어났다. 점심은 에너지 드링크뿐이었지만 그나마도 거의 마시지 않았다. 오전에 수업 중일 때도 살아 있다는 느낌이 들지 않았다.

복도에서 노조미를 보자마자 뭔가 이상한 느낌이 들었다. 빈손이었다. 교과서 같은 건 하나도 안 가지고 있었다.

"가바시마, 질문할 거 있다고……."

"죄송합니다, 선생님. 거짓말로 나오시게 했어요."

허리를 숙이고 용서를 빌더니 노조미는 마이카의 손을 잡아끌었다. 상상 이상으로 힘이 셌다. 저항도 못한 채, 마이카는 기술동으로 가는 복도 중앙 부근까지 질질 끌려갔다.

"이 정도면 되려나. 그건 그렇고 선생님, 그 상처는 좀 괜찮으세요?"

"그냥 살짝 벤 거야. 것보다……."

"아, 맞다, 이거 말인데요."

노조미는 스마트폰을 내밀었다. 반입 금지는 형식적인 것이나 다름없지만, 이렇게까지 당당하게 교사한테 보여주다니 지나치다. 주의를 줄까. 머리 한편으로 그렇게 생각하는데, 노조미가 작은 목소리로 말했다.

"하무라 거예요."

불룩한 얼굴은 진지하기 그지없었다. 두꺼운 손가락으로 스마트폰을 가리켰다.

"이 빨간색 케이스도 그렇고, 이 윗부분에 빨간색 눈물방울 모양 스티커가 붙어 있는 것도 그렇고요. 전 그런 거 금방 기억하거든요. 맨 처음에 나가스기가 찾았는데, 걔도 틀림없다고 했어요."

"나가스기가?"

노조미는 고개를 끄덕이며 살에 묻힌 작은 눈으로 마이카를 응시했다. 마이카는 티 나지 않게 눈을 딴 데로 돌렸다. 남의 시선이 두렵다. 이 거리면 더더욱 괴롭다. 그러나 이야기를 끝낼 순 없었다. 마미가 말했던 하무라 사라사의 스마트폰이 설마 제 발로 찾아올 줄이야.

"아까 화장실에서 마주쳤는데, 나가스기의 안색이 너무 안 좋은 거예요. 무슨 일이냐고 물었더니, 이 핸드폰이 책상 서랍 안에 들어 있었다고 하더라고요. 너무 놀라서 화장실로 도망쳤다고요. 그래서 계속 확인하고 있었대요. 아, 전원은 들어오는데 잠금 해제가 안 돼서 안은 못 봤어요."

"그래서 나한테 주려고?"

"네, 나가스기랑 의논해서 결정했어요. 나가스기가 이 일로 꽤 충격을 받았는지 힘들어 보여서 저만 왔어요."

이것도 범인 짓인가.

유품을 같은 반 친구한테 보내서 동요하게 만들려 했겠지. 그 계략은 기막히게 들어맞았다. 게다가 일련의 사건을 겪으며 가장 힘들어하는 치아키를 노렸다는 점에서 지극히 악질이다. 가뜩이나 이런 타이밍에. 일부러 밀어붙이고 있는 건가.

어쩌면 이 손에 들어오는 데까지 계산이 끝났을지도 모른다. 지금쯤 이 상황을 상상하며 혼자 실실거리고 있겠지. 점점 범죄의 쾌락을 좇는 데 박차를 가하고 있다.

"사실 하무라네 부모님께 드리는 게 가장 낫다는 건 아는데……."

"그래. 내가 책임지고 전해드릴게."

마이카는 왼손을 내밀었다. 어떻게 설명하면서 줘야 할지 바로 생각나지는 않았지만, 그렇다고 학생한테 떠넘길 순 없었다. 노조미는 "그럼 잘 부탁드립니다" 하고 스마트폰을 주더니 빠른 걸음으로 자리를 떴다.

교무실로 돌아와 자리에 앉았다. 스마트폰을 조작해 봤지만, 특별히 이상한 점은 없었다. 배터리가 아주 조금 남아 있었다.

"압수하셨어요?"

아다치가 말을 걸었다.

"네, 뭐."

"너무 당당하게 들고 있으니까 압수를 안 할 수가 없다니까요."

아다치가 혼자서 수긍했다. 마이카는 스마트폰을 서랍에 넣고 일을 시작했다. 문득 아다치의 시선이 느껴져, 반사적으로 입가를 가렸다. 괜히 더 수상하다고 머리로는 알고 있었지만, 자기도 모르게 움직이는 손을 멈출 수 없었다.

"……아무래도 어디 안 좋은 거 아니에요, 고타니 선생님?"

아다치가 물었다. 그리고 조금 목소리를 낮춰 말했다.

"가노 일도 그렇고, 어제도 힘드셨잖아요."

"괜찮아요."

"진찰받아 보시는 게 좋겠어요. 감기 같은 건 마쓰유키 선생님한테 말하면 약을 좀 줄지도 모르고요."

선의로 하는 말이란 건 충분히 이해가 갔지만, 지금은 성가셔서 견딜 수가 없다. 보지 마. 말 걸지 마. 가만 내버려 두라는 까칠한 말이 튀어나오려는 걸 꾹 참았다. 아무 데도 안 아픈데 보건실을 어떻게 가. 대체 어딜 보고 감기라는 거야. 콧물도 안 나고, 기침도, 재채기도 안 하는 사람을 붙잡고…….

"바보."

"네?"

"아뇨, 아다치 선생님한테 한 말 아니에요. 제가 바보라고요."

마이카는 그렇게 말하고 벌떡 일어나 교무실을 뛰쳐나갔다. 세차게 복도를 달렸다.

보건실에서 마스크를 미리 받아둘걸.

그러면 주술이 효과를 발휘해도 최악의 사태는 피할 수 있다. 왜 여태껏 그 생각을 못 했을까. 평소에 착용하는 습관이 없었던 탓일까. 바로 어제 구조 게이랑 이야기했는데. 불과 몇 시간 전에 보건실에 갔었는데.

숨을 헐떡거리며 보건실 문을 여는데, 상상 이상으로 큰소리가 났다. 책상에서 뭔가를 쓰고 있던 마쓰유키가 의자에서 펄쩍 뛰어올랐다.

"뭐야, 뭐야, 무슨 일이야?"

"저기, 마스크 좀."

거기까지 말했을 때, 입안에 이질감이 스쳤다.

혀가 마비됐다. 볼 안쪽도. 잇몸도. 크고 동그란 것을 쑤셔 박은 듯한 느낌이 들었다.

"고타니 선생님?"

마쓰유키가 어안이 벙벙한 표정으로 물었다. 대답하려 해도 입이 움직이지 않았다.

즈즉, 하고 입속에서 뭔가가 움직였다. 입속 여기저기가 굼실거렸다. 희미한 진동이 구강에서 뼈와 근육을 타고 피부에, 얼굴 전체에 도달했다.

마이카는 손으로 입을 틀어막았다. "죄송해요." 겨우 말하고 발걸음을 돌려, 복도를 달려서 교직원용 여자 화장실로 뛰어 들어갔다. 기묘한 소리와 감촉이 온 얼굴에서 미쳐 날뛰었다.

세면대에 한 손을 놓은 순간, 극심한 통증이 잇몸을 훑었다. 마이카는 엉겁결에 입을 열었다.

툭, 툭, 달깍달깍. 딱딱한 소리가 타일이 붙은 화장실에 울렸다.

세면대에 뒹굴고 있는 것들을 보고, 마이카는 "꺅!" 하고 소리를 질렀다.

치아 네 개였다. 넓적하고 작은 게 있는가 하면, 끝이 뾰족한 이도 있었다. 세면대와 비교하면 하나같이 누랬고, 이 뿌리에는 축축한 적갈색 조직이 들러붙어 있었다.

마비가 조금씩 사라졌다. 혀의 감각이 돌아왔다. 혀끝으로 입속을 더듬자, 잇몸이 꿀렁꿀렁 소리라도 날 것처럼 흐물흐물해진 게 느껴졌다.

드디어 주술의 효과가 나타났다. 봉투를 열고 네 시간이 조금 지나서. 지금쯤 자신의 얼굴은 거기 기술된 내용대로 변해 있을 것이다.

생각하기 싫다. 그런데도 생각하고 만다. 확인하고 싶어진다.

마이카는 쭈뼛쭈뼛 고개를 들어 거울로 눈길을 돌렸다.

얼굴 아래쪽 절반이 검붉게 부어오른, 낯선 여자의 얼굴이 비쳐 있었다. 위쪽 앞니와 송곳니, 아래쪽 앞니 두 개가 빠져서 시커멓게 틈이 생겼다.

우스꽝스러웠다. 절로 웃음이 나오는 얼굴이었다. 하지만 조금도 웃기지 않았다.

마이카는 쓰러질 것만 같아서 두 손으로 세면대를 붙잡았다. 소리치고 싶었지만, 온몸에 힘이 들어가지 않았다. 시야가 점점 어두워졌다.

출입문이 열리는 소리와 함께 "괜찮아?" 하고 묻는 마쓰유키의 목소리가 아득히 먼 곳에서 들려왔다.

제6화

아버지는 크게 기뻐하며 수많은 패물을 심부름꾼에게 들려 보내고, 언니인 이와나가히메까지 함께 딸려서 헌상했다. 그런데 그 언니가 어찌나 못생겼는지, 니니기노미코토는 한 번 보자마자 무서운 마음이 들어 서둘러 그녀를 그 아비 곁으로 돌려보냈다. 그리고 동생인 고노하나노사쿠야비메만 남기고 침실에 들여 하룻밤을 함께 보냈다.

—『고사기古事記』중에서

마이카는 침대에서 떨고 있었다. 이불을 머리까지 뒤집어쓰고 어둠 속에서 웅크린 채였다. 어젯밤엔 정신을 차리고 보니 어느새 집이었다. 어떻게 왔는지는 생각나지 않았다. 오늘은 결근했는데, 학교에 연락한 기억이 없다. 즉, 무단결근이다. '세상에, 너 제정신이니?' 하고 정상적인 자기 자신이 머나먼 데서 힐난하는 소리가 들렸지만, 이불 밖으로 나올 수 없었다.

혀로 조심스레 이를 확인했다. 이가 빠져서 생긴 틈. 진흙처럼 느껴지는 잇몸. 구취가 신경 쓰여서 견딜 수가 없다. 스스로 여러 차례 날숨 냄새를 맡아 봤지만, 그냥 미적지근할 뿐 심하진 않았다.

눈에서부터 아래, 얼굴 아래쪽 절반이 계속 무거웠다.

무서웠다. 두려웠다.

정체를 알 수 없는 힘에 공격당했다는 사실이 우선 두려웠다. 보건실 출입문에서 느닷없이 입안을 덮친 기묘한 감각이 떠올랐다. 기묘한 저림. 이물감. 굼실거리는 잇몸. 그리고 얼굴 전체를 엄습한 진동.

거울에 비친, 이가 빠진 추한 여자.

마이카는 자기도 모르게 입을 틀어막고 다시 몸을 더 웅크렸다. 이불에 들어찬 습기를 참기 힘들어서, 의식이 몽롱했다.

"안녕히 가세요, 선생님."

유나의 말과 표정이 떠올랐다.

"네, 그럼."

게이의 말과 눈가에 일었던 경련도 생각났다.

자업자득이다. 남 일이라 여겨서 벌 받은 것이다. 그렇게 인과관계를 만들어봤지만, 마음은 조금도 편해지지 않았다.

마이카는 가득 찬 습기와 갑갑함을 더는 견딜 수 없어서, 이불을 살짝 들어 올려 방 공기를 들이마셨다. 차가운 공기가 뺨을 어루만지고 폐를 채웠다. 멀리서 스마트폰 벨 소리가 울리기 시작했다.

누가 걸었을까.

전화를 받는 자신을 상상한 순간, 마이카의 온몸에 소름이 돋았다.

앞으로의 일 같은 건 생각하고 싶지 않아. 이 얼굴로 살아가야만 하는, 앞으로의 인생 따위.

"참 못생겼네."

어머니의 목소리가 들렸다. 그때 그 목소리다. 친척 모임에서, 사촌 형제들과 숙부, 숙모가 있는 앞에서.

"정말 누굴 닮았을까? 다들 미남미녀인데, 창피해 죽겠어."

귀를 막아도 머리에 직접 울렸다.

낡은 다다미방을 뒤덮은 거북한 분위기가 생각난다. 지독한 선향 냄새와 습기가 감돈다. 부엌에선 오래된 기름 냄새가 떠다닌다. 어른들의 웃음소리, 웃음 띤 얼굴. 사촌 형제들이 애매한 표정으로 나를 보고 있다. 주목하고 있다. 그래, 나는 울상을 짓고 있었다. 사촌 형제 중 누군가가 못살게 굴어서다.

"웃어."

어머니가 말했다.

"마이카는 웃을 때가 제일……."

"그만해!"

마이카는 그만 소리쳤다.

이 얼굴로는 웃어봐야 아무 의미가 없어. 아무 소용 없다고.

벨 소리는 여전히 계속 울리고 있었다.

수업을 하는 자신의 모습을 상상해 봤다. 칠판 앞에 서서 학생들을 바라본다. 학생들은 나와 눈을 맞추지 않는다. 노트에 펜으로 뭔가를 적는 애. 졸리는지 눈을 비비는 애. 책상에 엎드린 애. 창밖을 보는 애.

다시 칠판 쪽으로 돌아서서 분필을 놀린다. 달각달각 칠판을 울리며 판서를 하는데, 갑자기 힘이 들어가지 않는다. 손에서 떨어진 분필이 바닥에 부딪히면서 빠직, 하는 소리가 난다.

하얀 분필 가루가 묻은 손이 쪼글쪼글해져 있다.

굵은 혈관과 갈색 주름이 순식간에 불거진다.

여기저기 짓이기는 듯한 감각이 얼굴 전체를 훑는다. 피부를 지나 근육을 자극하고 뼈까지 전해진다. 뺨에서 삐걱삐걱 소리가 난다. 시야가 부예지고 잇몸이 욱신거린다.

자기도 모르게 입을 열자, 강렬한 악취가 코를 찌른다. 직후에 후드득후드득하는 소리가 발치에서 크게 난다. 혀 위에 딱딱한 것이 여러 개 닿는다. 혀끝에 닿는 건 이미 진흙처럼 썩을 대로 썩어버린 잇몸이다.

이가 빠졌다. 앞니도, 어금니도 다. 마이카는 그 자리에 주저앉는다.

그러자 눈앞에 보이는 바닥으로 풀썩하고 머리카락이 떨어진다.

"안 돼!"

자신의 비명에 마이카는 눈을 떴다. 이불을 걷고 침대 위에서 상체를 일으켰다. 방 안은 이미 어두웠고, 두꺼운 커튼이 희미하게 눈앞에 떠 있었다.

침대 패드와 이불은 빨간 얼룩투성이였다. 피였다. 오른손에 있던 붕대와 반창고는 어디론가 사라졌다. 출혈은 멈췄지만 손끝에서 팔꿈치까지 굳은 피가 여기저기 들러붙어 있었다.

어느새 잠이 든 모양이었다. 그리고 꿈을 꾼 것 같다. 생각해 보니 어젯밤엔 거의 잠을 못 잤다. 마이카는 쿵쿵거리는 심장 소리를 들으며 크게 한숨을 내쉬었다. 현실감이 돌아올수록 절망이 부풀어 올랐다.

주술 때문에 얼굴이 추해진 건 꿈이 아니다. 혀끝이 치아의 빈틈과 무너진 잇몸에 닿아 있는 게 그 증거다. 이건 현실이다. 깨지 않는 악몽이다.

하무라 사라사가 자살한 것도 당연하다. 외모에 전혀 자신이 없는 나조차 이런 마음이 드니까.

"선생님, 스스로에게 더 자신감을 가지세요."

사라사는 태평하게 말했다. 그리고 남학생이 부르자, 교실에서 나갔다.

그렇게까지 나한테 자신감이 없어 보였을까. 미소라는 가면이 뭘 감추고 있는지 직감으로 알아차렸던 걸까. 그런 사라사의 자신감은 얼굴이 노파로 변한 정도로 산산조각 부서졌다. 가엾어라. 안됐네. 딱해서 어쩌나. 꼴좋다.

아아, 그래. 그랬구나.

"사라 님을 어떻게 생각하셨는지 말씀해 주세요."

네, 저는 하무라가 건방지게 조언해서 정말 화가 났습니다. 예쁘고 자신감에 차고 넘치는 그 애가 짜증 났습니다. 질투했습니다.

추해졌다는 사실을 알고 기뻤습니다. 노지마 때도 눈을 뗄 수가 없었습니다.

예쁜 애, 잘나가는 애, 빛나는 애가 나락으로 떨어지니 고소합니다. 가능하면 계속 보고 싶었습니다.

얼마나 추악한 마음인가.

얼굴이 이렇게 되기 전부터 나는 추악했다. 오히려 지금이 더 균형이 맞는다. 재밌다. 웃음이 날 것 같다. 근데 웃으면 정신을 놔버릴 것만 같다. 그 전에 죽자. 죽어버리자. 계속 울리던 벨 소리가 그쳤다.

벨 소리.

마이카는 정신이 들었다.

시간 감각이 이상했다. 벨 소리를 무시하고 악몽을 꾸고, 잠이 깨서 혼란스러워했던 건 아주 잠깐의 일이었나.

천천히 일어나 침실을 나섰다. 거실 바닥에 나뒹굴고 있는 가방에서 더듬더듬 스마트폰을 찾았다.

부재중 전화가 표시돼 있었다. 요쓰카도 고등학교에서 세 통, 후카가와한테서 한 통, 아다치한테서 열두 통. 정오를 조금 넘긴 때였다.

한동안 마이카는 그 자리에 앉은 채로 액정 화면을 내려다봤다. 땀이 마르면서 북받쳤던 감정이 조금씩 가라앉았다. 오른손의 통증은 여전했지만, 그 상태를 객관적으로 바라볼 수 있게 됐다. 아프다. 그게 전부다.

어두워진 액정 화면에 몰라보게 변해버린 얼굴이 비쳤다. 마이카는 눈을 돌리고 싶은 마음을 꾹 참으며 생각했다.

아무래도 위험한 정신 상태에서는 벗어난 모양이다. 가까스로 현실에 발을 내딛게 된 것 같다. 그래도 충격이 언제 되살아날지 알 수 없었다. 얼굴 생각만 해도 심장이 두근거리고 숨이 막혔다. 다시 공황을 일으키기 전에 해야 할 일을 해야지.

용서를 빌자.

사과해야 할 사람들에게 진심으로 사과하자.

물론 학교에도. 하지만 그보단 학생들이 먼저다.

3학년 2반 학생들에게.

그중에 누구보다 먼저…….

마이카는 서둘러 옷을 갈아입고 구급상자 안에서 마스크

를, 옷장 안에서 선글라스를 꺼냈다.

"네? 그래서 저한테 오셨다고요?"

노지마 유나는 어이없다는 말투로 물었다. 침대 위에서 양반다리를 하고 앉아, 마이카를 내려다봤다. 마이카는 방 한구석에 똑바로 앉아 있었다. 선글라스에 손을 갖다 대려다 망설였다.

여기까지 오는 길에 완전히 진이 빠졌다.

집에서 역까지 가는 길. 전철 안. 가까운 역에서 이 집까지. 그 모두가 믿기지 않을 정도로 길게 느껴졌다. 시간으로든 거리로든 아다치와 병문안 왔을 때하고는 비교가 되지 않았다. 얼굴을 가렸어도 주위 시선이 신경 쓰여서 지금도 계속 식은땀이 난다.

맨션 1층에서 인터폰을 눌렀더니, 유나 어머니가 수상하게 여겼다. 눈물을 흘리며 설명하자 겨우 들여보내 줬지만, 지금도 미심쩍어하고 있을 터였다. 문 너머에서 기척이 느껴졌다.

"미안해."

마이카가 말했다.

"정말 미안. 네가 얼마나 괴로웠을지 전혀 헤아리지 못했어. 속 이야기 좀 털어놓은 걸로 가까워졌다고 내가 착각했을 뿐이지. 그래서 저번에 병문안 왔을 때, 네 기분을 상하게 한 것 같아."

"울컥하긴 했어도, 그렇게 불쾌하진 않았는데……."

유나는 심기가 불편한 듯 딱지투성이인 입술을 삐죽거렸다.

"그래서, 정말 주술에 걸린 거예요?"

"응." 망설여지기 전에, 마스크 끈에 손가락을 걸었다. 반창고 틈새로 내비치는 유나의 눈이 의심스럽게 빛나는 것이 시야 한구석으로 보였다.

"어떻게 변했는데요?"

유나가 이어서 질문했다. 흥미 없는 척하고 있지만, 실은 보고 싶을 것이다. 가학성과 호기심과 기대, 그런 감정들이 조용히 고조되고 있을 것이다. 안 된다. 자꾸 반응을 상상하면 얼굴을 보여줄 수가 없다.

마이카는 단숨에 마스크를 벗고, 선글라스도 벗었다.

얼굴을 들지 않고 가방에서 돌돌 만 손수건을 꺼내, 바닥에 놓고 펼쳐 보였다. 안에는 교직원용 화장실 세면대에서 그러모은 치아 네 개가 들어 있었다.

옷이 스치는 소리로 유나가 움직이는 걸 알고, 몸을 움츠렸다. 무의식중에 눈을 감았다.

사진이라도 찍을 작정인가. 그건 참기 힘들다. 거부하려 입을 열었을 때였다.

"됐어요, 그만하세요."

"응?"

"안 보여줘도 된다고요. 그 손수건도 집어넣으세요."

뿌리치는 듯한 말투였다. 마이카는 시키는 대로 했다. 선글라스를 끼고 나서, 살그머니 유나의 상태를 살폈다.

유나는 침대에 앉은 채로, 껴안은 베개에 얼굴을 묻고 있었다.

한동안 둘 다 아무 말이 없었다. 어지럽혀진 방에 무거운 정적이 감돌았다. 문밖에서 유나 어머니가 복도에 깔린 융단 위로 발을 내딛는 소리까지 들릴 정도였다.

"……우리 둘 다, 큰일이네요."

유나가 입을 열었다. 너무 솔직하고 실감 어린 말에 마이카는 고개를 끄덕일 수밖에 없었다.

"이거 진짜 힘들어요."

"……그래."

"너무해요."

"응."

"최악이고요."

"정말 최악인 것 같아."

"우리 앞으로 어쩌면 좋죠?"

"우선 하무라 묘지에 가려고."

"네?"

유나는 고개를 갸웃했다. 마이카는 얼굴을 들며 말을 이었다.

"너한테 한 것처럼 사과하고 싶어. 난…… 하무라가 싫어서, 죽고 나서도 전혀…… 슬프지 않았어. 오히려 잘됐다고 생각했거든. 그걸 사과하고, 진심으로 추모하고 싶어. 그다음엔 아라키 묘지에 갈 거야."

겨우 끝까지 말했다. 유나한테 할 말이 아니었나, 하고 순간적으로 후회가 밀려왔다.

"선생님은 솔직하시네요."

유나가 나직이 말했다.

"그래서 묘지에 가시는 거면, 저도 갈래요. 사실 전 사라를 엄청 미워했거든요. 걔는 전혀 눈치를 못 채고 아무렇지 않게 절친처럼 굴어서 더 짜증 났어요. 아라키는 아라키대로……"

기름이 진 머리카락을 마구 헝클어뜨렸다. 이윽고 유나가 불쑥 말했다.

"선생님, 묘지는 나중에 가지 않을래요?"

"응?"

"범인 먼저 찾아요. 단서는 있어요. 우릴 낫게 할 방법을 알고 있을지도 모르고요. 찾아내서 일단 족친 다음에, 두 사람한테 보고하러 가요. 영전에 바친다고 하나?"

49일이 안 지났으니 영전이다.* 사라사가 죽고 나서 아직 한 달 정도밖에 지나지 않았다. 짧은 사이에 너무 여러 가지 일들이 벌어지고 있었다.

"폭력을 쓰는 건 안 돼. 그리고 단서가 뭔데?"

"이거요."

---

* 일본 불교에서 보통 49제 전에는 영전御靈前, 49제 후에는 불전御仏前이라 한다.

유나가 스마트폰을 치켜들었다.

"갇혀 있기만 하는 것도 억울하고 해서 알아봤어요. 범인이 인터넷에 뭔가 써놓지 않았을까, 하고."

"그렇게 우리 좋을 대로 될 리가."

"있었어요."

"정말?"

유나가 입술을 일그러뜨리는 것이 반창고 틈으로 보였다. 치켜든 스마트폰 액정 화면에는 엄청난 양의 문자열이 표시돼 있었다. 본 적이 있는 인터페이스였다.

'스테고돈'이었다. 긴 글을 올릴 수 있다는 것을 장점으로 내세운, 비교적 최근에 나온 SNS이다. 마이카는 엉거주춤 몸을 일으켜 액정 화면에 얼굴을 가까이 댔다.

......범행의 상세한 내용은 다음과 같다. H와 N의 before 사진과 after 사진을 총 네 장 준비해서 이른 아침에 칠판에 붙인다. 근데 이것만으로는 효과가 약하다. YF의 주문呪文에서 인상적인 문구를 인용하기로 마음먹긴 했지만, 그래도 아직 부족하다. 나말고는 아무도 YF를 읽지 못했기 때문이다. 그래서 '당신의 친구'라는 문구를 병기하려 한다. 그러면 알겠지. YF 주인이 한 짓임을 모두 알아채겠지. 부임한 지 얼마 안 된 K는 모를 수도 있지만 오히려 잘됐다. 고타니 마이카. 가식적인 미소에 학생들한텐 아무 관심도 없는 담임. 만에 하나 YF와 관련이 있다는 사실을 알게

돼도 작정하고 방관할지도 모른다. H의 쓰야에서도 눈치 보면서 생글거리고…….

"반 여자애들 이름으로 계속 검색했는데 안 나와서, 선생님 이름으로 해봤더니 걸려들었어요. 이거, 범인이 쓴 게 분명해요."

유나가 비밀 이야기처럼 속삭이더니 스마트폰을 내밀었다. 받아서 앞뒤 문장과 다른 글도 몇 개 확인해 봤다.

SNS에는 『유어 프렌드』에 얽힌 내용과 3학년 2반에서 벌어진 일련의 사건이 아주 세세한 부분까지 꼼꼼하게 적혀 있었다. 동급생에게 퍼붓는 저주의 말도 방대하게 줄줄이 적혀 있었다. 고유명사는 전부 이니셜로 표기했는데, 아까 그 한 군데만 마이카의 풀 네임이 적혀 있었다. 신이 나서 쓰다가 실수라도 한 걸까.

계정 이름은 'OpapnjL'. 그냥 되는 대로 입력해서 정했다고밖에 생각할 수 없는 문자열이었다. 가입 등록 시기는 2년 전 4월. 팔로잉 중인 계정은 하나도 없고, 아주 드물게 달리는 댓글에도 전혀 답글을 달지 않았다. 'OpapnjL'에게 스테고돈은 교류가 목적이 아닌, 그저 글을 올려놓기 위한 곳인 듯했다.

"그제 찾았어요. 저를 공격했을 때 일도 적혀 있더라고요. 변하는 순간을 제대로 못 봐서 아쉬웠다고. 충격받아서 자살하지 않을 정도로만 만들어놓길 잘했다고."

"……."

"토할 것 같아서 읽다 말았어요. 그래서 그보다 전에 올린 글들은 못 봤어요."

"……그럼, 가령 하무라 때 올린 글은 아직 확인 못 한 거지? 맨 처음 『유어 프렌드』를 갖게 됐을 때 올린 글도."

동요를 억누르고 이성을 쥐어짜 지적했다. 유나는 "그치만" 하고 한마디 하더니 입을 다물고, 작게 고개를 끄덕였다.

"최근 것도, 아직."

단정할 수 있는 단계는 아니었다. 그러나 유나의 헛발질을 나무라는 건 잔인한 일일 것이다. 대충 훑어본 게 전부인 마이카조차도 기분이 꺼림칙했다.

"하지만 글을 꼼꼼하게 읽으면 범인을 밝혀낼 수도 있을 것 같구나."

마이카는 그렇게 말하고 스마트폰을 돌려줬다. 범인이 본인 이름을 쓰는 실수는 안 하겠지만, 결정적인 단서가 있을지도 모른다. 주소 범위를 좁힐 수 있는 단서. 교실 자리의 위치 관계. 그래, 'OpapnjL'은 자신이 맡은 학생이다. 동급생과 담임을 증오하고, 공격하고, 지금은 수업을 듣고 있다. 그리고 자기가 한 짓을 겁도 없이 이렇게 온 세상에 고백하고 있다.

곱씹어 생각하니 소름이 끼쳤다.

"앗!"

느닷없이 유나가 소리를 질렀다. 스마트폰을 보다가 고개를 든다.

"왜 그래?"

물어도 대답이 없다. 망설이는 것처럼 보인다. 여러 번 채근하자, 유나가 다시 스마트폰을 내밀었다.

"최신 글…… 방금 올라왔는데, 선생님 얘기가 적혀 있어요."

어제 K가 조퇴했다. 오늘은 결근이다. 무단결근인지, A가 "뭐 아는 거 없어?" 하고 수업 중에 물었다. YF의 효과가 나타났을 가능성이 높다. 충격받아서 자살이나 안 했으면 좋겠는데. 아니, 솔직히 자살해도 상관없다. 담임한테도 효과가 있다는 사실을 안 게 수확이었다. 유감이라면 현장을 직접 보지 못했다는 점이다. 시간만은 내다볼 수가 없다. 집회 도중에 딱 맞춰서 효과가 나타난 K가 기적이다. K는 이가 몇 개나 빠졌을까. 희망 사항은 사흘 전에 여기 올린 대로다. 이번엔 자유도를 높여봤다. 히메의 재량에 맡겼다. 어떤 결과가 나타났을까. K는 합죽이가 돼서도 비굴하게 웃었으면 좋겠다. 얼마나 볼 만할까. 반점투성이에 이가 숭숭 빠져서 히죽거리는 할망구…….

3학년 2반 교실 문을 열자, 학생들의 시선이 마이카에게 꽂혔다. 아이들 눈에 놀람과 의심의 빛이 깃들어 있었다. 커다란 선글라스와 마스크로 얼굴을 가린 여자가 숨을 헐떡거리며 난입했으니, 수상히 여기는 게 당연했다.

6교시 수업 중이었다. 교단에 서 있던 미쓰이가 경계하다가 금방 누군지 알아봤다.

"응? 고타니 선생님?"

마이카는 아무 대답 없이 쾅, 하고 문을 닫았다. 불쾌한 땀이 온몸에 흘러 도망치고 싶은 충동에 시달리면서, 학생들을 둘러보며 말했다.

"『유어 프렌드』 갖고 있는 사람."

오른손이 펄떡펄떡 통증을 동반하며 울렸다.

"스테고돈 봤어. 더 이상은 하지 마. 나를 마지막으로 해. 부탁이야."

마스크에 손을 갖다 댔지만 벗지는 못했다.

게이와 눈이 마주쳤다. 당황한 모습으로 이쪽을 바라봤다. 미쓰이가 무슨 말을 하는데 들리지 않았다. 교실이 서서히 웅성거리는 소리로 둘러싸였다.

미쓰이가 교무실로 끌고 가서 캐물었지만, 마이카는 대답하지 않았다. 선글라스와 마스크를 벗으라는 말에도 응하지 않고, 그저 죄송하다는 말만 되풀이했다. 죄송합니다, 제잘못입니다, 제정신이 아니었습니다…….

"뭔데? 갱년기 증상이야?"

"미쓰이 선생님."

아다치가 타이르자, 미쓰이는 일부러 한숨을 내쉬었다. 교사들 목소리에 뒤섞여 "난감하네" 하고 교감이 끙끙대는 소리가 들렸다. 후카가와가 "그럴 만도 하죠. 연달아서 학생이······" 하고 동정하듯 말하는 소리도.

종례는 거르고 교무실 분위기가 진정됐을 즈음, 마이카는 자리에서 일어났다.

교직원용 화장실 칸은 전부 비어 있었다.

마이카는 가장 안쪽 칸에 들어가 선글라스와 마스크를 벗고 크게 숨을 쉬었다. 최선의 선택은 아니었어, 어쩌다 그렇게 바보 같은 짓을, 하고 후회가 하나둘씩 밀려왔다. 쏟아지려는 눈물을 꾹 참고 있을 때였다.

끼익.

출입문이 열리는 소리가 났다. 발소리가 가까이 다가오더니 멈췄다. 바닥과 문 사이로 더럽혀진 하얀 신발의 발끝이 빼꼼히 보였다.

실내화다. 여학생이 문 너머에 서 있다.

"고타니 선생님."

목소리가 들렸다. 아직 앳됨이 남아 있는 낮은 목소리.

"누구니?"

학생한테 말할 때 내는 목소리로 물었다. 대답은 없었다. 발끝은 움직이지 않았다.

"어쩐 일이야? 무슨……."

"OpapnjL이에요."

목소리는 그렇게 말했다. 말의 의미를 깨달은 순간, 마이카의 온몸에 소름이 돋았다. 목덜미, 두 팔, 등에도 배에도.

"그 후로 얼굴 상태는 어떠세요?"

감정이 하나도 담겨 있지 않은 목소리가 물었다. 마이카는 죽을힘을 다해 생각했다. 누구지. 누구 목소리지. 이 목소리는 누구의.

문을 열어서 확인하면 되겠구나. 초조해서 가장 쉬운 방법을 생각하지 못했다. 일어나려는 순간, 문이 세차게 울렸다.

'범인'이 후려친 것이다.

마이카는 그 자리에 주저앉았다. 얇은 플라스틱 변기 시트가 삐걱거렸다.

희미한 소리가 문 너머에서 들렸다.

큭큭, 끄윽, 크…….

이건 웃음소리다. 얇은 문짝 하나를 사이에 두고, 맞은편에서 '범인'이 웃고 있다.

"선생님."

웃겨서 못 견디겠다는 말투로, 그 아이가 물었다.

"제가 누군지 아시겠어요?"

마이카는 대답하지 않았다. 대답하지 못했다. 누군지 짐작조차 가지 않았기 때문이다. 웃음소리도 말소리도 전혀 들은 기억이 없었다. 목소리가 들리는 방향과 틈으로 엿보이는 발끝으로, 체격이 크지 않다는 정도만 겨우 추측할 수 있었다.

"그렇겠죠."

스윽, 하고 문을 쓰다듬는 소리가 났다. 맞은편에서 문에 손을 대고 움직이는 모양이다.

"선생님하고는 얘기한 적도 거의 없으니까."

스윽, 스윽.

"그때도 이렇지 않았거든요. 수업시간에 지목받았을 때도 마찬가지고요."

손이 움직이는 소리가 멈췄다.

"그런데 술술 말이 잘 나와서 스스로도 놀라워요."

큭큭, 하고 또 웃음소리가 들렸다.

"자신감이 있으니까 말이 잘 나오네요. 상대보다 더 위에 있으니까. 반드시 이길 수 있는 상대한테는."

비웃는 듯하기도, 어이가 없다는 듯하기도 한 말투였다.

"이러면 하루하루가 재미있을 것 같아요."

그러더니 똑, 하고 가볍게 노크했다.

"……무슨 말을 그렇게 해."

마이카는 겨우 말했다. 자신의 목소리가 떨리는 게 느껴졌다.

"물러서. 나갈 테니까. 나가서 같이 얘기……."

"닥쳐."

쥐어짜내는 듯한 목소리가 들려서 마이카는 입을 다물었다. 거친 숨소리가 들렸다. 자기 말에 흥분한 걸까.

"왜 가만히 계세요, 선생님?"

거친 숨소리 사이로 그렇게 물었다.

"입 다물지 않으면 또 저주받을까 봐요?"

대답이 나오지 않았다. 잠금장치로 손을 뻗으려다 망설였다.

"하무라처럼 될 거라고 생각하셨어요? 노지마처럼, 아라키처럼, 가노처럼."

"……다, 네, 네가."

"물론이죠."

홍, 하고 콧방귀를 뀌는 소리가 나더니 마이카에게 질문이 던져졌다.

"시험해 볼까요? 또 뭔가 보내볼까요?"

"그만해."

마이카는 바로 대답했다. 입속에 이물감이 번졌다. 침이 심하게 끈적거렸다. 기분 탓이야, 착각이야, 하고 머릿속으로 되풀이하며 스스로를 타일렀다.

목덜미와 팔이 어느새 땀에 젖어 있었다.

"그건 금방 대답하시네요." 침착함을 되찾은 목소리가 "역시 얼굴이 중요한가요? 사람은 외모가 전부예요?"하고 물었다.

"아, 아니야."

"뭐, 상관없어요. 다 그런 거니까. 전부터 알고 있었어요. 아주 옛날부터."

전부 체념한 듯한 어조로 말했다.

"저, 저기." 마이카는 온 힘을 다해 머리를 굴렸다. "알았어. 네가 누구든 개의치 않을 테니까 두 번 다시 하지 마. 그리고 두 사람을 원래대로 되돌려 놓으렴. 노지마랑 가노. 난 그 냥…… 어떻게 되든 상관없어."

큭큭 작게 웃는 소리가 났다.

"허세 좀 그만 부리세요."

"허세 아니야."

"아니긴요. 앞으로 어떻게 될지 걱정되시죠? 분명 절망하고 계실걸요? 선생님으로서, 여자로서, 한 인간으로서 선생님은 치명상을 입었으니까요."

입긴 뭘 입어? 하고 따질 수 없었다. 고작 몇 시간 전까지만 해도 절망감에 사로잡혀 죽음을 선택하기 직전까지 갔다. 하지만.

"제발 애들은 원래대로 돌려줘."

마이카는 다시 애원했다. 생각도 하지 않고 말했다.

"주술을 풀어줘. 더는 아무도 저주하지 마. 너 자신도 포함해서."

"저 자신이요?"

"그래."

자신의 말에 마이카는 비로소 깨달았다.

스테고돈에 올라온 긴 글을 읽고 왜 안절부절못했는지. 왜 충동적으로 학교에 와서, 수업을 방해하면서까지 범인을 저지하려 했는지.

범인이 힘들어하는 게 글에서 보였기 때문이다. 글을 읽어도 전혀 범행에 대한 즐거움이 느껴지지 않았다. 잠깐 훑어본 게 전부지만, 마이카는 확신했다.

저건 비명이다.

냉정하고 담담한 척 글을 쓰고 있지만 비명을 지르고 있다. 주술이, 저주가 당사자까지 좀먹고 있다. 스스로 내뱉은 독에 잠식돼서 아프다고, 고통스럽다고, 살려달라고 외치고 있다.

마이카는 숨죽이고 기색을 살폈다. 대답은 없었다. 그저 자신과 '범인'의 숨소리만 들렸다. 밀폐된 화장실의 습기와 열기 때문에 의식이 몽롱해지고 침묵에 숨이 막힐 즈음이었다.

"······면서."

"뭐?"

"아무것도 모르면서!"

쾅, 하고 세차게 문이 울렸다. 여러 차례 연달아 내려쳤다.

"저주가 뭔지 아무것도 모르는 주제에!"

마이카는 "그만해!" 하고 소리치며 귀를 막았다. 자기도 모르게 몸을 웅크렸다. 오른손과 얼굴, 입속까지 열기가 감돌았다.

"이럴 때만 선생인 양 잘난 척은!"

한층 더 큰 소리가 나면서 문이 흔들렸다. 발로 걷어찬 모양이었다.

헐떡헐떡 가쁜 숨소리가 전해졌다. 이윽고 가느다란 목소리가 들렸다.

"그 말 들을게요, 선생님."

"응?"

"다음 '표적'은 선생님이 골라보세요. 걔를 마지막으로 하죠. 어때요?"

분노와 원통함에 가슴이 무너졌다. 구역질마저 났다.

"그런 터무니없는……."

"진지한 거래예요, 선생님. 한 명만 산 제물로 바치면 모두가 산다고요."

"그만해."

"뭐 어때요. 우리 반에 못생긴 애 널렸잖아요. 걔들을 바치면 되죠. 주술 따위에 걸리지 않아도 충분히 못생기고, 앞으로도 계속 인생에서 패배할 학생. 아니, 처음부터 무대에 올라설 기회조차 얻지 못한, 어쩔 도리가 없는 인간을."

마이카는 어느새 귀를 기울이며 흘려듣지 않으려 하고 있었다.

이것도 비명이다.

이 아이는 자신의 고통을 호소하고 있다. 그렇게 직감했다.

"아니면 예쁘장한 애들을 끌어내리실래요? 나가스기는 어떠세요? 절친 3인방을 전멸시키는 결말이……."

목소리가 끊겼다. 틈으로 보이던 실내화가 사라졌다. 직후에 "끼익" 하고 출입문 열리는 소리가 났다.

"어머!"

과장된 목소리가 들렸다. "어머, 잠깐만. 여기 교직원용이야. 이러면 곤란하지" 하는 소리가 이어졌다. 아오야마였다. 약간 뚱뚱한 생김새가 떠올랐다.

"죄송합니다."

분명한 목소리. 총총거리는 발소리가 멀어지더니, "끼익" 하고 또 문소리가 났다. 아오야마가 "무슨 일 있나? 뭐, 알아서 하겠지" 하고 말했다.

마이카는 마음을 굳게 먹고 잠금장치를 연 다음, 문을 밀어서 열었다. 아오야마의 눈이 휘둥그레졌다.

"방금, 누구였어요?"

"응?"

"방금 여기 있던 학생 누구였냐고요?"

무의식중에 어조가 강해졌다. 화난 듯한 말투로 변했다. 아오야마는 여전히 놀란 표정으로 말했다.

"음…… 걔 있잖아. 2반."

그건 나도 알아. 입 밖으로 튀어나오려는 말을 꾹 참고 대답을 기다렸다.

"그, 어둡고 눈에 안 띄는……."

목 주변을 손으로 가리킨다. '이름이 여기까지 나왔어'라는 몸짓이었다. 참지 못한 마이카가 아오야마의 양어깨를 붙들고 물었다.

"누구냐고요!"

물음은 거의 외침으로 변했다. 아오야마는 마이카를 빤히 쳐다봤다. 손이 쓱 올라오더니, 마이카의 눈가를 가리켰다.

"아니, 얼굴이 왜 그래?"

마이카는 밀쳐내듯 아오야마의 어깨에서 손을 떼고, 교직원용 화장실을 뛰쳐나갔다. 선글라스와 마스크를 다시 끼고 복도를 살폈지만, 이렇다 할 학생은 없었다.

신발장 앞에도 2반 학생은 없었다.

어디 있을까. 집에 갔나. 교실에 있으리라곤 생각하기 힘들다. 화장실로 돌아가서 아오야마한테 물어볼까. 뭔가 다른 단서는.

조심조심 뺨과 이마를 만져봤지만 달라진 기색은 없었다. 입안에도 새로운 변화는 없다. 당연하지만 마음이 놓였다. 관악부 연주 소리가 귀에 전해졌다. 운동장에서 축구부가 외치는 구호도 들렸다.

화장실에 왔다는 건 당연히 내가 그곳에 들어갔다는 사실을 알았다는 뜻이다. 복도에서 봤을까. 아니, 그것 말고도 화장실까지 도달하는 방법은 있다.

교무실에서 '고타니는 여기 없다, 나갔지만 아직 학교에 있다'라는 사실을 확인해서 말이다.

마이카는 교무실로 달려갔다. 힘차게 문을 열고 성큼성큼 자기 자리로 향했다. 맞은편 자리에서 미쓰이가 고개를 들더니 짜증스러운 표정을 지어 보였다.

"혹시 2반 여학생 안 왔어요?"

흐트러진 숨결 사이로 물었다. 미쓰이는 "뭐?" 하고 일부러 큰 소리로 대답했다.

"아무도 안 왔어. 시험 앞두고는 못 들어오잖아."

"왔을 거예요. 응대한 분 없으세요?"

"아무리 물어도 난 모른다니까."

또다시 교무실에 있는 모두의 시선이 쏠렸다. "왜 그래?" 하고 누군가가 물었지만, 마이카는 아랑곳하지 않고 책상에 두 손을 짚으며 말했다.

"기억해 보세요. 3학년 2반에서 누가……."

"구라하시가 왔었어요."

경직된 목소리가 들렸다. 바로 옆에서 아다치가 허둥대고 있었다.

"조금 전에요. 고전 공부하다가 모르는 게 있어서 고타니 선생님한테 질문하고 싶다고요."

그러면서 문을 가리켰다.

"마침 제가 봐서 응대했어요. 잠깐 자리 비우셨으니까 화장실 가신 것 같다고 했죠."

"구라하시가……."

"네." 아다치가 고개를 끄덕이더니, "어제도 저한테 질문하러 왔었거든요. 애가 참 착실해요" 하고 살짝 표정을 누그러뜨렸다. 구라하시 노조미. 심한 여드름과 피부염 때문에 얼굴이 새빨간 여자아이다. 코는 납작하고, 축 처진 눈에, 미간은 멀고, 뺨은 너부데데하다. 입은 항상 팔자 모양이다. 그때였다.

"어머!"

목소리가 들렸다. 출입문에 아오야마가 서 있었다. 마이카를 보더니 "고타니 선생님, 고타니 선생님" 하며 다가왔다.

"아까 걔 말야……, 어머."

우뚝 멈춰 섰다. 입이 반쯤 열려 있었다.

"걔, 그새 새까맣게 잊어버려서 이름이 안 나오네. 왜, 걔 있잖아."

아오야마가 주위를 살피고 나서 자기 양어깨를 툭툭 치더니,

"비듬 같은 거 잔뜩 떨어져 있는 애. 사쿠라지마 화산섬의 화산재처럼."

목소리를 낮춰 말했다.

마이카의 심장이 세차게 뛰었다. 1학기 초반부, 동복을 입

던 때의 기억이 되살아났다. 교실 한구석에서 웅크리듯 수업을 듣는 모습. 구부정하게 복도를 걷는 모습.

두피와 얼굴 피부가 벗겨져 가루처럼 흩어지는 것이리라. 구라하시 노조미의 어깨는 항상 눈이나 재가 내린 듯이 새하얬다.

*　*　*

"그만해!"

나는 고타니의 목소리를 곱씹으며 걸었다.

우월감에 젖어 있었다. 어른이 그렇게 벌벌 떨면서 나한테 간절히 부탁하는 건 처음이었다. 그렇게 추해지기가 싫을까.

터져 나오는 웃음을 꾹 참는데, 문득 하무라 사라사가 생각났다. 나는 스마트폰을 꺼내 스테고돈을 열고, 그날 쓴 일기를 다시 읽었다. 『유어 프렌드』가 진짜이고 내가 히메사키 레미의 저주를 이어받았다고 확신했던 토요일, 학교에서 있었던 일을 적은 것이다. 이니셜은 머릿속에서 전부 원래 이름으로 되돌아가 있었다.

하무라 사라사의 책상 앞에 선 나는 쭈그려 앉아 서랍 안을 들여다봤다. 교과서, 노트, 그리고 자료집. 운 좋게도 전부 놓고 다녔다. 이러면 쉽게 숨길 수 있다.

제정신이 들기 전에 해치우자. 냉정해지기 전에 얼른 끝내고 집에 가자. 효과가 없으면 없는 대로 괜찮다. 나는 사라사가 놓고 간 책들 맨 밑에 봉투를 살짝 밀어 넣었다.

그리고 일어나려는 찰나였다.

"구라하시, 뭐해?"

누군가가 등 뒤에서 말을 걸었다. 말 그대로 놀라 펄쩍 뛰어오르며 뒤돌아봤다.

교복을 입은 하무라 사라사가 이상하다는 듯 나를 내려다보고 있었다.

"도둑질이라도 하니?"

"아니, 아니야."

나는 세차게 고개를 저었다. 혼이 난 유치원생처럼 움츠러들었지만, 겨우 뒤로 물러나 그 아이와 거리를 뒀다. 난처한 나머지 질문에 질문으로 대답했다.

"……왜 왔어?"

"응? 입시 학원 공부하러."

그 아이는 선선히 대답했다. 총총걸음으로 책상 사이를 걸었다.

"집에 있긴 싫고 도서관은 붐비고, 학원 자습실은 외부인 출입금지고. 그래서 쓰네타한테 부탁했더니 교실 문 열어주더라. 딱 한마디 했는데 바로 오케이였어. 배구부 연습 시합 있으니까 마침 잘됐다고."

자기 책상 앞에 쭈그려 앉아, 안을 살폈다. 특별히 그 이상 설명하려는 기색은 없었다. 나로서는 믿기지 않는 일이었다. 오로지 개인 용도로 사용하려고 선생님을 졸라 교실 문을 열게 했다는 건가. 내가 말하면 그런 부탁은 절대 안 들어줄 텐데.

내가 멍하니 있는 사이에 그 아이는 봉투를 찾아냈다. 안에 든 편지지를 꺼내 찬찬히 들여다봤다.

"아름답다, 추하다……."

잠시 후, 반듯한 얼굴이 확 밝아졌다.

"이거 혹시 『유어 프렌드』의 주술이야?"

나는 대답하지 못했다. 그 아이는 그걸 긍정으로 받아들인 듯했다.

"흐음, 주술이라."

그러고는 편지지와 사진을 뚫어져라 바라봤다. 이윽고 그 것들을 도로 봉투에 넣더니, "자" 하고 나에게 내밀었다.

무슨 뜻인지 알 수 없었다. 그 아이의 의도가 뭔지, 내가 무슨 짓을 당하고 있는지. 조롱이나 빈정거림 같지는 않았다. 그 아이의 표정이나 태도에서는 악의가 조금도 느껴지지 않았다.

하무라 사라사가 노파로 변하게 해주세요. 주름이 자글자글하고 검버섯투성이에 이도 거의 다 빠진 데다 살이 축 처져 푸석푸석한 할망구가 되게 해주세요. 그대로 영원히 낫지 않게 해주세요.

이 좁은 세상에서마저 살아갈 재주가 없는 이에게 남겨진 재주

죽어서 저주하리라 아름답다 추하다

그 문장을 읽고도 아무 생각이 없는 건가. 나는 그만 묻고 말았다.

"……뭐 하는 거야?"

"너한테는 중요한 주술이잖아?"

"너, 널 해코지하는 내용인데도?"

"해코지?"

그 아이는 고개를 갸웃거렸다. 그 각도, 표정. 그냥 의아해하고 있을 뿐인데도, 확고한 자신감이 배어 나왔다.

"흐음, 응. 괜찮아, 자."

다시 봉투를 내밀었다. 내가 받지 않자 "여기 둘게" 하고 옆 책상에 놓더니, 자기 자리에 앉았다. 이윽고 가방에서 문제집과 필기구를 꺼내, 담담하게 책상에 늘어놓기 시작했다. 그게 다 끝나자, 가슴에 달린 주머니에서 하얀 블루투스 이어폰을 꺼냈다.

나를 상대할 마음이 없다는 걸 확실히 깨달았다. 이 아이는 나를 버러지 정도로만 생각한다. 나도 모르게 움켜쥔 주먹이 아픔을 호소했다.

"……또 무시하네."

이어폰을 꽂으려던 하무라 사라사가 나를 올려다봤다.

"그룹 채팅방에서 날 비웃고 가지고 놀 때도 이런 식이야?

책상에 쓰레기 처박고, 내 얼굴 사진을 가공해서 책상에 붙일 때도?"

목소리를 내는 것만으로도 다리가 후들거렸다. 심장이 빨리 뛰기 시작했다.

"그거 가미에스랑 애들이 하는 짓이야. 유나도 했고."

하무라는 지루하다는 듯 이어폰을 만지작거리며 대꾸했다.

"그럼 그만하라고 할까?"

잡담처럼 가벼운 말투였다.

"무…… 무슨 말이야?"

"무슨 말이긴, 내가 한마디 하면 다들 그만둘걸?"

"그런 뜻이 아니잖아."

"응? 말리길 바라는 거 아니었어?"

"그러니까 그런 뜻이 아니라고."

언성이 높아졌다. 하무라는 쓴웃음을 지었다.

"미안, 무슨 말인지 못 알아듣겠네."

그러더니 이어폰을 다시 주머니에 넣었다. 문제집을 펼치고, 그대로 문제를 풀기 시작했다. 내 존재 따윈 잊어버린 듯이.

분노로 부들부들 떠는데, 하무라가 고개도 들지 않고 물었다.

"주술 도구, 필요 없어?"

"필요 없어."

어차피 건네는 순간을 들키고 말았다. 『유어 프렌드』에 적힌 문장을 믿는다면, 효과는 사라져버릴 터였다. 완전히 헛걸음했다. 토요일 오후에 학교에서 딱 마주치다니, 나한테는 운도 안 따른다.

"그럼 버려."

그 아이는 말했다. 주위에 말하면 뭐든 바라는 대로 되는 인간 특유의, 거리낌이라곤 눈곱만큼도 없는 명령이었다.

"……바보 같다는 생각 안 해?"

나는 다시 물었다.

"얘 진짜 끔찍하네, 쉬는 날 굳이 학교까지 와서 뭐 하는 짓이야, 그런 생각 안 하냐고."

"전혀."

말문이 막히려는 찰나 생각났다.

"예…… 옛날엔 했잖아. 중학교 때 스쳐 지나가면서 더러워, 못생김이 옮겠네, 프랑켄슈타인, 비듬녀라고 분명히 말했어."

기억을 더듬자, 더 격렬한 분노가 치솟았다. 그래. 예전에 하무라는 예쁜 걸 내세워 거만을 떨며 약한 애, 못생긴 애를 놀렸다.

그 아이는 손을 멈추고 어안이 벙벙한 표정으로 나를 보더니, 이윽고 믿기지 않는 말을 했다.

"그랬나? 우리가 같은 중학교였어?"

나는 이번에야말로 할 말을 잃었다. 이가 빠질 정도로 악물었다.

자주 듣는 이야기다. 흔해 빠진 이야기다. 들은 쪽은 집요하게 기억하는 말이라도, 내뱉은 쪽은 말끔하게 잊고 있다. 그러니까 개의치 말자고 객관적으로 생각하려 해도, 막상 직면하니 마음먹은 대로 되지 않았다.

웅웅거리는 진동 소리가 났다. 하무라가 책상에 놓여 있던 스마트폰을 확인하더니 문자를 척척 입력했다. 나랑 나누는 대화 따윈 다른 일 하는 김에 해도 충분하다는 듯이.

그 아이는 스마트폰에 시선을 떨군 채로 말했다.

"다들 나한테 기대가 너무 커."

진저리가 난다는 듯한 말투였다.

"무슨 말을 하든 자기들 마음대로 기대에 부풀었다가, 또 자기들 마음대로 실망하고. 난 그렇게 날마다 진지하게 살지도 않고, 생판 모르는 남의 일을 일일이 기억하고 있지도 않아."

하무라는 터치 패널을 손끝으로 재빠르게 조작했다.

"주술도 하고 싶으면 그냥 해. 필요로 하는 사람 많잖아."

단호하게 잘라 말했다. 본인은 관용을 베푼 줄 알겠지. 내 마음을 헤아린 줄 알겠지. 자신이 높은 데서 내려다보며 떠들고 있다는 사실은 조금도 깨닫지 못한 채.

"아, 그래서구나?"

다시 그 아이의 얼굴이 반짝이더니 나에게 시선을 돌렸다.

"옛날에 내가 했던 말을 마음에 담아뒀구나? 그래서 주술 도구를 내 책상에 넣은 거지?"

"이, 이제 알았어……?"

"응, 미안."

하무라는 스마트폰을 두 손바닥 사이에 끼우더니, 눈을 치켜뜨며 슬픈 표정을 지어 보였다. 그 모두가 신경에 거슬렸다. 호흡이 흐트러졌다.

"그럼 마음대로 하라고 내버려 두기도 좀 그렇네……."

하무라는 그렇게 중얼거리더니 나를 쳐다봤다. 나는 순간적으로 눈을 피해버렸다. 도망치고 싶은 충동이 일었지만, 어째서인지 몸이 움츠러들었다. 생각해 보면 그 아이와 얼굴을 맞댈 필요도, 이야기할 의무도 없었다. 그런데도.

"구라하시, 앞을 봐."

"뭐?"

"그러면 등도 쫙 펴지고, 비굴한 마음도 사라질 거야."

그 아이는 정답게 말했다.

너무나 형식적이고 얄팍한 조언에, 나는 분해서 발을 동동 구를 뻔했다. 초등학교 3, 4학년 때 담임하고 말투가 비슷한 것도 짜증을 증폭시켰다. 애초에 조언해 달라고 부탁한 기억이 없다. 그걸 하무라는. 이 계집애는.

내가 쏘아봤지만, 하무라는 전혀 동요하지 않았다.

"그리고 가까운 데서 행복을 찾아봐. 남하고 비교해 봐야 좋을 거 없으니까."

"……."

"건강도 중요해. 충분한 수면하고 운동. 그러면 피부도 깨끗해져."

"……."

입을 다물고 있자, 그 아이는 자기 양 볼에 집게손가락을 갖다 대더니 입꼬리를 올려 보였다.

"또 하나는 그래, 미소. 내가 웃으면 주위 사람들도 따라 웃게 돼."

"아니야!"

나는 마침내 소리쳤다.

아무도 안 웃어. 웃을 리가 없다고.

넌 웃으면 더 못생겨져, 찌부러진 두꺼비 같아, 그러니까 웃지 마. 가족이든, 동급생이든 대개 그런 식으로 나를 업신여겼다. 따라 웃게 만드는 건 얼굴이 정상적인 인간뿐이다. 보통이거나 그 이상인 인간뿐이다. 이 계집애는 그런 것도 모른다.

충동적으로 가까이 있는 책상을 걷어차고 바닥에 가방을 내팽개쳤다. 커다란 소리가 잇따라 교실에 메아리쳤다. 그러고 나서는 또 쏘아봤다.

그 아이는 스마트폰을 보고 있었다. 한쪽 눈썹이 씰룩 올라갔다가, 금방 제자리로 돌아왔다. 플릭 자판*으로 재빨리 문자를 입력하고 나서, 스마트폰을 거칠게 책상 위에 내려놨다.

"뭐였더라…… 그래, 그래."

웃음이 나올 정도로 힘이 쭉 빠져 있는 나를 한 번 힐끗 쳐

* 원하는 글자 방향으로 슬라이딩해서 문자를 입력하는 방식으로, 쿼티 자판보다 빠른 입력이 가능하다.

다봤다.

"구라하시, 내가 되지 않아도 행복해질 수 있어."

그 말에 마음속이 완전히 텅 비었다. 모든 감정이 사라지고, 깜깜한 구멍이 휑하게 뚫렸다. 차가운 바람이 지나간다. 이윽고 그 구멍 속에서 증오가 끈적끈적하게 흘러넘쳤다.

나는 네가 되고 싶은 생각 따윈 눈곱만큼도 없어.

귀엽고, 예쁘고, 아름다워지고 싶지도 않아. 볕 잘 드는 곳에 너희 대신 서고 싶은 마음도 없어. 그렇게 허황된 걸 바라지 않아. 그런 분에 넘치는 말은 안 해.

나는 그저 평범한 얼굴을 갖고 싶을 뿐이야.

평범한 대우를 받고 싶은 것뿐이라고.

이렇게까지 말이 안 통할 줄은 생각지도 못했다. 아니, 실은 흘려듣고 있을지도 모른다. 스마트폰에 빠져서 적당히 대꾸하는 게 분명하다. 틀림없다. 그렇게 해석하고 스스로를 납득시키지 않으면 미쳐버릴 것 같았다.

이 계집애를 첫 '표적'으로 삼길 잘했다. 추해지는 데 걸맞은 인간이다. 하지만 이제 이뤄지지 않겠지. 분하다. 죽어버리고 싶다. 나는 저주마저 할 수 없는 건가.

어느새 나는 울고 있었다.

깨닫자마자 불안이 밀려왔다. 울면 또 무시당한다. 못생긴 얼굴이 더 못생겨졌다고 깔본다. 서둘러 얼굴을 가리고 가방을 주우려고 했다.

"고맙다는 말은 됐어."

하무라가 또 어이없는 말을 했다. 나는 그 자리에 맥없이 주저앉았다. 이런 분위기에서도 '눈물까지 흘리며 나한테 고마워하고 있어'라고 믿어 의심치 않는, 그 아이의 순수한 자만심에 모든 의욕을 잃었다.

덜컹, 하고 의자 소리를 내며 하무라는 일어섰다. 내 곁으로 다가와 손을 내밀며 "고개 들어봐" 하고 다정하게 속삭였다.

"당장은 힘들겠지만, 조금씩 시작하면 언젠가……."

목소리가 끊겼다.

불규칙한 발소리가 났다. 곧이어 들린 건 작은 외침이었다.

"아…… 아얏!"

하무라가 책상과 의자를 넘어뜨리며 엉덩방아를 찧더니, 거북이처럼 몸을 웅크렸다.

나는 손가락 틈으로 그 아이의 모습을 멍하니 바라봤다. 무슨 일이 벌어지고 있다. 다치기라도 한 걸까. 일어나려다 깨달았다.

교실 분위기가 달라진 느낌이 들었다. 팽팽하게 긴장되고 싸늘해져 있었다.

설마.

하무라가 다시 작게 비명을 질렀다. 그게 신호라도 되는 듯, 나는 그 아이 곁으로 달려갔다. 쭈그려 앉아 어깨에 손을 얹었다. 하무라가 바로 뿌리쳤다.

머리카락 사이로 주름이 자글자글한 뺨이 보였다.

설마, 설마.

마음속에 불이 붙었다. 불은 널름널름 퍼지더니 온몸으로 번졌다. 나는 그 아이의 머리칼을 움켜쥐고 힘껏 잡아당겼다. "으윽!" 하고 하무라가 신음했다.

그 아이의 얼굴은 몰라보게 변해 있었다.

눈을 뗄 수 없을 만큼 흉측하게 늙어빠져 있었다. 움켜쥐었던 머리칼은 몽땅 빠지고, 악물었던 이가 툭툭 바닥에 떨어졌다. 내가 바랐던, 내가 편지지에 적은 그대로의 얼굴로 변해 있었다.

이제껏 느껴 본 적 없는 환희가 전류처럼 몸을 관통했다.

"놔."

입에서 나온 목소리는 평소와 똑같았다. 그 부조화가 섬뜩했다. 하무라가 손을 뿌리치는 바람에 나는 엉덩방아를 찧었다. 아픔 때문에 정신이 들자, 사악한 감정이 단숨에 부풀었다.

엉거주춤하게 서 있는 그 아이를 세게 밀어서 넘어뜨리고, 손에 있던 스마트폰을 얼굴 앞으로 들었다. 셔터 버튼을 눌렀다. 누르고 또 눌렀다. 찰칵찰칵 소리가 나더니, 미라 같은 얼굴이 액정 화면에 클로즈업됐다. 그 아이는 뒤늦게 두 손으로 얼굴을 가렸다.

나는 망설임 없이 스마트폰을 휙 뒤집어서, 액정 화면을 그 아이 코끝에 들이댔다.

헉, 하고 숨죽이는 소리가 들렸다. 하얀 손가락 틈으로 반쯤 감긴 눈이 액정 화면을 향했다.

"아, 아."

하무라는 내가 짓누르는데도, 재주 좋게 몸을 뒤집었다. 엎드려서 다시 웅크렸다. 온몸을 움츠려서 작게 작게. 아아아, 하고 잠긴 울음소리가 거북이처럼 웅크린 등에서 새어 나왔다.

"……크크크큭."

내가 웃고 있다는 걸 깨달았다. 일어나서 하무라를 내려다봤다. 머리도 얼굴도 가슴도 모조리 뜨겁다. 시커먼 열기가 온몸을 휘감았다.

주술이 먹혔다. 『유어 프렌드』는 진짜였다.

소문은 사실이었다.

나는 히메사키 레미의 원한을 이어받았다.

주술 효과가 사라진 게 아니었나. 운 좋게도 건네는 '순간'은 들키지 않았단 뜻인가. 모르겠다. 확인할 방법이 없다. 어쨌든 소원은 이루어졌다.

나는 하무라의 뒤통수에 얼굴을 갖다 댔다. 샴푸 냄새와 땀 냄새가 코를 간지럽혔다. 몸을 부들부들 떨며 우는 그 아이에게 속삭였다.

"하무라, 앞을 봐."

깜짝 놀랄 정도로 말이 술술 나왔다. 생각하기도 전에 입을 열었다.

"당장은 힘들겠지만, 조금씩 시작하면 언젠가 꿈꾸던 네가 될 수 있어."

조롱과 혐오와 비웃음을 전부 담아 내뱉었다.

"웃어. 웃는 게 중요해."

하무라는 더 크게 소리 내어 울었다. 나는 일어나서 한동안 그 아이를 내려다봤다. 문이 흔들리는 낌새가 느껴져 귀를 쫑긋 세웠다. 아무도 없었고, 누가 오는 기척도 없었다.

그 아이의 등을 짓밟는 건 망설여졌다. 짓밟고 싶은 마음은 있었지만 방법을 몰랐다. 나는 줄곧 밟히는 쪽이었으니까.

"고맙다는 말은 됐어."

대신 그렇게 말하고는, 편지지를 가방에 집어넣고 교실에서 나왔다.

창문 너머로, 벽 너머로 들리는 울음소리가 듣기 좋았다. 신발장에 도착했을 즈음, 그제야 내가 히죽히죽 웃고 있다는 사실을 알아챘다.

그리고 집으로 향한 나는……

스마트폰에서 고개를 들자 집 앞이었다.

소박한 대문을 지나 정원석을 밟고 현관문을 열었다. 가족들은 전부 외출한 모양인지, 집에는 아무도 없었다. 계단을 뛰어올라가 2층 내 방에서 실내복으로 갈아입었다. 머릿속은 앞으로의 일로 가득했다.

고타니는 내 스테고돈 계정을 찾아냈다.

방심해서 실명을 쓰는 바람에, 그게 검색에 걸려들기라도 했을까. 이유야 어찌 됐든, 이러면 과거로 거슬러 올라갈 것이다. 이제껏 쓴 편지 내용은 물론이고 어떤 기준으로 표적을 선택했는지, 어떻게 주술 도구를 숨겼는지도 알려지게 된다.

이미 끝난 일이라 해도 수법이 알려지는 건 기분이 별로다. 『유어 프렌드』를 갖기 전, 고등학교에 입학했을 무렵부터 쓴 지루한 일기도 읽을 테지만 그건 아무래도 좋았다.

지금까지처럼 스테고돈에 계획을 쓸 순 없다.

그렇다고 아무것도 안 쓰자니 고타니에게 굴복하는 것 같아서 비위가 상한다.

그럼 거짓 계획을 올리면 어떨까. 가짜 범행 예고 말이다.

단순히 선수를 치기 위해서만은 아니다. 겁을 줄 수도 있다. 이를테면 고타니를 표적으로 한 주문을 올리는 것이다.

이미 주술을 건 상대에게 다시 한번 걸 수 있을까. 그걸 검증하는 의미에서라도 고타니를 다시 '표적'으로 삼는 데는 의의가 있다. 거기다 중단했던 거래를 다시 제안해 봐도 괜찮지 않을까.

밀당, 공방전. 생각만 해도 신난다. 실행하면 더 신나겠지.

* * *

구라하시 노조미의 신발장에는 실내화가 남아 있었다. 교문까지 뛰어가 봤지만, 그 아이의 모습은 보이지 않았다. 집까지 쫓아갈까, 주소가 뭐였더라. 다음 수를 고민하는데, "고타니 선생님!" 하고 부르는 소리가 들렸다.

아다치가 숨을 헐떡거리며 뛰어왔다. 구조 게이가 가방을 품에 안고 그 뒤를 따라왔다. 하교 중인 학생들이 이상하다는 듯 쳐다봤다.

"선생님, 주술…… 걸리셨어요?"

"응."

아다치가 물었다.

"어떻게 된 거예요? 아까 구라하시 얘기가 나오니까, 그때부터……."

마이카는 아다치를 바라봤다. 어제 술자리에서 있었던 일이 생각났다. 그리고 병원과 집에 가는 길에 있었던 일도.

마이카는 마음먹고 말했다.

"구라하시는 『유어 프렌드』를 물려받아서 주술을 걸었어요. 일련의 사건은 모두 주술의 결과예요. 저도 당했고요."

그러고는 자기 얼굴을 가렸다.

아다치는 복잡한 표정으로 신음했다. 미심쩍어하는 눈길로 마이카를 보며, 중얼중얼 낮은 목소리로 말했다.

"……하긴 가노의 얼굴은 단순한 병이…… 아무리 그래도……."

마이카는 결심을 굳혔다.

선글라스를 벗고, 마스크도 벗었다. 쐐기를 박듯이 이를 드러내 보여줬다.

"으악!"

아다치가 몸을 뒤로 젖혔다. 한순간에 얼굴이 새파랗게 질리더니 굳어졌다. 게이가 눈이 휘둥그레져서 입을 틀어막았다.

"우웩, 세상에" 하는 학생들의 목소리가 주위에서 들려왔다. 바로 손으로 얼굴을 가렸지만, 다리가 얼어붙어 그 자리에서 한 발짝도 움직일 수 없었다. 눈도 뜰 수도 없었다. 주위에서 날아와 꽂히는 수많은 시선이 두려웠다.

"고타니 선생님!"

아다치의 목소리가 들리는가 싶더니, 마이카의 몸이 둥실 들려 올라갔다.

보건실 창가 침대에 눕혀졌다. 커튼은 전부 끝까지 닫혀 있었다. 마이카는 여전히 두 손으로 얼굴을 가린 채였다. 자기 몸인데도 움직일 수가 없었다. 손가락 사이로 엿보니, 게이가 침대 옆 의자에 앉아 있었다. 그 옆에는 아다치가 침통한 표정으로 서 있었다.

"정말 괜찮아?"

커튼 너머에서 마쓰유키의 목소리가 들렸다.

"진짜 현기증이 다야? 아까 언뜻 보였는데, 얼굴 다치지 않았어? 넘어진 거야?"

"괜찮아요." 마이카는 대답했다.

"그래? 그럼 다행이고……. 요즘 3학년 2반 이상하지 않아? 굿이라도 해야 하나……."

"생각해 볼게요."

적당히 대답했지만, 바로 생각을 고쳤다. 효과가 있다면 기대어보고 싶다. 저주의 효과가 조금이라도 줄어든다면 얼마나 좋을까. 완전히 없앨 수 있다면 만만세다. 뭐가 말이 되고 뭐가 말이 안 되는지, 이제는 알 수 없었다. 혼란이 사그라지지 않았다. 몸을 일으키려 했지만, 힘이 하나도 들어가지 않았다.

"죄송합니다."

아다치가 사과했다.

"제가 안 믿으려고 해서였죠? 그래서 그렇게까지 하시고. 게다가 그런, 그런…… 한심한 반응을 보이다니. 정말 죄송합니다."

같은 말을 되풀이했다. 거짓이 아니란 건 안다. 그가 착실하고 선량하다는 사실도 요 며칠 여러 일을 겪으며 깨달았다. 그렇지만 아다치의 얼굴은 여전히 창백했고, 셔츠 칼라가 땀에 젖어 있었다. 시선도 미묘하게 자꾸 피했다.

조금 전에 아다치가 질렀던 비명과 지었던 표정이 생각났다.

쓰러지는 나를 안아서 여기까지 옮겨줬다. 고마운 마음은 당연히 있다. 그런데도 힘들다. 슬프다. 보여주지 말걸, 하는 후회가 밀려왔다.

"……이제 믿기세요?"

마이카는 물었다. 좁은 시야가 눈물로 번졌다.

아다치는 한 번 분명하게 고개를 끄덕였다.

"그렇죠."

비굴한 말이 오열과 함께 새어 나왔다.

"이런 꼴을 보면 믿기 싫어도 믿게 되죠. 끔찍할 거예요."

"고타니 선생님."

"선생님."

"혐오스럽고. 비위 상하겠죠, 이런 얼굴. 아까 비위 상하셨죠? 실제로."

동정 어린 눈길로 게이가 쳐다봤다. 아다치는 고개를 떨궜다.

아이처럼 엉엉 울고 싶었다. 그렇게 생각한 순간이었다.

"고타니 선생님, 손 내려보실래요?"

아다치가 말했다.

"……네?"

예상치 못한 말에 눈물이 쏙 들어갔다. 아다치는 마이카를 똑바로 바라보며 말했다.

"수치스러워할 일 아닙니다. 그 마음이 고타니 선생님을 더 힘들게 하고 있어요. 감추지 말고, 평소처럼 계시면 돼요."

"입에 발린 말 그만하세요." 마이카는 단번에 뿌리쳤다. "아깐 그렇게 무서워하셨잖아요. 이 얼굴이 추하다고 생각하셨죠? 지금도 마찬가지고요."

"맞아요."

아다치가 깨끗하게 인정해서, 마이카는 그만 웃고 말았다.

"하하하……, 거봐요."

"근데 그렇게 생각할 '뿐'이에요. 제 감각의 문제죠. 고타니 선생님 얼굴이 절대적으로 별로라든가 그런 뜻이 아니고요."

"그것도 입에 발린 말이에요."

"입에 발린 말이 아니라 이론이에요. 감각 문제라면, 감각을 바꿔서 해결할 수 있어요."

아다치는 마이카에게 다가가 부드럽게, 힘줘 말했다.

"전 바꿀 겁니다. 바꿀 수 있어요. 고타니 선생님의 얼굴을 보고 좋아한 게 아니니까요."

갑작스러운 말에 마이카는 말문이 막혔다.

"그러니까 고타니 선생님도 바꾸세요. 이까짓 일로 자신을 부정하지 말았으면 좋겠어요."

"……안 될 것 같아요."

마이카는 대답했다.

"이까짓 일 아니에요. 큰일이죠. 이런 얼굴로 어떻게 살란 말이에요?"

"그런 건 마음먹기에 달렸어요. 자존감이라고 하나요? 그게 낮으면 아무리 미인이라도 성형을 반복하고, 아무리 말랐어도 과도한 다이어트를 계속한다고요."

"……."

"반대로 자존감이 높으면, 자신을 있는 그대로 받아들이고 긍정적으로 살아갈 수 있어요. 항상 웃을 수 있고요. 그러니까 웃으세요. 억지로 무리하는 것처럼 보일 때도 있지만, 전 고타니 선생님이 웃는 게 좋아요. 자, 웃어보세요."

아다치가 자랑스럽게 말했다.

조금 움직였던 마음이 한순간에 식으면서, 분노와 슬픔이 밀려왔다. 눈물이 차오르고 오열이 새어 나왔다. 큰 소리가 나오려는 순간이었다.

"선생님."

날카로운 목소리에 보건실이 쥐죽은 듯 조용해졌다. "왜 그래? 괜찮아?" 하고 마쓰유키가 묻자, 마이카는 서둘러 "괜찮아요, 죄송합니다" 하고 대답했다.

게이가 의자에서 일어나, 두 사람 사이에 섰다.

고개를 떨구고, 치켜든 어깨를 부들부들 떨고 있었다. 다 큰 어른들이 시답잖은 싸움이나 해서 화가 났을까. 아니면 한탄하고 있는 걸까. 곤혹스러워하는 사이에 분노가 식어갔다.

게이가 오른손을 움직였다. 마스크 끈에 손가락을 걸더니 익숙한 손놀림으로 벗었다.

흉터투성이로 일그러진 왼쪽 뺨이 드러났다.

마이카는 눈길을 돌리고 싶었지만 참았다. 이건 게이의 의지다. 이 아이는 스스로 흉터를 보여주고 있다. 아다치도 같은 생각을 했는지, 굳어진 표정으로 게이를 바라보고 있었다.

게이의 눈은 새빨갛게 충혈돼 있었다. 입술이 움직였다.

"……잘 모르겠지만, 저도, 가리는 건 아닌 거 같아요. 근데 전 가리고 있으니까, 그럼 벗어야겠다 싶어서요."

모기가 앵앵거리는 것 같은 작은 목소리로 말했다. 눈이 부신 듯 왼쪽 눈꺼풀이 경련을 일으켰다.

"그리고 아다치 선생님은 나쁜 사람 같지 않아요."

"……그래."

"그냥…… 좀 이해하지 못하는 것뿐이죠."

"그러네."

아다치가 영문을 모르겠다는 듯 고개를 갸웃거렸다.

마이카는 심호흡을 하고 나서 두 손을 가만히 내렸다. 북받치는 여러 감정을 억눌렀다. 눈은 하얀 이불에 고정한 채 들지 못했지만, 그래도 두 사람에게 얼굴을 드러냈다.

"……어쨌든, 고타니 선생님."

아다치가 말했다.

"주술이니 저주니 하는 건 솔직히 받아들이기 힘든 부분도 있어요. 그래도 선생님이 힘들어하고 계신 건 사실이니까, 뭐라도 해드리고 싶어요."

"고맙습니다."

마이카는 말했다. 이번엔 순순히 그의 말을 받아들일 수 있었다.

시선은 신경 쓰인다. 눈을 마주치기가 힘들다. 하지만 게이는 믿을 수 있다. 아다치도 믿어보자. 마이카는 손으로 얼굴을 가리고 싶은 충동을 억누르면서 생각했다.

아다치가 심기일전하자는 듯이 짝, 하고 손뼉을 쳤다.

"일단 구라하시하고 얘기를 해봐야겠네요. 전화로 해도 될 것 같긴 한데……."

맞다. 구라하시다. 그 아이를 만나려고 조금 전까지 이리저리 뛰어다녔다. 그런 생각을 하는데, 게이가 침대에 손을 짚으며 물었다.

"선생님, 진짜 구라하시가 범인이에요?"

"응."

"진짜 구라하시 맞아요?"

더 물고 늘어진다. 마이카는 화장실에서 있었던 일, 구라하시 노조미가 했던 말, 기억에 남아 있는 전부를 말해줬다. 말하는 것만으로도 기분이 침울해졌다.

단순명쾌한 진상이었다.

가장 바라지 않던 진상이었다.

반에서 가장 어둡고, 늘 혼자고, 외모도 빼어나다고 말하기 힘든, 이른바 최하층 여자아이가 최상위 그룹을 공격했다. 복수를 하기 위해 이리저리 조사하며 돌아다니던 탐정에게도 앙갚음을 했다. 질투와 보복. 그 아이가 화장실 문 너머임에도 개의치 않고 늘어놓은 갖가지 원망은 이런 진부한 말로 요약되고 만다.

"구라하시가 틀림없어."

마이카는 입을 다문 게이에게 말했다.

"여기 오는 동안 스테고돈 봤거든. 전부 살펴보진 않았는데, 범인만 쓸 수 있는 문장을 여럿 발견했어. 하무라 장례식에 참석했을 때는 그 애가 자살할 줄 몰라서 혼란스러웠대. 그리고 노지마 때는……."

말하는 동안 이불을 꽉 움켜쥐었다. 스테고돈의 긴 글에서 배어나온 구라하시 노조미의 감정이 마이카를 집어삼켰다. 그 아이의 비명 말고는 아무 소리도 들리지 않았다.

"가노는 집회 도중에 효과가 나타나서 운이 좋았다고 썼더라. 얼굴이 바싹 마르니까 몸까지 손상을 입어서 놀랐지만, 어쨌든 잘됐다고. 아침 일찍 일어나서 신발장에 쑤셔 넣은 보람이……."

"그게 이상하단 말이에요."

갑작스럽게 게이가 끼어드는 바람에 마이카는 정신이 들었다.

게이가 한 말의 의미가 뒤늦게 머리에 도달했다.

뭐가 이상하다는 거지. 어디가 어떻게 이상한 걸까. 물어보려는 찰나였다.

"왜냐면 그 봉투에는……."

*　*　*

2층 화장실에서 나오는데, 엄마가 있었다. 앞치마를 두르고 계단 중간쯤에서 나를 올려다봤다. 아르바이트를 마치고 들어온 모양인데, 무슨 용건일까. 저녁 먹으라고 부르러 왔을 리는 없다. 가족들과 한자리에 모여 식사를 하지 않은 지 꽤 오래됐다.

"무슨 일 있어?"

나보다 먼저 엄마가 물었다. 평소와 같은 표정으로 나를 쳐다봤다. 더러운 것을 볼 때처럼 경멸과 혐오가 어린 표정.

"왜?"

"뭐가 그렇게 좋아?"

"응?"

"콧노래. 유독 길던데."

엄마가 내 등 뒤를 힐끗 쳐다봤다. 거기 있는 건 화장실 문이다. 그제야 겨우 수긍이 갔다.

아무래도 내가 화장실에 있는 동안 콧노래를 흥얼거린 모양이다. 조금도 알아차리지 못했다. 가지고 들어간 스마트폰으로 스테고돈에 올린 글을 다시 읽고, 다음 계획을 짜면서 무심결에 흥얼거린 것 같다.

엄마는 내 손에 있는 스마트폰을 보더니, "누구랑 채팅이라도 했어?" 하고 다시 물었다.

"인터넷 봤어."

"흐음, 그래?"

"왜 그러는데?"

"어디 아픈 거 아니지? 그냥 기분 좋은 게 다야?"

평소엔 말수도 적고 무뚝뚝한 딸이 기분이 좋아서 불안한가.

어릴 적부터 노래하거나 춤출 때마다 "더 못생겨 보이네" 하면서 비난한 사람은 당신들이잖아. 나는 말수가 적은 게 아냐. 당신들이 내 입을 다물게 했다고. 근데 이번엔 콧노래 좀 부른 정도 가지고 환자 취급이야?

"말짱해."

속으로 온갖 욕을 퍼부으며 방으로 들어가려던 순간이었다.

"아, 잠깐만."

엄마가 나를 불러 세우더니 계단을 뛰어 올라왔다. 그러고는 앞치마 가슴 부분에 달린 커다란 주머니에 손을 찔러 넣었다. "정말 괜찮아? 이상한 종교 같은 데 빠진 거 아니지? 그거 있잖아, 그거. 스피, 뭐라고 하는 거."

영적 존재를 믿는 '스피리추얼*Spiritual*'을 말하고 싶은 모양인데, 왜 그런 걸 묻는 건지 전혀 짚이는 데가 없었다.

"무슨 헛소리야."

한마디 내뱉고 방문을 열려는데, 엄마가 말했다.

"이런 이상한 짓을 하는데 어쩌니 그럼."

주머니에서 뭔가를 꺼냈다.

심장이 쿵쿵거렸다.

"아무리 옛날부터 네 성격이 어두웠다지만, 이거 어제 아침에 1층 프린터 근처에서 주웠거든. 다들 뭔지 모른다고 하고 얘가 드디어 정신이 이상해졌나, 아니면 뭔가 위험한 사상에 물들기라도 했나 걱정이 되더라고. 혼자 멍청한 짓 하는 건 상관없지만, 우리 집 돈을 네 멋대로 쓰기라도 하면 민폐잖아. 게다가 이거 그냥 읽기만 했는데도 기분이 찝찝해서……."

목소리가 점점 멀어져간다. 시야가 점점 어두워지고 좁아져서 엄마가 내민 종이만 보였다.

본 적이 있는 종이였다. 내가 옆 동네에서 사 온, 아무 데서나 파는 편지지였다.

편지지에는 문장이 인쇄돼 있었다.

가노 마미의 얼굴이 빼빼 마르게 해주세요. 아프리카의 아사 직전 난민이나, 뼈와 거죽만 남은 미라나, 거식증에 걸린 모델 같은 얼굴로 변하게 해주세요. 머리카락도 두피가 보일 정도로 몽땅 빠지게 해주세요. 목도 똑같이 변하게 해주세요.

이 좁은 세상에서마저 살아갈 재주가 없는 이에게 남겨진 재주 죽어서 저주하리라 아름답다 추하다

제 7화

"당신, 개한테 최면 걸었지?"
"아뇨, 최면을 풀었죠. 외모에만 눈먼 자기 최면을요."
　　─바비 패럴리 & 피터 패럴리 감독, 〈내겐 너무 가벼운 그녀〉 중에서

"……사진만 들어 있었어요."

고타니 마이카에게 그렇게 말하면서, 게이는 당시를 떠올렸다.

가노 마미가 개봉한 봉투 안에는 얼룩진 마미의 얼굴 사진이 들어 있었다. 교실에서 몰래 찍은 것으로 추정되는, 입자가 성긴 사진 한 장뿐.

"어머나?"

마미가 얼빠진 소리를 냈다. 사진 뒤쪽과 봉투 안쪽을 다시 살펴봤지만, 편지지는 보이지 않았다. 멀어졌던 주위의 소리가 천천히 가까워졌다.

괜스레 분위기가 어색해져서 마미와 게이는 그대로 교실로 향했다. 서양식 봉투는 마미가 "일단 중요한 증거니까"라면서 가방에 넣긴 했지만, 어쩐지 김이 샌 표정이었다. 게이는 그저 당황할 수밖에 없었다.

그 때문에 둘 다 상태가 이상해지고 말았다. 마미는 나가스키 치아키의 책상 옆을 지나가다 실수로 필통을 건드려 떨어뜨렸다. 마미는 "미안, 미안" 하며 바로 주워 돌려줬지만, 치아키는 창백한 얼굴로 고개만 끄덕일 뿐이었다. 게이는 게이대로 가바시마 노조미와 부딪혀 넘어졌는데, "10대 0으로 내 책임이야. 대인 사고는 100퍼센트니까"라며 노조미가 먼저 싹싹 빌었다.

"오늘 우리 모두 실수 연발이긴 했지만, 어쨌든 무사히 넘어갔단 뜻이겠지?"

체육관으로 가는 길에 마미가 말하자, 게이는 고개를 끄덕였다. 단언할 수는 없지만, 분명 그렇다고 생각했다.

그랬는데 학년 집회 도중에 주술의 효과가 나타났다. 마미는 우리 눈앞에서 바싹 말라 졸도했다.

"무슨 소리야? 그럼 그때 가노가 한 말이······."

고타니가 미간을 찌푸렸다.

"구조, 스마트폰 갖고 있니? 나 좀 빌려줘."

"없······ 어요. 교칙이라."

"갖고 있지?"

게이는 불합리하다고 생각하면서도 그 서슬에 눌려 가방에서 스마트폰을 꺼냈다. 그리고 잠금을 해제해서 고타니에게 건넸다. 아다치는 일부러 먼 산을 보고 있었다.

"이거, 범인 계정이야."

고타니가 이불 위에 스마트폰을 내려놨다. 스테고돈 인터페이스가 표시돼 있었다. 고타니는 그제 올라온 글로 거슬러 올라가 읽기 시작했다. 게이도 아다치와 함께 액정 화면을 들여다봤다.

범인은 심야에 'K용'이라고 적힌 봉투 하나를 준비했다. K는 가노 마미의 이니셜이다. 고타니 앞으로 쓴 편지는 그 전날, 우편을 통해 학교로 보냈다. 사진은 몰래 찍어서 준비했다. 문장을 쓰고 퇴고해서 완성한 다음, 출력해서 사진과 함께 봉투에 넣었다.

편지지를 넣지 않았다고는 적혀 있지 않았고, 여태까지와 다른 방법으로 했다는 말도 없었다. 도리어 '완전히 익숙해졌다' '같은 순서를 밟다 보면 기분이 점점 좋아진다' 같은 기술까지 있었다.

"역시 이상하지 않아요?"

게이가 말했다.

SNS는 분명히 범인 손으로 썼으리라. 글 속에는 YF 즉, 『유어 프렌드』를 다시 읽거나 거기에 기술된 내용을 곱씹는 대목도 있었다. 고타니 말대로라면, 이걸 쓴 사람이 구라하시 노조미란 것도 확실할 것이다.

그런데 기술된 내용과 사실이 어긋나 있다. 차이가 존재한다.

아주 사소하지만, 결코 간과할 수 없는 차이가.

"이게 어떻게 된 거야……."

아다치가 중얼거렸다. 게이의 스마트폰을 들어 얼굴에 가까이 갖다 대며 말했다.

"또 미궁에 빠졌네. 방법은 분명 정해져 있는데, 다른 방법이 통했다? 잠깐만, 그럼 이 계정은 범인 게 아니란 뜻인가? 아니야, 그럼 구라하시가? 대체 뭐지?"

"진정하세요."

고타니는 말했다.

"어쨌든 구라하시의 말을 들어보는 게 최선이에요. 확실히 일이 좀 이상해지긴 했지만, 우리가 취해야 할 수단은 변함없어요."

혼란스러웠던 게이의 마음이 차분히 가라앉았다. 아다치도 얌전해졌다. 확실히 고타니 말이 맞다. 차이가 있는 건 사실이지만, 이런 차이를 눈앞에 두고 허둥대기만 해서는 아무것도 달라지지 않는다.

고타니의 얼굴은 빨간 반점으로 빼곡했다. 입가도 부어올라 있었다. 처참한 꼴이었다. 너무 심하게 변해 있었다.

하지만 그 표정만은 여태까지보다 명쾌했다. 각오, 분노,

슬픔, 불안. 여러 감정이 뒤섞인 복잡한 표정인데도 정직해 보였다. 가식적으로 웃던 때보다 더 친근하게 느껴졌다.

정신을 차린 아다치가 말했다.

"허둥대서 죄송합니다."

"아니에요. 안절부절못하고 있는 건 저도 마찬가지예요. 사실은 전혀 진정이 안 돼요."

내민 두 손이 희미하게 떨리고 있었다. 고타니는 주먹을 꽉 쥐었다.

"아다치 선생님, 저 좀 도와주실래요? 꼭 끝내고 싶어요."

"물론이죠."

아다치가 단숨에 대답했다. 그리고 고타니를 똑바로 쳐다 봤다.

* * *

방 안을 서성거리다 멈춰 서서, 침대에 놓인 스마트폰을 집 어 동영상 사이트에 접속했다. 적당한 힐링 음악을 재생한 다 음, 다시 서성거렸다. 눈곱만큼도 힐링되지 않을 뿐더러 짜증 만 더해져서 음악을 껐다. 한동안 소리 없이 시간을 보내봤지 만, 도저히 견딜 수가 없어서 또 다른 음악을 재생했다.

책상 위에는 편지지가 있었다. 분명히 서양식 봉투에 넣어 서, 가노 마미의 신발장에 쑤셔 넣었던 편지지가.

기억을 세차게 휘저어서 그제 한밤중에 있었던 일을 떠올렸다. 가노에게 건넬 주술 도구를 준비하던 때를, 죽을힘을 다해. 열심히.

우선 가노의 얼굴을 어떻게 변하게 할지 생각했다. 이미지를 잡고, 그걸 스마트폰에서 글로 옮겼다. 소원까지 덧붙여 쓴 다음에 인쇄했다. 그다음부터의 기억은 전부 미심쩍다.

혹시 편지지를 인쇄하고 프린터에서 꺼내는 걸 잊어버렸나. 사진에 피고름을 묻히고 봉투에 넣은 다음에 그대로 봉해버렸나. 그걸 가방에 넣고, 스테고돈에 기록할 겸 글을 올리고, 불을 끄고 침대에 들어가 잠들어서, 다음 날 아침 신발장에⋯⋯.

그럴 리 없다고 단정할 순 없다. 엄마 말과도 앞뒤가 맞는다.

어쨌든 가노 마미에게 건 주술에는 미비한 점이 있었다. 올바른 수순을 밟지 않았다. 그런데도 효과가 나타났다. 발동했다. 가노는 편지지에 쓴 대로 변했다.

무슨 일이 벌어지고 있는지 전혀 짐작이 가지 않았다.

멍청한 내 모습에 진저리가 났지만, 그 이상으로 섬뜩하게 느껴질 만큼 불안이 엄습했다.

너무 목마르다. 지금까지 느꼈던 환희와 우월감은 흔적도 없이 사라졌다.

맨 처음 든 생각은 '같은 시기에 『유어 프렌드』를 받은 사람이 또 있다'라는 것이었는데, 그 의심은 바로 지워버렸다. 그건 말이 안 된다. '한 권만'이라고 명시돼 있을뿐더러, 애들이 전부 내 바람대로 추해진 게 설명이 안 된다.

뭔가 다른 이유가 있다. 나한테 더 안 좋은, 인정하기 싫은 이유가 있다. 그런 예감이 드는 것을 멈출 수가 없었다.

서랍에서 『유어 프렌드』를 꺼내, 전체 페이지를 다시 읽었다. 타이틀, 크레디트, 히메사키 레미의 시점에서 쓴 머리말, 순서 ①부터 ④, 주의 ①부터 ④, 케케묵은 옛날식 일러스트. 마음에 걸리는 대목은 하나도 없었다. 이 주술을 구사할 수 있는 사람은 나뿐이고, 올바른 수순을 밟아야 비로소 효과가 나타난다. 아무리 하나하나 뜯어가며 읽어도, 그 점은 결코 변함이 없었다.

어떻게 된 걸까.

효과가 나타나기까지 시간 차가 있듯이, 순서에도 여지가 있어서 일부를 바꾸거나 생략할 수 있는 걸까. 절대 아니라고 단정할 순 없다. 나는 스마트폰 카메라나 인터넷 검색으로 '표적'의 디지털 화상 데이터를 입수했다. 그리고 스마트폰 메모장 앱으로 문자를 입력한 다음, 둘 다 와이파이로 연결된 잉크젯 프린터로 인쇄했다. 모두 히메사키 레미가 살던 시대에는 보급되지 않았거나, 존재조차 하지 않았던 것들이다. 나는 히메가 정한 것과 다른 수단으로 주술을 걸고 있다.

하지만 받아들이기 힘들다. 주술 거는 순서를 변경하거나 생략할 수 있다는 생각은 선뜻 이해가 가지 않는다. 주술은 순서 그 자체이기 때문이다. 민속이나 종교에 해박한 지식은 없지만, 원래 주술이란 기본적으로 그런 것이다. 『유어 프렌드』의 주술처럼 정말 효과가 있는 주술이든, 아니든 간에.

짚 인형 대신 진흙 공을 썼어요. 새벽 2시가 아니라 아침 9시에 했어요.

대못 말고 게 집게발로 했어요. 나무에 박지도 않았고요.

이런 저주는 성립하지 않으리라. 절대로 효과가 없을 것이다. 효과가 있을 리 없다. 그런데 실제로 가노 마미에게 그와 똑같은 일이 벌어졌다.

이건 뭘까. 무슨 일이 있는 거지. 무슨 뜻일까.

머리를 감싸 쥔 그때, 쿵쾅거리며 계단을 올라오는 발소리가 들렸다. 서둘러 『유어 프렌드』를 서랍에 숨기자마자, 누군가가 문을 세게 노크했다.

"전화!"

엄마의 언짢은 목소리가 들렸다.

"귀먹었어? 아님 무시하는 거야? 몇 번을 불렀는지 알아?"

나는 으르렁거리며 문을 열며 분노의 형상으로 소리치는 엄마를 매섭게 노려봤다. 졸았다거나 뭔가에 집중하고 있었다거나 하는 가능성은 생각조차 하지 않는 엄마에게 구역질이 났다.

엄마의 비난이 끝나자, 나는 물었다.

"그래서, 누군데?"

단순한 의문이었다. 나를 찾는 전화가 걸려온 적은 한 번도 없다. 그래서 엄마도 굳이 2층까지 부르러 온 것이다.

"아다치 선생님이란 분이야."

"무선 수화기는?"

"당연히 1층에 있지. 왜 너한테……."

나는 엄마 옆을 지나쳐 1층으로 뛰어 내려갔다.

거실 한쪽 구석에서 무선 수화기를 집어 들자, 등 뒤에 있는 식탁에서 시선이 느껴졌다. 할머니가 대놓고 귀를 쫑긋 세우고 있었다. 장소를 옮겨도 되지만, 괜한 의심을 받고 싶진 않았다. 나는 그 자리에서 수화기를 귀에 갖다 댔다.

"여보세요."

"아다치 선생님이야."

긴장한 목소리가 귀에 전해졌다.

"네."

"저기, 좀 이상한 얘기이긴 한데."

헛기침을 하더니 잠깐 뜸을 들였다.

"고타니 선생님에 관해서 뭐 아는 거 있니?"

아다치는 에둘러 물었다.

호오라, 하고 나는 속으로 무릎을 탁 쳤다. 아무래도 드디어 나에게 도달한 모양이다. 아다치가 『유어 프렌드』를 믿는다는 건 의외였지만. 무슨 심경의 변화라도 있었을까.

"그게 무슨 말씀이세요?"

무심코 유창하게 대답해 버렸다. 평소의, 지금까지의 나와는 다른 모습이다. 가슴을 진정시키며 귀를 기울였다.

"고타니 선생님이 조금 전에 화장실에서 어떤 학생한테 협박을 당했어. 그게 구라하시 너라는 얘기가 나와서. 같은 시간대에 화장실에 드나드는 걸 본 사람이 있어."

아오야마 말인가. 뚱뚱한 금붕어 같은 모습이 떠올랐다.

"전 잘 모르겠는데요."

수화기를 두 손으로 붙잡고, 나는 당당하게 시치미를 뗐다.

"그렇구나……"

아다치가 한숨을 쉬었다. 이내 "그럼, 그럼 말야" 하고 수습이라도 하는 것처럼 말했다.

"재발을 방지하고 싶은데, 뭐 좋은 방법 없을까?"

다시 에둘러서 물었다. 멍청하다고 생각했다. 그러면 내가 솔직하게 조건을 제시할 줄 알았나. 여기선 모른다고 일축하는 게 가장 올바른 대응이겠지. 아니면 '제가 어떻게 알아요?' 하면서 곤혹스러워하는 모습을 보여주거나.

엄마가 거실로 들어왔다. 할머니 맞은편에 앉아서, 수상한 사람이라도 보는 듯한 눈길로 나를 봤다.

두 사람의 시선을 흘려 넘기며 되물었다.

"고타니 선생님이 시키신 일인가요?"

아다치는 머뭇거린 끝에 말했다.

"아니, 나 혼자 내린 판단이야. 내가 알아서 학생부 보고 전화했어."

"고타니 선생님은 집에 가셨고요?"

"아니, 아직…… 아니야, 아까 가셨어. 응."

"그럼 말씀 좀 전해주세요."

호흡을 가다듬고 자세를 바로 한 다음, 단호하게 말했다.

"제안했던 거래, 기말고사 마지막 날까지 기다릴 테니까 그 때까지 연락 달라고요."

수화기 너머에서 희미하게 신음하는 소리가 들렸다. 문득 생각이 나서 덧붙였다.

"고타니 선생님도 예외는 아니라고 전해주세요."

나는 자신감을 되찾았다.

그래. 무슨 일이 일어나고 있든 상관없다. 아다치도, 어쩌면 고타니도 나를 두려워하고 있다. 내가 주술을 구사한다는 사 실을 무서워한다.

"……저, 저기, 구라하시."

아다치는 여러 번 헛기침을 반복했다.

"내가 개인적으로 부탁할게. 선생이고 학생이고를 떠나서, 그런 폭력은 그만 휘둘렀으면 좋겠어. 주변 사람들을 다치게 하지 마."

목소리를 낮춰서 절실한 어조로 말했다. 이건 애원이다. 눈 치를 보고 있다. 나는 확신했다. 동시에 지금까지의 나 자신에 게 어이없음마저 느꼈다.

사실 숨길 필요 따윈 없었다.

몰래 일을 진행하는 건 재밌었지만, 그게 다였다. 발각돼도 아무 문제 없었던 것이다. 누구도 나를 막을 수 없다. 선생님도, 경찰도 불가능하다. 오히려 밝혀서 좋은 점도 있다. 지금처럼 어른이 나에게 머리를 조아리고, 열심히 비위를 맞춰주는 꼴을 직접 볼 수 있으니까.

"그건 제가 결정할게요."

고양되는 기분을 느끼며, 나는 평정을 가장하고 말했다.

아다치는 다시 신음하더니 이내 대답했다.

"그래, 꼭 좀 부탁한다."

그렇게 정중하게 말했다. 나는 속으로 쾌재를 불렀다.

이제 끊겠지. 뭐라고 인사할까 생각하는데, "아, 하나만 더" 하고 아다치가 말했다.

"왜 그러시죠?"

이런저런 소리와 속삭이는 목소리가 들렸다. 아다치가 수화기 너머에서 누군가와 상의하는 듯했다. 고타니인가. 어른 둘이 합심해서 나와 협상을 벌이는 건가.

"마음에 걸리는 게 있어."

"뭔데요?"

"집회가 있던 날, 네가 나가스기 책상에 하무라 스마트폰을 넣어놨니?"

아니라고 대답하려는 순간, 생각이 멈췄다.

오싹오싹 한기가 퍼졌다. 혀가 한순간에 바싹 말랐다.

사라진 줄 알았던 불안이 다시 번졌다.

"원래 행방이 묘연했던 모양인데, 나가스기가 발견해서 가바시마랑 그걸 어떻게 할지 의논했대. 그래서 가바시마가 고타니 선생님한테 가져왔어."

이번에 찾아온 불안은 더 짙었다. 어두운 밤처럼 시야가 깜깜해졌다.

머릿속으로 하무라의 스마트폰을 떠올렸다.

변모한 그 아이를 내버려 두고, 나는 교실을 빠져나왔다. 봉투는 회수했지만, 그게 전부였다. 아무것도 가지고 나오지 않았다. 그래서 스마트폰이 어떻게 됐는지 모른다. 내가 아니다.

하지만 그렇게 대답할 순 없었다.

내가 모르는 곳에서 어떤 일이 벌어지고 있다고, 그렇게 인정할 순 없었다.

아다치는 신중하게 단어를 골라서 말했다.

"관계가 없을 것 같진 않아. 하지만 네가 스테고돈에 올린 글에는 하무라 스마트폰을 언급한 내용이 전혀 없더라? 그래서 직접 확인해 봐야겠다 싶었어. 가노한테 준 봉투도 그렇고."

나는 입을 틀어막았다. 안 그러면 소리를 지를 것만 같았다.

아다치와 고타니는 봉투가 미비했단 사실을 파악하고 있었다.

게다가 사실과 스테고돈 글 사이에서 차이점까지 찾아내 나한테 질문하고 있다. 이건 눈치를 보는 게 아니다. 애원하는 게 아니다. 도발이다. 나를 흔들고 있다.

"……상상에 맡길게요."

나는 그렇게만 대답했다.

"그래? 알았어. 아, 그리고."

"또 뭐가 있나요?"

묻고 나서 바로 후회했다. 이야기를 끝내고 싶다, 더 이상 말하고 싶지 않다고 말하는 것이나 마찬가지니까.

"아니야, 됐어. 그럼, 꼭 좀 부탁하마."

아다치가 다시 정중하게 말했지만, 이번에는 조롱으로밖에 들리지 않았다.

떨리는 손으로 수화기를 내려놓자, "네가 그렇게 말을 잘했니?" 하고 할머니가 부자연스러울 정도로 감탄했다.

"콜센터에서 텔레마케팅을 할 수 있겠네."

엄마가 말했다. 그 말은 눈곱만큼도 칭찬이 아니었다. 얼굴을 내놓지 않는 일을 하라고 권한 것이다. 못생긴 얼굴을 세상 사람들한테 드러내지 않아도 되는 일을.

내가 쏘아보자 두 사람은 "우와, 소름 끼쳐" 하고 입을 모았다.

기말고사가 시작됐다. 평소와 같은 시간에 등교해서 오전 내내 시험을 보고, 하교해서 정오가 지날 즈음 집에 도착했다. 고타니는 커다란 마스크를 착용했지만, 선글라스는 벗고 있었다. 눈 주위에 퍼져서 불룩 튀어나온 빨간 반점은 화장으로도 완전히 가려지지 않았다. 학생들은 호기심 어린 눈으로 쳐다봤다. "피부병" "성형 실패"라며 험담하는 남자아이들도 있었다. "주술 아냐?" 하고 수상쩍어하는 학생도 여럿 있었다. 가노 마미는 아직 퇴원하기 힘든 모양이었다.

고타니는 나한테 아무 말도 하지 않았다. 아다치도 마찬가지였다. 내가 제안한 거래에 맞춰서 산 제물을 고르는 중일지도 모른다. 아니면 설득할 방법을 궁리하고 있을 수도 있다. 어쨌든 분명히 나를 두려워하고 있다. 틀림없다. 그럴 수밖에 없다.

그런 말로 수십 번 스스로를 달랬지만, 사라져버린 환희와 우월감은 돌아오지 않았다. 가슴속에는 불안과 초조. 머릿속에는 불길한 추측만 회오리칠 뿐이었다.

기말고사 마지막 날까지 기다리겠다. 내가 한 제안인데도, 반죽음을 당하는 기분이었다. 이러는 동안에도 뭔가 움직이진 않을까. 내가 모르는 일이 진행되진 않을까.

나는 잠을 이루지 못했다. 원래 늦게까지 깨어 있는 편이었지만, 그래도 베개에 머리를 대면 한순간에 잠들었다. 『유어 프렌드』의 주술을 구사하게 된 후로는 숙면했다. 그랬는데 이번에는 한숨도 못 잤다. 그렇다고 공부 시간이 확보된 건 아니라서, 문제집을 펼치고 노트를 봐도 한 글자도 머리에 들어오지 않았다.

나는 『유어 프렌드』를 가방에 숨기고 등교했다.

존재할 리 없는 물건이 곁에 있고, 누구도 갖지 못할 힘을 행사할 수 있다. 그 증거를 가지고 있다. 적어도 지금은 내 것이다. 나만의 것이다. 그렇게 의식하면 아주 조금 마음이 차분해졌다.

기말고사가 끝나기 하루 전날. 종례를 마치고 교실에서 나와 집으로 향했다. 당장에라도 비가 쏟아질 것처럼 날씨가 흐렸다. 교문을 빠져나가 늘 걷던 길을 걸어 드러그스토어 앞을 지나려는데, 등 뒤에서 누군가가 불러 세웠다.

"구라하시."

구조 게이였다. 헉헉거리는 가쁜 숨소리가 마스크 가장자리에서 새어 나왔다. 나는 얼굴만 돌려서, 그 아이가 어떻게 나올지 기다렸다.

호흡이 가라앉기도 전에, 구조는 말했다.

"가노가 봉투 열었을 때, 나도 바로 옆에 있었어. 안에 든 것도 봤고."

나는 반응하지 않으려 애썼다.

"하무라 스마트폰 얘기도 선생님한테 들었어. 스테고돈도 다 읽었고."

증오가 가슴 밑바닥에서 치밀어 올랐다.

"선생님들도 솔직히 혼란스러워서. 너를 범인으로 봐도 될지. 나도 잘 모르겠어."

"그래서?"

나는 그렇게만 묻고, 구조를 노려봤다.

구조는 주위를 둘러봤다. 지나다니는 사람은 거의 없었다.

드러그스토어 대형 주차장에는 차가 한 대뿐. 재떨이 앞에서 작은 노인이 담배를 피우고 있었다.

"우리 얘기 좀 하자."

"뭐?"

"네가 어떤 사람인지 전혀 모르니까. 범인이고 아니고를 떠나서 우선 그걸 알고 싶어."

청춘 놀이라도 하자는 건가. 비웃어주고 싶은 마음은 한순간뿐이었다.

구조의 눈은 진지했다. 어떤 것에 도취된 것처럼도, 뭔가 다른 의도가 있는 것처럼도 보이지 않았다.

문득 생각이 떠올라, 나는 말했다.

"내가 범인 맞아."

가방에서 『유어 프렌드』를 꺼내 치켜들어 보여줬다. 구조가 눈이 휘둥그레져서 움찔거렸다.

"읽어볼래? 주술 거는 방법이 실려 있어."

책장을 팔락 펼쳐서 내밀자, 그 아이는 쭈뼛쭈뼛 얼굴을 갖다 댔다. 눈동자가 엄청난 속도로 움직였다. 문장을 읽고 있는 것이다.

잠시 후, 그 아이가 툭 말했다.

"……예쁘게도, 되는구나."

"응."

"이걸 읽어도 난 사용할 수 없겠구나. 설사 히메사키한테 직접 받았다 해도, 스스로에겐 효과가 없고."

"맞아."

나는 터져 나오려는 웃음을 참으며 『유어 프렌드』를 덮었다. 그리고 가방에 넣으며 생각했다.

구조는 내가 예상했던 대목에 걸려들었다. 이제 나를 보는 눈이 완전히 달라졌겠지. 교실을 덮친 괴이한 사건의 용의자에서, 자기 인생을 바꿔줄 구원자로.

내가 범인이야. 『유어 프렌드』를 물려받은 사람이라고. 그래서 네 얼굴을 얼마든지 바꿀 수 있어. 구원해 주길 바라지? 얼굴을 고쳐줬으면 좋겠지? 매달리면 조금은 생각해 볼 수도 있어.

"그럼."

구조가 나를 똑바로 응시하며 고개를 들었다.

"넌, 이걸 읽었을 때 어떤 생각이 들었어?"

그러고는 물었다.

전혀 예상치 못했던 말에 허가 찔려 말문이 막혔다. 구조는 "아, 미안해. 질문이 좀 이상했지?" 하더니 횡설수설 말했다.

"난 추하다고 생각했어. 이걸 감수한 히메사키란 사람은 추하고, 저질이라고."

"추해……?"

"응." 구조는 고개를 끄덕였다. "솔직히 남의 얼굴을 못생기게 만들고 싶어? 『유어 프렌드』를 읽기 전부터 그런 소원이 있었어?"

기우뚱하고 지면이 흔들리는 듯한 느낌이 들었다.

"난 아니야. 소원은…… 내가 평범해지는 것뿐이야. 넌 안 그래?"

나도 모르게 뒷걸음질했다. 멈출 수가 없었다.

"'그 소원은 이뤄지지 않습니다. 안타깝네요. 대신 남의 얼굴을 주물러볼까요?' 이게 히메사키의 수법이잖아. 뭐랄까, 유도하는 것 같아. 그런 생각을 심어주고 있어."

아니다. 나는 주변 사람들이 미웠다. 모두 나만큼 추하게 만들어주고 싶었다. 옛날부터 그게 전부였다.

"스테고돈 읽었다며? 난 처음부터 이랬어. 『유어 프렌드』를 받기 전부터."

그래. 스스로의 말에 수긍이 갔다. 나는 유도당하지 않았다. 주입당하지 않았다. 이건 내 의지다. 이제껏 내 의지대로 살아왔다.

"난 원하던 걸 가졌어."

구조가 슬픈 표정으로 고개를 저었다.

"네 모든 글이 힘들어 보였어. 전혀 이 상황을 즐기는 것 같지 않았다고. 스테고돈 같은 SNS는 중독성이 강하다고 하니까, 그래서 더 그런 글을 올렸을 거야……"

"시끄러워!"

가방으로 구조의 머리를 내려쳤다. 구조가 재빨리 팔로 막았다. 다시 눈이 마주친 순간, 나는 뒤돌아서 뛰기 시작했다.

등 뒤에서 부르는 소리가 들렸지만 무시하고 계속 달렸다.

가슴속은 구조를 향한 미움으로 가득했다.

기껏 봐줬더니 쓸데없는 질문이나 하고. 다 안다는 듯이 지껄이고. 제멋대로 동정하고 공감하고.

"너는 아무도 저주하지 마. 너 자신도 포함해서."

화장실 문 너머로 들렸던 고타니의 목소리까지 생각났다.

닥쳐, 닥쳐, 닥쳐.

네 말대로라면, 나는 그냥 놀아나고 있는 거잖아. 스테고돈에, 『유어 프렌드』에, 나 스스로에게. 그런 멍청한 소릴 믿으라고?

나는 주위 사람들을 추하게 만들고 싶어. 끌어내리고 싶다고. 진심으로 그렇게 생각해. 그래서 『유어 프렌드』가 나를 택한 거야. 나랑 히메사키 레미는 똑같아. 친구야.

문득 머릿속에 영상 하나가 떠올랐다.

하무라에게 건 주술이 효과를 나타낸 날의 풍경이었다. 학교에서 돌아온 나는 계단을 뛰어 올라 방으로 들어갔다. 그리고 의자에 앉았다.

밑져야 본전이라고 생각했다.

그래도 한 가닥 희망을 걸고, 봉투를 꺼내……

그날의 기억을 떨쳐내고, 나는 멈춰 섰다.

심장이 찢어질 것 같았다. 근처에 있는 전봇대에 손을 짚었다. 호흡은 좀처럼 안정되지 않았다. 콧물도, 눈물도 멈출 기미가 없었다. 그제야 비로소, 내가 울고 있다는 사실을 알았다.

캬하하, 하고 조롱하는 듯한 웃음소리가 바로 옆을 스쳐 지나갔다. 옆 동네 사립 고등학교 교복을 입은 여자아이 둘이 즐거운 표정으로 걸어갔다.

나를 보며 웃는 거란 생각밖에 들지 않았다.

『유어 프렌드』를 갖기 전과 똑같이 비참한 기분에 짓눌릴 것만 같았다.

아침까지 한숨도 못 잤다.

밥을 먹은 기억도, 씻은 기억도 없다. 그냥 방에 틀어박혀서 작업에 몰두했다. 2반 여학생 전원의 봉투를 준비한 것이다. 물론 고타니도 빼놓지 않았다.

펼치고 싶지 않은 초등학교, 중학교 졸업 앨범에서 몇 명의 사진을 골라내고, 다른 사진들은 인터넷에서 열심히 검색해서 모았다. 누구 얼굴을 어떻게 변하게 할지 생각해서, 문장을 쓰는 데도 주의를 기울였다. 이미지를 충실하게 말로 옮기면서도 '장난기'와 '여지'는 남겨뒀다.

이제 고타니가 누굴 선택해도 바로 대응할 수 있다. 아무도 선택하지 않더라도 대응할 수 있다.

그 과정을 스테고돈에 자세히 쓸까 했지만 관뒀다. 대신 동틀 무렵에 이런 짧은 글을 올렸다.

─약속한 날. 반 아이들 거 전부 준비해 뒀음. 시험 끝나고 연락 바람.

고타니는 누구를 산 제물로 바칠까. 아니면 시답잖게 설득을 시도하려나. 어제 구조처럼 다 이해한다는 듯한 얼굴로.

교복으로 갈아입고 계단을 내려가려는데, 잠옷을 입은 엄마와 눈이 마주쳤다.

"좋은 아침."

1층에서 나를 올려다보고 있었다. 나는 작은 목소리로 "좋은 아침" 하고 대답했다.

"기말고사, 오늘이 마지막 날이니?"

"응."

"그렇구나." 엄마는 나에게서 눈을 떼지 않았다. 나는 "왜?" 하고 물었다. 엄마는 잠시 망설인 끝에 입을 열었다.

"걱정이야."

그리고 곧 단도직입적으로 말했다.

"뭔가에 단단히 빠져 있는 것 같아서."

알고 있나. 얼굴에 드러나는 건가. 그 말을 듣자마자 다리가 얼어붙었다. 계단이 엄청나게 급경사로 느껴져서 저절로 벽에 손을 짚고 말았다. 진정해. 의식해서 심호흡을 했다. 머리에 산소가 돌자, 차츰 실소와 분노가 가슴 속에 번졌다.

"……이제 와서?"

나는 그 한마디만 했다. 말을 내뱉는 동시에 감정이 머리를 지배했다.

"처음 알았어? 여태까진 평범하다고 생각했나 보네?"

엄마는 우스꽝스러울 정도로 당황했다. 나는 그만 "푸핫" 하고 웃어버렸다.

단숨에 계단을 뛰어 내려갔다. 기묘한 소리를 지르는 엄마를 피해 현관으로 가서, 난폭하게 신발을 신었다. 그대로 문을 열고 힘껏 닫았다. 등 뒤에서 쾅, 하고 세차게 울리는 소리를 들으며 빠른 걸음으로 학교에 갔다.

어렸을 때, 정말 어렸을 때 엄마랑 놀았던 기억이 차례차례 떠올라 세차게 떨쳐냈다. 그 대신 앞으로의 일을 생각했다.

걷는 동안 학생들 모습이 드문드문 시야에 들어오기 시작했다. 학교와 가까워지자 2반 학생들도 보였다. 어슬렁어슬렁 걷는 우사미 네네와 미노 하루카, 살이 약간 빠진 오하라 사쓰키. 나는 누구를 어떻게 추하게 만들 예정인지 곱씹었다.

교문을 통과했다. 신발장에서 실내화로 갈아 신는데, "안녕" 하고 가바시마 노조미가 인사했다.

"……안녕."

"밤새웠지? 나도 마찬가지야."

가바시마는 벌건 얼굴을 비비며 신발을 갈아 신었다. 나는 일부러 굼뜨게 움직이며 길을 비켜준 다음, 그 아이가 계단 쪽으로 사라지고 나서야 발걸음을 옮겼다. 습관 아니, 습성이었다. 누군가와 나란히 교실에 들어갈 마음은 도저히 들지 않았다.

교실에 들어가 기말고사 지정석에 앉았다. 내 자리는 맨 뒤였다.

구조 게이가 내 오른쪽 옆을 지나 앞자리에 앉았다. 나를 쳐다봤지만, 뒤질세라 노려봤더니 금방 눈을 피하고 어깨를 축 늘어뜨렸다. 우에노 아이와 시노미야 마유는 교실 한구석에서 수다를 떨고 있었다.

8시 25분이 지났다. 책상은 대부분 학생들로 채워져 있었다. 다나미가 왔다. 유다도 왔다. 나가스기가 29분에 가까스로 교실 뒷문을 통과하자, 바로 뒤이어 시험 감독인 아다치가 들어왔다. 아다치는 나를 한 번 힐끗 쳐다봤지만, 별말은 하지 않았다.

1교시 시험은 세계사였다. 답안지를 채우며, 나는 주술을 생각했다. 가방 속에 든 『유어 프렌드』를 떠올리고는, 고타니가 어떤 대답을 내놓을지 상상했다. 그러다 문득 어떤 사실을 깨닫고, 심장이 쿵쾅거리기 시작했다.

고타니와 아다치, 구조는 내가 범인이라고 주위에 알리지 않았다. 선생님들은 대부분 귓등으로도 안 듣겠지만, 떠들고 돌아다녔다면 학생들은 선동됐으리라. 나는 정의라는 이름으로 규탄당하고, 심판이라는 이름으로 끔찍한 꼴을 당했을 것이다. 남학생들한테는 얻어맞아도 이상하지 않았다.

거래 상대가 성실해서 다행이다. 그러니 나도 성실하게 행동해 보자. 고타니를 살짝만 원래대로 회복시켜 줄까. 가노는 어쩌지. 퇴원 가능한 정도로는 낫게 해줄까. 노지마는…….

뺨에 따끔한 통증이 훑고 지나갔다.

그렇게 생각했을 때는 이미 몸 전체가 뜨거워져 있었다. 꿀렁꿀렁 피부와 근육이 꿈실거렸다. 안에서 뭔가 튀어나올 것 같은 통증과 견디기 힘든 불쾌감.

"……!"

겨우 비명을 참고, 두 손으로 얼굴을 가렸다. 주위 애들은 아직 못 봤다. 아다치는 교실 귀퉁이에 우두커니 서 있었다. 아프다. 숨이 막힌다. 목, 눈꺼풀 안쪽, 콧구멍 안쪽까지 열기를 띠며 꿈실거린다. 무슨 일이 일어나고 있는지 모르겠다.

아니야, 설마.

생각이 미친 순간, 이번에는 냉수를 뒤집어쓴 듯한 한기가 엄습했다. 이변이 일어나는 부위는 목에서부터 위쪽뿐이다. 이상하다. 그럴 리가 없는데. 절대 있을 수 없는 일이다. 기술된 내용과 모순된다.

가노 때보다 더 크고, 결정적인 모순이 생겼다.

주의② 이 주술은 이 잡지를 저, 히메사키 레미에게 받은 당신에게는 전혀 효과가 없습니다.

그럼 그 뜻은. 즉, 이게 의미하는 건.

"안 돼!"

소리치는 동시에 일어났다. 책상과 의자가 꽈당, 하고 바닥에 넘어졌다. 얼굴을 가린 채로 교실에서 뛰쳐나와 복도를 달렸다. 등 뒤에서 아다치 목소리가 들렸지만, 신경 쓸 겨를이 없었다.

여자 화장실로 뛰어 들어가 넘어질 듯 휘청거리며 가장 가까이 있는 거울을 들여다봤다.

처음 보는 얼굴이 있었다.

여드름도, 거친 살갗도, 염증도 없이 피부가 뽀얀 소녀가 거울 속에서 나를 응시하고 있었다.

찌부러져 납작했던 코는 적당한 높이로 가느다랗게 세워져 있었고, 눈도 크고 동그랬다.

입도, 이마도, 뺨도, 목도 완전히 딴사람이었다.

예뻐진 내 얼굴이 거울에 비쳐 있었다.

"뭐야, 이거······."

다리에 힘이 들어가지 않았다. 세면대에 손을 짚는데, 뒤에서 바스락하는 소리가 났다.

바로 뒤, 타일 바닥에 봉투가 떨어져 있었다. 아무 데서나 팔 법한 하얀 봉투. 위쪽에는 셀로판테이프가 여러 장 붙어 있었다.

등 아니, 칼라 뒤쪽에 몰래 붙여놨던 것 같다. 초등학교, 중학교 때 여러 번 당한 적이 있어서 수법은 바로 알아챘다. 손끝으로 집어 올려, 안에 뭐가 들었는지 살폈다.

내 사진이 들어 있었다.

쉬는 시간에 교실에서 몰래 찍은 것으로 추정되는 사진. 나는 책상에 턱을 괴고 멍하니 앉아 있었다. 사진 표면은 갈색으로 더럽혀져 있었다.

나머지 한 장은 편지지였다. 떨리는 손으로 펼치자, 삐뚤삐

뚤한 글씨로 이렇게 적혀 있었다.

　구라하시 노조미가 미인이 되게 해주세요. 두 번 다시 이런 짓을 하지 않도록 아름다운 얼굴로 변하게 해주세요. 이제껏 속여서 미안, 정말 미안해.
　이 좁은 세상에서마저 살아갈 재주가 없는 이에게 남겨진 재주
죽어서 저주하리라 아름답다 추하다

　앞뒤가 맞았다.
　가노의 봉투. 하무라의 스마트폰. 지금 내 얼굴. 그리고 지금 읽고 있는 이 문장. 모두가 하나의 사실을 가리키고 있었다. 의문은 얼마든지 제기할 수 있지만, 그럼에도 뒤엎을 수 없는 사실.
　나는 범인이 아니었다.
　진짜 범인에게 놀아났을 뿐이다.
　거울 속의 나는 울고 있었다. 눈과 코가 새빨개져서 입술을 일그러뜨리며 흐느껴 울었다. 일그러진 표정인데도 예뻤다. 누가 봐도 미인이었다. 그런데도 기분이 좋지 않았다. 하나도 안 기뻤다.
　싫어. 안 돼. 이상해. 이건 아니야.
　"아아아아악!"
　나는 절규하며 거울 속 얼굴을 후려쳤다.

***

마이카는 여자 화장실 문을 밀어젖혔다. 문에서 가장 가까운 거울이 깨져서 세면대에 흩어져 있고, 그 앞에는 여학생이 엎드린 자세로 쓰러져 있었다.

얼굴 주위에 피가 번져 웅덩이를 이루었다. 봉투와 편지지, 사진이 조금 떨어진 곳에 놓여 있었다.

"구라하시!"

밖을 향해 "구급차 좀 불러주세요!" 하고 소리치자, "네! 마쓰유키 선생님도 모셔올게요!" 하는 아다치의 목소리가 들렸다. 이내 발소리가 멀어졌다.

마이카는 엎어져 있는 구라하시 노조미 옆에 웅크리고 앉았다. 출혈이 상당했다. 머리를 다친 걸까. 만져도 될지 망설여졌지만, 우선 지혈을 해야 했다. 마이카는 노조미의 몸을 껴안아, 오른팔에서 느껴지는 통증에 신음하며 앞으로 뒤집었다.

"어⋯⋯?"

마이카의 입에서 그런 말이 새어 나왔다. 딴사람이라고밖에 생각할 수 없을 정도로 반듯한 이목구비에 넋을 잃을 뻔했지만, 목에 난 상처를 보고 정신을 차렸다.

목 한가운데 뻐끔하게 벌어진 상처에서 피가 흘러나왔다. 손에 쥐어진 피범벅 된 유리 조각은 나이프처럼 날카로워 보였다.

마이카는 망설일 틈도 없이 손수건을 꺼내, 상처를 강하게 눌렀다. 미끈미끈하고 뜨거운 피의 감각을 손바닥으로 느끼면서, 다시 한번 노조미를 관찰했다. 그러다 윤기 없는 뻣뻣한 머리칼에 시선이 멈췄다. 하얀 입자 같은 것이 뒤엉켜 있었다. 수많은 비듬이었다.

역시 이 여자아이는 구라하시 노조미다.

마이카는 믿기지 않는 심정으로, 사색이 된 그 얼굴을 응시했다.

노조미가 쿨럭쿨럭 심하게 기침을 했다. 피가 섞인 침이 마이카의 뺨에 튀었다. 혐오감은 전혀 느껴지지 않았다. 느낄 여유가 없었다. 머릿속이 극심하게 혼란스러웠다.

살며시 눈을 뜬 노조미가 마이카를 올려다봤다. 형광등 불빛이 커다래진 동공을 비췄다.

"구라하시?"

마이카는 자기도 모르게 물었다.

노조미의 고개가 한 번 분명하게 올라갔다 내려왔다. 입술이 떨렸다.

입가에 귀를 갖다 대자 가느다란 숨소리가 들렸다.

"주……."

노조미는 겨우 알아들을 수 있는 목소리로 말했다.

"죽게 해줘."

"안 돼!"

마이카가 크게 소리쳤지만, 노조미는 아무 대답이 없었다.

멀리서부터 쿵쿵거리는 발소리가 가까워지는 동안, 마이카는 가슴에 품은 여학생 이름을 부르고 또 불렀다.

제 8 화

beholder …… 보는 사람. 관객. 구경꾼

예문) Beauty is in the eye of the beholder.

아름다움은 보는 사람 눈 안에 있다. 〈의역〉 아름다움은 보는 사람 눈에 달려 있다. 제 눈에 안경이다.

―『비즈니스 기술실용영어대사전 V6』 중에서

월요일, 저녁 8시.

집을 나설 때 쏟아지던 비는 버스에서 내릴 즈음에는 이미 그쳐 있었다. 국도변의 젖은 인도가 헤드라이트 불빛을 받아 빛났다. 구라하시 노조미의 쓰야가 마련된 곳은 하무라 사라사 때와 똑같은 세리머니 홀이었다.

선글라스를 벗고 가장 좁은 장례식장으로 들어갔다. 조문객은 적었고, 학생은 한 명도 없었다. 학년 주임인 후카가 와에게 묵례를 하고, 마이카는 분향하는 줄에 섰다.

소박한 제단 한가운데에 노조미의 얼굴 사진이 걸려 있었다. 중학교 졸업 앨범에 실린 사진을 확대한 듯했다. 뺨도, 이마도 보정을 해서 여드름과 마맛자국이 지워져 있었다. 질감이 없는 밋밋한 얼굴을 한 그 아이는 어두운 눈으로 조문객들을 노려보고 있었다.

구라하시 노조미는 병원으로 옮겨졌지만, 한 시간 후에 사망했다. 수혈과 수술 모두 신속하고 정확했는데, 신기할 정도로 금세 심폐 기능이 정지했다고 한다.

그 아이의 책가방에서는 열다섯 통의 봉투와 함께, 표지에 '유어 프렌드 YourFriend'라는 제목이 찍힌 낡은 잡지가 발견됐다. 마이카는 망설인 끝에 아다치와 상의해서 봉투와 『유어 프렌드』를 가지고 있기로 했다. 여자 화장실에서 주운, 노조미를 표적으로 한 주술 도구 한 벌과 함께.

분향이 끝나자, 마이카는 잠시 고민하다가 분향대로 사용하는 긴 테이블을 돌아 관이 있는 곳으로 다가갔다. 노조미의 부모에게 양해를 구하고 나서, 관에 달린 창을 가만히 열었다.

흙빛을 띤 인형 같은 얼굴이 네모난 창으로 보였다. 목은 흰 꽃으로 가려져 있었다. 살짝 열린 입술 사이로 새하얀 앞니가 엿보였다. 매끈매끈한 뺨과 이마. 예전의 노조미와는 달랐다. 달라도 너무 달랐다.

노조미의 부모는 복잡한 표정으로 의자에 몸을 기대고 있었다. 마이카가 인사해도 답례만 할 뿐, 다른 반응은 보이지 않았다. 할머니는 계속 고개를 갸우뚱거렸다.

식장을 뒤로하려는 찰나, 흐느껴 우는 소리가 들렸다. 교복을 입고 커다란 마스크를 한 여학생이 분향하며 눈물을 흘리고 있었다. 구조 게이였다. 유족에게 묵례를 하고 걸어 나오던 게이는 마이카를 알아보고 오열했다.

"선생님……."

마이카는 가만히 게이의 어깨를 토닥였다. 식장 한구석에서 울음을 그칠 줄 모르는 게이와 아무 말 없이 함께 있었다.

어느 정도 진정된 게이를 데리고 식장을 나서려던 순간이었다.

"고타니 선생님."

누군가가 속삭이는 목소리로 불렀다. 아다치가 굳어진 얼굴로 서 있었다.

"조금 이따 나가시는 게 좋겠어요. 선생님도, 구조 너도."

아다치가 목소리를 더 낮춰 말했다. 마이카는 눈만 움직여 그 이유를 물었다.

"카메라를 든 사람들 몇 명이 와 있어서요. 보도하러 왔나 봐요."

"왜요?"

묻다가 바로 깨달았다. 같은 반에서 고작 한 달이 조금 넘는 짧은 기간에 여학생이 셋이나 죽었다. 그중에 둘은 자살. 거기다 원인을 알 수 없는 상처를 입은 사람이 하나, 입원한 사람이 하나.

"이미 인터넷에 기사가 올라왔더라고요. 억측으로 조회 수나 올리려는 저속한 기사뿐이지만, 반론할 방법이 없어요. 공격의 화살이랄까, 호기심 어린 눈길이 학교로 쏠리는 것도 이제 시간문제겠죠. 담임한테든, 동급생한테든."

마이카는 앞으로 자신에게 쏠릴 시선을 생각해 봤다. 마스크를 벗으라고 압력을 받는 모습도 상상해 버렸다. 생각만 해도 속이 울렁거렸다. 가벼운 현기증마저 느껴졌다.

1층 안쪽에 있는 흡연실이 비어 있어서, 마이카와 두 사람은 일단 그곳으로 몸을 피하기로 했다.

흡연실 벽에 붙은 포스터에는 전부 식장 앞에 있는 간판처럼 화려한 미녀 모델이 인쇄돼 있었다. 가장자리에 작은 글자로 '모모카'라는 이름이 적혀 있었다.

잠시 침묵이 이어진 후, 한 손에 캔 커피를 든 아다치가 말했다.

"그럼 진범은 따로 있다는 뜻이네요? 맨 처음에 『유어 프렌드』를 받은 학생이요."

노조미가 세상을 떠난 후로 아다치와 제대로 사건 이야기를 하는 건 처음이었다.

"네."

"진범은 『유어 프렌드』를 구라하시 책상에 숨겼다. 그리고 구라하시가 스테고돈에 올린 글대로 반 아이들을 차례차례…… 공격했다. 봉투 말고 아무도 알아채지 못할, 그러면서도 책속의 기술과 모순되지 않는 방법으로."

"맞아요."

어째서 '진범'이 그런 짓을 했는지, 구체적으로 어떤 방법을 썼는지 하나도 모르겠다. 하지만 어느 정도 예상은 됐다. 스테고돈에 올린 글은 전 세계에 공개되고, 인터넷 환경만 갖추고 있다면 누구나 읽을 수 있다. 노조미는 실명만 숨겼지, 표적이나 편지에 관해서는 세세하게 적어서 올렸다. 그래서 노조미가 적은 대로 주술을 구사하는 일은 동급생이라면 결코 불가능하지 않다.

그런데 이 방법은 SNS 글과 사실이 어긋날 경우, 파탄이 날 수 있다. 가노 마미의 신발장에 넣어둔 봉투가 바로 그랬다. 미비한 점이 있다는 사실을 모른 채, 진범은 마미에게 주술을 걸어버렸다.

"이제껏 속여서 미안, 정말 미안해……' 이 말은 속죄한단 뜻일까요?" 아다치는 어두운 표정으로 캔을 꽉 쥐어 찌그러뜨리며, "그럼 진범의 의도는 최악의 형태로 나쁜 결과를 가져온 거네요" 하고 말했다.

마이카는 대답하지 않았다. 그 대신, 가방에서 꾸깃꾸깃한 봉투를 꺼냈다. 노조미가 죽은 후, 뒷정리를 자처한 게이가 교실에 있는 그 아이 책상에서 발견한 것이었다.

봉투 안에는 노조미 본인의 얼룩진 얼굴 사진과 편지지가 들어 있었다.

　　구라하시 노조미의 얼굴이 평범해지게 해주세요. 이마도, 눈도,
코도, 입도, 이도, 뺨도, 피부도 평범해지게 해주세요. 누구나 평
범하다고 여길 얼굴이 되게 해주세요.
　　이 좁은 세상에서마저 살아갈 재주가 없는 이에게 남겨진 재주
죽어서 저주하리라 아름답다 추하다

　　손 글씨였다. 틀림없이 노조미의 필적이었다.
　　'이 잡지를 저, 히메사키 레미에게 받은 당신에게는 전혀
효과가 없습니다'라고 명시돼 있어도, 시험해 보고 싶었을 것
이다. 그만큼 절실한 바람이었다는 뜻이다. 같은 반 친구들
얼굴을 바꾸는 것보다 훨씬.
　　자신이 만약 주술을 걸 수 있게 된다 해도, 아마 똑같이
했을 것이다. 아니, 반드시 한다.
　　실제로 마이카는 어젯밤에 『유어 프렌드』를 찢었다. '이 잡
지를 어떠한 방법으로 더럽히고 훼손해도 주술의 효과는 사
라지지 않습니다'라고 주의 ④에 적혀 있는데도 시험해 봤다.
아무리 갈기갈기 찢어도 마이카의 얼굴은 원래대로 돌아오지
않았고, 어쩌다 눈을 뗀 사이에 『유어 프렌드』는 처음 모습으
로 돌아가 있었다. 상식으로는 헤아릴 수 없는 힘과 존재를
두 눈으로 똑똑히 보고, 마이카는 집에서 혼자 덜덜 떨었다.

노조미가 스테고돈에 올린 글에는 본인에게 주술을 시험해봤다는 내용은 하나도 적혀 있지 않았다. 다만, 사라사에게 주술을 건 날 있었던 일을 쓴 글의 마지막 부분에 '시험해 볼 만큼 시험해 봤다'라는, 앞뒤 맥락이 맞지 않는 문장이 하나 있었다. 그다음 주에 올린 글에 '실패였다'라는 기술도.

마이카는 편지를 읽고 또 읽었다. 벌써 몇 번째인지 셀 수 없을 정도였다. 게이는 옆에서 또다시 눈물을 흘리고 있었다.

조문객이 여럿 들어오는 바람에, 세 사람은 흡연실에서 나왔다. 바깥 상황을 살피는데, "선생님" 하고 등 뒤에서 누가 불렀다. 뒤돌아본 아다치의 눈이 휘둥그레졌다.

하복을 입은 유나였다. 눈만 빼고는 얼굴을 붕대와 마스크로 전부 가린 데다, 검고 긴 가발까지 쓰고 있다. 그 옆에는 치아키가 우울한 표정으로 서 있었다.

"재활 겸 치아키가 같이 오자고 해서요."

유나가 한 문장으로 설명을 마치더니 작게 물었다.

"구라하시 얼굴, 어떻게 된 거예요?"

마이카는 최소한으로 설명했다.

"네? 그럼 구라하시는 자기가 범인이라고 착각한 거예요? 그래서 그런 글들을 올린 거고요?"

유나가 주먹을 불끈 쥐었다.

"세상에⋯⋯. 치아키, 넌 알겠어? 진짜 범인은 뭘 하고 싶은 걸까?"

치아키는 아무 말 없이 고개를 저었다. 그새 더 마르고, 눈빛도 텅 비어 있었다. 유나가 시선으로 물었지만, 세 사람은 "모르겠어" 하고 대답할 수밖에 없었다.

유나는 "진짜 뭐 하자는 짓인지 모르겠네" "대체 어쩌라는 거야?"라는 말만 되풀이했다. 감정이 갈 곳을 잃은 탓이리라. 인터넷에서 자신에게 악의를 쏟아 냈던 노조미는 범인이 아니라 조종당한 피해자였다. 이 사실을 어떻게 바라보고 어떻게 생각해야 할지 모르는 것이다.

"생각보다 건강해 보이네."

아다치가 밝게 말했다. 유나는 눈을 번뜩이며 째려봤지만, 이내 "맞다" 하며 눈에서 힘을 뺐다.

"고타니 선생님, 병원 가보셨어요?"

"응, 근데 원인불명이래. 얼굴도 그렇고, 입도. 의치를 끼우긴 했는데……."

"그렇군요." 유나는 가방에서 스마트폰을 꺼내더니 "저, 더 이상한 거 발견했어요" 하고 말했다. 그리고 터치 패널을 조작해서 사진을 띄웠다.

화면으로 높이가 낮은 검은색 원통이 보였다. 어지럽혀진 방 한구석에 놓여 있는 걸 보니 유나 방 쓰레기통인가. 통 안은 반창고로 가득했다. 꾸깃꾸깃해진 반창고가 방 조명을 받아 하얗게 빛나고 있었다.

"선생님, 이상하지 않아요?"

"뭐가?"

"이 사진, 이상한 점이 있어요."

마이카는 자세히 들여다봤지만, 특별히 특이한 점은 눈에 띄지 않았다.

"어디가……?"

아다치가 턱을 쓰다듬으며 유나의 스마트폰에 얼굴을 가까이 댔다.

"맨날 방에 틀어박혀 있으니까, 반창고도 다 쓰면 이렇게 계속 쓰레기통에 처박아뒀거든요. 그러다 알게 된 건데."

액정 화면을 조작해 다음 사진을 띄웠다. 쓰레기통 안에 버려진 건 절반 정도 줄었지만, 그 대신 바로 옆에 반창고가 산처럼 쌓여 있었다. 다음 사진을 보니 통 안에 든 반창고는 더 줄고, 하얀 산이 높아져 있었다. 이상하진 않았다. 사진을 차지하는 흰색의 비중이 늘었을 뿐, 기묘한 점은 없었다.

"하얀 게, 이상한가?"

잠긴 목소리로 말한 사람은 게이였다.

"응, 맞아." 유나가 고개를 끄덕였다.

"응? 그게 무슨 뜻이야?" 두 사람 얼굴을 번갈아 가며 쳐다보는 아다치에게 게이가 설명했다.

"반창고가 하얀 게 이상해요. 다 썼으니까 얼룩져 있어야 하는데, 이 사진을 보면 새것처럼 하얗잖아요."

"앗!"

아다치가 과장된 몸짓으로 허공을 올려다봤다.

"맞아요, 사라져요. 처음엔 피랑 진물이 묻어 있었거든요. 나중에는 냄새도 없어지더라고요. 헤아려 보니까 대략 닷새 정도에 스윽 옅어지더니 사라졌어요."

유나는 자기 얼굴을 가렸다.

"피든, 진물이든 사라지는 건 말이 안 되잖아요. 혹시 처음부터 안 나왔던 게 아닐까요? 애초에 상처를 입지 않았다면요? 한마디로 환각인 거죠."

진지한 눈으로 말했다.

"……그건 아닐 것 같은데."

마이카가 고개를 갸우뚱거리며 말했다.

"왜냐면 계속 아프잖아? 너도 전에 그랬고, 나도 처음엔 엄청 아팠어. 이도 마찬가지고."

"그러니까 그것도 단지 아프다고 느끼게끔 만드는 거예요. 『유어 프렌드』의 주술은 생김새와 감촉, 그러니까 시각과 촉각에 작용하는 거 아닐까요? 기분이 가라앉거나 마음이 약해지는 이유는 암시랄까, 플라세보 효과 같은 거고요."

"그럴 리가."

"노지마, 잠깐만." 아다치가 끼어들었다. "난 가노가 변한 모습을 봤어. 고타니 선생님 얼굴도 봤고."

"나한테도 보여주셨어."

"그래, 맞다. 구라하시 얼굴도."

"네."

"구조랑 나가스기는 아라키 사고 때 그 자리에서 상황을 직접 봤다고 했지?"

아다치의 물음에 게이는 "네" 하고 대답했고, 치아키는 고개만 가만히 끄덕였다.

"노지마 네 가설이 옳다면, 주술은 특정 대상이 아니라 모든 사람에게 작용해야 하는 거 아냐? 수많은 사람한테 동시에 환각을 보여줘야 하지. 나한테도 이미 주술의 효과가 미치고 있는 거고. 내 말 맞지?"

"네."

"아무리 그래도 스케일이 너무 크지 않나? 게다가 내가 지금 환각을 보고 있다는 말도 곧이곧대로 받아들이긴 힘들어. 주술의 존재는 인정할 수밖에 없지만, 아무래도 거기까진……."

"아, 그래요?"

유나의 말투가 갑자기 뾰족해졌다.

"환각은 말이 안 되고, 실제로 당하는 건 말이 돼요?"

아차, 싶은 표정으로 "아니, 꼭 환각이 아니길 바라는 건 아니야. 미안해, 내 말이 좀 경솔했어" 하고 아다치가 진심으로 사과했다.

스스로 도출한 가설에서 한 가닥 희망을 찾으려는 유나의 심리는 충분히 이해가 갔다. 그러나 아다치의 말에도 일리가 있었다. 주술에 걸린 마이카조차도 갑작스레 환각설을 믿기는 어려웠다. 더불어 칠판에 사진이 붙어 있던 사건을 생각하면, 환각은 '표적'의 사진에도 일어난다는 뜻이 된다. 그런 환각을 일으키는 주술이 과연 존재할까. 마이카는 수긍하기 힘들었다. 어느 쪽이든 검증은 불가능했다.

거기까지 생각하다, 마이카는 "앗!" 하고 소리를 질렀다.

집에 도착하자마자 바로 침실로 가서, 머리맡에 둔 구급 상자를 열었다. 반투명한 알약 케이스를 꺼내, 그 안에서 티슈 뭉치를 꺼냈다.

주술로 빠져버린 치아 네 개를 싸둔 것이었다.

치과 의사는 "잇몸이 너무 부어서 원래 치아 가지고 어떻게 하긴 힘들겠네요"라고 했지만, 혹시 몰라 보관하고 있었다.

즉, 검증이 가능하다.

마이카는 숨을 가쁘게 몰아쉬며 조심조심 티슈를 펼쳤다.

심장 박동이 단번에 빨라진다. 진부한 드라마처럼 숨죽인다.

티슈 안에는 아무것도 없었다.

* * *

―집단 괴롭힘인가? 도립 고등학교 한 반에서 한 달 만에 사상

자 5명, 그중 2명은 자살

—도립 고등학교 5명 사상, 그 반에선 무슨 일이 있었나?

—저주받은 학급, 잇따라 기이한 죽음을 맞이한 여학생 3명

구라하시 노조미가 자살하면서 일련의 사건을 파악한 매스컴이 학교 전체를 헤집었다. 학교에 기자와 카메라맨들이 몰려와 학생들에게 인터뷰를 요청했다.

게이에게도 하교 중에 한 번, 기자가 TV 카메라와 마이크를 들이댔다.

거부하려는데, 카메라맨이 액정 모니터를 들여다보더니 "아, 안 되겠네"라고 말했다. 다른 스태프들도 "그렇네요" 하고 입을 모았다. 일행은 순식간에 게이에게서 멀어지더니, 근처를 걷고 있던 다른 학생에게 이야기를 들으러 우르르 몰려갔다. 깡마른 남자 리포터만 힐끗 뒤돌아 "미안" 하고 사과했다.

게이는 왼쪽 뺨이 욱신거리고 눈꺼풀이 떨리는 것을 느끼며 귀가했다.

교장이 기자회견을 열어 '매스컴은 촬영이나 취재를 삼가 주십시오'라는 뜻을 완곡하게 전달한 것은 노조미의 장례식이 끝나고 나흘이 지났을 때였다.

3학년 2반은 학교 안에서 기피 대상이 됐다.

쉬는 시간에 놀러 오는 학생도 없었고, 2반 앞을 스쳐 지나갈 때는 하나같이 고개를 딴 데로 돌리고 재빨리 걸었다.

교사들도 수업을 마치는 종이 울리자마자, 도망치듯 교실을 빠져나갔다. 아니, 실제로 도망치는 것이리라.

2반 학생들도 예외는 아니었다. 우에노와 시노미야는 장례식 다음 날부터 나란히 결석하고 있었다. 마찬가지로 남학생 넷도 학교에 오지 않았다. 출석 중인 학생들 또한 하나같이 어두운 표정이었다. 그나마 밝은 사람은 가바시마 노조미 정도였는데, 그래도 목소리에 활기가 없는 게 느껴졌다. 게이 또한 두려움에 떨며 하루하루를 보냈다.

다음은 나일지도 몰라. 설령 얼굴이 이래도 당할 수 있어.

진범의 목적을 전혀 모르겠어.

그래서 모두가 수상해 보여.

항상 명랑한 가바시바 노조미도, 친구의 죽음에 더없이 수척해진 치아키나 사쓰키마저도. 결석 중인 우에노와 시노미야가 범인일 가능성도 배제할 순 없다. 어쩌면 지금쯤 둘이 사이좋게 다음 '표적'을 고르고 있을지도 모른다. 유나나 마미까지도 '뭔가 트릭을 써서 피해를 입은 척하는 건 아닐까?' 하고 소설 같은 가설을 세워 의심하고 말았다.

게이는 여름방학이 어서 오길 간절히 기다렸다. 앞으로 5일, 앞으로 4일. 실제로 손가락을 꼽아가며 세고 있다. 진범과 같은 공간에 있는 이 상황이 견디기 힘들다. 지금도 수업에 집중하지 못하고 있다. 고타니의 말은 오른쪽 귀로 들어와 왼쪽 귀로 빠져나갔다. 6교시니까 조금만 더 힘내라고 머릿속으로 스스로를 달래는데, 구라하시 노조미의 책상이 눈에 들어왔다.

물론 좌우 책상 고리에는 아무것도 걸려 있지 않았다. 서랍 안은 보이지 않지만, 틀림없이 비어 있다. 책상을 정리해서 노조미 부모님에게 유품을 건넨 사람이 다름 아닌 게이였다.

책상 위에는 하얀 데이지 한 송이가 바쳐져 있었다.

새하얀 꽃잎과 노란 수술. 초록색 줄기는 살짝 시들어 있다. 언제부터 있었는지는 기억나지 않지만, 바친 사람은 분명 고타니일 것이다. 쓰야에서 줄곧 곁을 지켜주던 고타니의 모습이 뇌리를 스쳤다.

미니 꽃병은 웨지우드 것이었다. 특징적인 딸기 문양이 하얀 꽃병에 색채를 더하고 있다.

노조미가 자살하기 전날이 생각났다. 그 아이와 이야기했고 거부당했다. 달리 할 수 있는 일이 더 있지 않았을까. 더좋은 방법이. 그 아이가 죽음을 선택하지 않게 할 방법이.

벌써 몇백 번째인지 모를 후회를 하는데, 수업을 마치는 종이 울렸다.

종례가 끝나자, 학생들은 앞다퉈 교실을 나섰다. 교단에서는 고타니가 생각에 잠긴 눈빛으로 게이를 비롯한 다른 학생들이 나가는 모습을 지켜보고 있었다. 학생들만큼이나 어쩌면 그 이상으로 긴장하고 경계하는 게 눈에 보였다. 그래도 고타니는 도망치지 않고 맞서는 모습이었다.

"선생님."

게이가 부르며 교단으로 달려갔다.

"저랑 한 번 더 얘기하지 않으실래요? 서로 아는 정보, 더 교환해요."

노조미는 죽었다. 구하지 못했다.

"『유어 프렌드』를 복사할게요. 복사가 될지 모르겠지만."

남겨진 사람이 해야 할 일은 하나다.

"우리 범인 찾아요. 가노랑 노지마가 나을 수 있게요."

고타니는 눈이 휘둥그레졌지만, 크게 고개를 끄덕였다.

"고마워."

병실 침대에 누워, 가노 마미가 잠긴 목소리로 말했다. 병문안을 온 사람은 게이가 처음이었다. 깡마른 얼굴이 푸르스름한 형광등 불빛에 강조돼 한층 더 아파 보였다. 번득이는 눈만 두드러져 보였다. 그런데.

"게이, 네가 가르쳐줘서 기운 차렸어."

"다행이다."

게이는 대답했다.

사이드 테이블에 놓인 마미의 저녁 밥그릇은 거의 비어 있었다.

노조미의 쓰야에서 고타니와 노지마에게 주술의 성질에 관해 들은 직후, 게이는 마미에게 메신저로 연락했다. 얼굴의 변화는 환각일지도 모른다는 메시지를 보냈다. 통증이나 몸이 안 좋은 건 기분 탓일 수도 있다고. 쇠약해질 대로 쇠약해져서 입원해 있는 마미에게 필요한 정보라고 생각했다.

효과는 있었다. 계속 링거만 맞던 마미는 다음다음날부터 조금씩 식사를 했다. 의식이 명료해져서 화장실에 가는 일도, 간단한 대화도 가능해졌다. 아무리 그래도 생기발랄하다고 말하긴 어려웠지만, 입원 직후보단 훨씬 나아졌다.

마미에게 회복 중이라는 메시지를 받고, 게이는 안심했다. 동시에 확신했다.

『유어 프렌드』의 주술. 그 정체는 환각과 암시다. 너무 현실처럼 생생해서 속게 되지만, 직접적으로 얼굴을 바꾸고 상처 내지는 않는다. 목숨을 빼앗는 일은 더더욱 없다.

그렇지만······.

"고타니 선생님과 얘기한 결과는 어땠어?"

마미가 물었다.

"여전히 범인은 누군지 모르겠어. 뭘 하고 싶은지도, 전혀."

"그야 바로 명확해지진 않겠지."

"응."

"구라하시, 안됐어."

"응."

"스테고돈 읽었는데, 마음이 아프더라."

"응."

"진범의 움직임은? 특별한 거 없어?"

"응."

"너 왜 그래?" 마미가 영문을 모르겠다는 듯 올려다봤다. "어쩐지 정신이 딴 데 가 있는 거 같아. 내가 뭐 이상한 말이라도 했니?"

"아니야. 주술 생각하고 있었어."

게이는 창밖을 쳐다봤다. 저녁 6시가 넘었는데도 밖은 아직 환했다.

"주술이 환각과 암시라면, 나한테도 이미 주술이 걸려 있다는 뜻이잖아? 노지마 사건 때부터. 지금도 여기랑 여기랑……."

자신의 눈을, 이어서 관자놀이를 가리키다가 마지막으로 가슴에 손을 얹었다.

"여기에 작용하는 주술 때문에 네 진짜 얼굴을 못 보고 있어. 나뿐만이 아니라 모두가. 학교는 물론이고 여기 병원 사람들까지 자기도 모르는 사이에 주술에 놀아나게 된 거야. 그게 뭔가 엄청."

몸이 제멋대로 부들부들 떨렸다.

뒤이어 감정이 북받쳐 올랐다.

무섭다. 싫다. 자각 없이 눈과 머리와 마음을 조종당했다는 사실에 게이는 겁이 났다. 혐오감이 느껴졌다.

마미는 천장을 올려다보고 있었다. 한동안 멍하니 생각에 잠겨 있다가, 이윽고 조용히 말했다.

"외모는 원래 그런 거야. 예쁘든, 못생겼든 전부 환각과 암시지. 유행하는 스타일과 한물간 스타일이 있다는 게 가장 큰 증거야."

"그럴까……? 그런데 내 얼굴은 진짜야."

게이가 말했다. 좋은 기회라면서 각오를 다지고선 마스크를 벗었다.

마미가 눈을 동그랗게 떴다. 예상보다 반응은 작았지만, 게이는 충분히 상처받았다.

이 얼굴은 물리적으로 손상돼 있다. 객관적으로 흉터가 있다. 그러니까 절대적으로 추하다. 마미의 말라빠진 현재 얼굴과는 다르다. 세상 사람들이 말하는 아름다움과 추함이 전부 환각이나 암시라 해도 이 얼굴은 별개다.

왼쪽 뺨이 경련을 일으키기 시작했다.

마미는 아무 말 없이 게이의 얼굴을 바라봤다. 기이해하는 눈빛도, 혐오스러워하는 눈빛도, 연민 어린 눈빛도 아니었다. 상상했던 그 어떤 감정도 마미의 시선에서는 느껴지지 않았다. 문득 궁금증이 고개를 들었다.

"어때?"

게이가 굳게 마음먹고 묻자, 마미는 천천히 입을 열었다.

"솔직히 깜짝 놀랐어. 아플 거 같아."

"아팠어."

"무슨 일이 있었던 거야?"

"중학교 2학년 때, 사고로……."

게이는 이야기를 들려줬다. 누구한테 그 일을 말하는 건 처음이었지만 순서대로 술술 설명했다. 유머가 넘치는 담당 의사의 말버릇은 재미있게, 마음에 들지 않았던 간호사의 말과 행동은 우스꽝스럽게 묘사하기도 했다.

마미는 진지하게 귀를 기울였다. 이야기가 끝나자 "말해줘서 고마워" 하면서 미소를 짓더니, 크게 한숨을 내쉬었다.

"미안, 너무 오래 떠들었지?"

"아니야."

마미는 손을 내밀었다.

"우리 힘내서 범인 꼭 잡자. 이제 머리는 꽤 잘 돌아가."

"응." 게이는 마미의 손을 잡았다.

"오늘은 비실비실하니까 내일부터."

마미는 그렇게 말하더니 힘없이 웃으며 눈을 감았다. 그리고 10초도 지나지 않아 게이의 손을 잡은 채로 새근새근 숨소리를 내기 시작했다. 손을 가만히 내려놓고 이불을 덮어준 다음, 게이는 다시 마스크를 하고 조용히 병실을 뒤로했다.

집 근처 역에 내릴 즈음에는 완전히 어두워져 있었다. 역 앞은 퇴근하는 직장인들과 동아리 활동을 마치고 귀가하는 학생들로 붐볐다. 결코 번화한 역이 아닌데도, 평일 이 시간에는 북적거렸다.

편의점에서 주스를 사고, 긴 빨대를 받았다. 음식을 먹을 수 있는 간소한 공간에서 마스크를 한 채 빨대로 주스를 마시며 병원에서 있었던 일을 떠올렸다.

가노 마미한테 말했다. 얼굴 흉터를 자연스럽게, 아무렇지 않게. 그 전에 느끼고 있었던 『유어 프렌드』에 관한 공포까지 새까맣게 잊어버릴 정도로 이야기에 열중했다. 마미는 피곤했을 텐데도 끝까지 들어줬다.

이번엔 내가 그 아이한테 뭔가 해줄 차례다.

물론 할 일은 정해져 있다. 범인을 찾아서 마미 얼굴을 원래대로 되돌려야 한다. 하루라도, 일 초라도 빨리. 그 아이가 다시 평범해질 수 있도록.

복사한 『유어 프렌드』를 테이블 위에 펼치고, 다시 한번 꼼꼼하게 읽었다. 몇 번을 읽어도 피해자들 생각에 현기증이 났지만, 구석구석까지 곱씹어가며 읽었다. 다 읽고 나선 노조미가 받은 편지를, 그다음엔 스마트폰으로 스테고돈을.

당연하게도 새로운 글은 업로드돼 있지 않았다. 계정 주인은 이미 이 세상에 없는데, 그 아이의 말만 인터넷 공간에 박제돼서 공개되고 있었다. 당장에라도 이렇게 쉽게 읽을 수 있다. 대문호도 아니고 저명인사도 아닌, 같은 반이었던 고등학생이 쓴 글을.

아픈 가슴을 진정시키며 화면을 스크롤 하는데, 머릿속에서 철컥하고 부품이 끼워지는 느낌이 들었다.

"어……?"

마스크 안에서 목소리가 새어 나왔다. 이제껏 아무 의미가 없다고 여겼던 것이 전혀 다른 의미로 다가왔다. 가방에서 아무 노트나 꺼내 떠오르는 생각들을 휘갈겨 썼다.

설마, 이건.

노트에 그어진 가로줄 위, 줄지어 적은 문자열에서 나타난 건 범인을 암시하는 알파벳이었다.

머리가 놀라운 속도로 돌아갔다. 고타니가 했던 말, 지금까지 희생된 여섯. 그 모두가 하나로 이어져 의미를 띠기 시작했다. 왜 여태껏 알아채지 못했는지 어이가 없었다.

심장이 마구 뛰었다. 마스크에 열기가 들어찼다. 혼란스러웠다. 주스를 마시며 가슴을 진정시키는데 시야에 생경한 것이 비쳤다.

방금 그건 뭐지. 의식하기 전에 지각이 반응했다.

아는 얼굴이 가까이에 있어.

통유리 너머로 지나다니는 사람들을 뚫어져라 바라봤지만, 편의점 안 조명에 반사돼서 뚜렷하게 보이지 않았다. 게이는 서둘러 테이블 위에 있던 물건들을 가방에 넣고 편의점을 뛰쳐나왔다.

사람들이 오가고 있었다. 땀 냄새, 술 냄새. 발소리. 웅성거리는 소리. 웃음소리.

걸음을 옮기는 중, 혼잡한 인파 속에서 익숙한 사람의 형체가 보였다.

늘 보던 실루엣. 헤어스타일. 다만 걷는 모습이 다르다. 자세도 다르다. 학교에 있을 때와는 전혀 달랐다.

정황 증거뿐이다. 지적하기엔 너무 약하다. 그래도 확신은 있었다. 본능이 그렇게 말했다.

범인은 저 아이다.

* * *

7시 반에 일을 마치고, 마이카는 짐을 챙겨 자리에서 일어났다. 다른 교사들의 시선을 등 뒤로 느끼며 교무실을 나섰다. 노조미가 자살하고 일련의 사건이 세간의 주목을 받으면서 마이카는 학교에서 설 자리를 잃었다. 아예 기피 대상이 됐다. 학생들이 잇따라 죽거나 다친 불길한 반의 담임으로서 말이다. 교장과 교감이 꼬치꼬치 캐물었지만, 주술 이야기는 하지 않았다.

입속에서 느껴지는 이물감은 예전보다 훨씬 줄었다. 혀끝에 치아의 빈틈이 느껴지지만, 이젠 믿지 않는다. 이건 전부 암시다. 속임수다. 주술이 그렇게 느끼도록 할 뿐, 실제로 이는 빠지지 않았다. 『유어 프렌드』의 설명도 그것을 암시하고 있다. 표지에 배치된 크고 작은 문구나 본문에도 얼굴을

'바꾼다'라는 말은 한마디도 없었다. 단지 '추하게' '못생기게' '예쁘게'라고 적혀 있을 뿐이다. '사진이나 비디오로'라는 말은 표적만이 아니라 그 기록에도 환각이 반영됨을 가리키는 것이리라. 보이는 범위는 '모두'.

모두 애매한 말이다.

삼십 몇 년 전, 도쿄 외곽에 있는 고등학교 2학년이었던 히메사키 레미에게 '모두'의 범위는 어느 정도였을까.

부모를 비롯해 의사들에게도 표적의 얼굴이 추하게 보이고 있다. 하지만 그 외의 사람들한테까지는 영향을 못 미치지 않을까. 생각보다 사정 범위가 좁을 가능성도 있지 않을까. SNS에 자신의 얼굴 사진을 올리면, 구체적으로 검증할 수 있을지도 모른다. 지방에 거주하는 옛날 동급생한테 보내는 방법도 있다. 그러나 마이카는 실행할 용기가 없었다.

환각이라는 증거가 쌓여갈수록 비관적인 심정은 누그러졌지만, 밝고 환한 기분과는 거리가 한참 멀었다. 주위의 시선은 여전했고, 마음 편한 곳은 집뿐이었다. 이제부터 버스와 전철을 타야 한다고 생각하니 우울해졌다.

신발장 앞까지 왔을 때 문득 어떤 생각이 나서, 마이카는 왔던 길을 되돌아갔다. 그리고 교무실로 가서 열쇠를 집어 들고 바로 나왔다.

3학년 2반 문을 열자, 뜨뜻미지근한 공기가 미끈거리며 피부를 어루만졌다.

전등을 켜고 교실을 둘러봤다. 데이지 꽃잎의 대부분은 책상 위에 떨어져 있었다. 줄기도 완전히 시들었다. 이렇게 더우니 당연한 일이다. 그럼 꽃을 바친 때는 오늘 아침이나 빨라도 어제 아침쯤이려나. 마이카는 꽃병을 살며시 만져봤다.

원래는 담임인 자신이 바치거나, 그러진 못하더라도 학생들에게 직접 지시했어야 마땅한 일이다. 그런데 여태까지 계속 떠넘기기만 했다. 사라사 때는 마미한테, 가오리 때는 사쓰키한테. 직접 보진 않았지만, 이번엔 게이가 준비했으리라. 노조미의 쓰야에서 슬픔에 잠겨 있던 그 아이의 모습이 뇌리를 스쳤다.

몇 시간 전, 게이에게 들은 이야기를 곱씹어봤다. 그리고 스마트폰을 꺼내 스테고돈에 있는 글 몇 개를 다시 읽었다. 『유어 프렌드』를 갖게 됐을 때의 일. 하무라 사라사에게 주술을 걸었을 때의 일. 뭔가 힌트는 없을까. 자기도 모르게 진범과 접촉하진 않았을까. 아울러 자신의 기억까지 파헤쳐서 2반 여학생 한 명 한 명을 생각했다. 눈에 띄는 아이. 그렇지 않은 아이. 예쁜 아이. 그렇지 않은 아이.

마이카는 어느새 학생들의 생활과 교실에 관해 생각하고 있었다.

상위, 중위, 하위 계급. 눈에 보이진 않지만 강력한 선 긋기가 존재한다. 경계와 벽이 있다. 누군가가 명문화하거나 선언하지도 않았고, 서로 의논해서 전원의 합의를 얻은 것도 아닌데.

경계를 뛰어넘은 친밀한 교류는 표면적으로 금지다. 그렇게 분위기가 조성돼 있다. 누구와도 차별 없이 교류할 수 있는, 아니, 차별 없이 교류하는 일이 왠지 모르게 허용되는 학생은 드물다.

마이카는 옛날 일이 생각났다.

초등학교 때 친하게 지냈던 친구가 중학교에 올라가더니 서서히 소위 일진이 됐다. 당연히 노는 무리가 달라졌고, 교류는 끊겼다. 등교하다가 마주쳐도 인사조차 하지 않았다. 그런데 졸업을 앞두고 옆 동네를 혼자 걷다가 우연히 마주쳤다. 그 아이도 혼자였다.

"마이카, 여긴 어쩐 일이야? 학원에 가니?"

"아니, 뭐 사러. 가나, 너는?"

그 아이의 휴대전화가 울리기까지 수십 분 동안만 예전처럼 이야기할 수 있었다. 교류가 다시 이어지지도 않았고, 인사를 나누는 일도 없이 졸업식을 맞이했다. 그 아이가 지금 뭘 하고 사는지, 어떻게 됐는지 전혀 모른다.

사는 세상이 달라져버렸다고 한마디로 설명하긴 쉽지만, 달라진 정도로 교류를 끊을 필요 따윈 애초부터 없었다. 하지만 당시엔 선 긋기가 학교생활의 전부였다. 그 때문에 그 아이와의 관계는 끝나버렸다.

혹시 2반 여학생들 중에도 그런 경우가 있지 않을까.

이미 끝나버린 교우관계.

혹은 학교와 그 주변 사람들에겐 숨기기에 급급했던 교우관계.

그게 잇따른 사건의 밑바탕에 깔려 있진 않을까. 외로운 구라하시에게도 예전엔 친한 친구가 있었거나, 아니면 지금까지도 친한 그 친구가 진범이 아닐까. 그렇게라도 생각하지 않으면, 그 아이한테 어떻게 『유어 프렌드』가 전해졌는지 설명이 안 된다. 노조미에게 쓴 편지를 읽는 한, 진범의 행동은 단순한 악의에서 비롯됐다고 생각하기 힘들다.

근거로 삼기엔 불안한 구석이 있었지만, 마이카는 그렇게 느꼈다. 일단 이 방향으로 가보라고 본능이 말했다. 그리고 또 하나의 경로를 가리켰다.

바로 진범이 쓴 수법이었다.

『유어 프렌드』를 읽고 의외였던 건 봉투에 넣어서 건네라는 말이 한마디도 없다는 점이었다. 노조미도 이 기술에 근거해서 이메일로 보내볼까 궁리한 적이 한 번 있다고 스테고돈에 적혀 있었다.

노조미 때를 제외하고, 범인은 이를테면 '보이지 않는 편지'와 '보이지 않는 사진'을 표적에게 건넸다. 그게 뭔지 알면 범인에게 도달할 수 있다. 유나 때는 어땠을까. 가오리 때는. 마미 때는. 나 때는.

"아……."

마이카의 머릿속에 그날의 광경이 떠올랐다.

지금껏 알아채지 못한 게 더 이상할 지경이었다. 여러 일들이 잇따라 벌어져서 기억 한구석으로 밀려나 있었다. 그래. 그것이야말로 진범이 한 행동이야. 아니, 이러지 말자. 단정할 수는 없어. 증거를 모아야 해. 더 생각해야 해.

마이카는 무의식중에 교실을 돌아다녔다. 걸음이 점차 빨라졌다. 스마트폰을 보고, 게이가 한 말을 곱씹고, 연관 지었다가, 떼어놓고, 다시 연관 짓고…….

"저기, 고타니 선생님."

갑자기 부르는 바람에 마이카는 놀라서 펄쩍 뛰었다. 그 여파로 가까이 있던 책상에 발이 걸려 넘어지고 말았다. 책상과 의자가 쓰러지며 큰 소리를 냈다. 붕대를 감은 오른손이 바닥에 부딪히자 절로 신음이 나왔다.

"죄송해요!"

아다치가 울먹거리는 표정으로 달려왔다. 언제부터 있었을까.

"죄송합니다. 걱정돼서 와봤는데, 뭐라고 혼잣말을 하고 계셔서……."

시간이 그렇게 흘렀나, 하고 벽시계를 보니 9시를 지나고 있었다. 벌써 한 시간 반 이상 생각에 빠져 있었단 말인가. 아픈 손을 붙잡으며 마이카는 어떻게든 자기 힘으로 몸을 일으켰다.

넘어진 책상에서 교과서와 참고서가 여러 권 튀어나와 있었다. 구깃구깃해진 종이와 스프링 노트 용지가 여러 장 바닥에 흩어져 있었다. 아다치가 얼굴을 찡그리며 책상을 일으켜 세우더니, 흩어져 있는 종이들을 그러모았다.

"대체 어떤 덜떨어진 놈이 고등학생이 되도록 정리정돈 하나 제대로 못 해?"

마이카는 책상 줄을 확인했다. 이 자리 학생은, 분명······.

"거기, 남학생 자리 아니에요."

"네?" 아다치의 눈이 휘둥그레졌다.

마이카는 발치에 떨어져 있는 구깃구깃한 종이를 무심결에 집어 들었다. 주름을 펴서 적혀 있는 글자로 시선을 옮겼다.

"의외네. 누군데요?"

마이카는 대답하지 않았다. 대답할 수 있는 상황이 아니었다.

글자에서 눈을 뗄 수가 없었다.

기억과 증언이 하나로 이어졌다. 보이지 않았던 것이 보였다. 아다치의 목소리가 점점 멀어졌다.

"설마······."

검증할 수 없는 부분도 있다. 당사자한테 물어봐야만 하는 부분도. 그러나 만약 이 추리가 사실이라면······.

범인은 그 아이다.

***

종업식 날, 정오.

게이는 삼백 계단 밑에서 기다리는 중이었다. 바로 뒤에서는 국화 다발이 따뜻한 바람에 흔들리고, 선향이 한 줄기 연기를 피워 올리고 있었다. 그 옆에는 보리차가 담긴 작은 페트병. 아까 게이가 전부 마련해서 가오리에게 바친 것이었다.

아침에 그 아이한테 말을 걸어 약속을 잡았다. 이상하게 여기는 눈치였지만, "중요하게 할 얘기가 있어" 하고 매달렸더니 승낙해 줬다. "난 수업 마치고 바로 가 있을게"라고도 말해뒀다.

갑자기 불러내지 않고, 약속 시각까지 여유를 준 데는 이유가 있었다.

그 아이에게 즉, 진범에게 주술을 준비시키기 위해서였다.

내가 말을 꺼낸 시점에 그 아이는 진짜 용건을 알아챘을 것이다. 내 의도가 뭐든, 훼방꾼이라 여기겠지. 입을 막고 싶을 게 분명하다.

그리고 주술은 등하교 중에도 걸 수 있다. 효과가 나타난다. 게이는 가오리를 떠올리며, 길고 좁고 한낮에도 어두침침한 계단을 올려다봤다.

매미 소리는 작고 지친 듯했다. 마스크 안쪽에 열기가 차서 불쾌했지만, 신경 쓸 겨를이 없었다. 그 아이가 곧 온다고 생각하니 긴장이 됐다. 혼자서 맞설 수 있을지 자신이 없었다. 인정하게 만들 수 있을까? 설득할 수 있을까? 협상할 수 있을까?

마이카와는 의논하지 않았다. 물론 아다치와도. 마미한테도 아무 말 안 했다. 그 아이도 여러 사람 앞에서 추궁당하거나 비난을 받고 싶진 않을 테니까. 나한테 그럴 마음이 없어도 경계하겠지. 자신은 탐정 행세를 하고 싶지도, 범인을 심판하고 싶지도 않다. 그냥 마미와 고타니가 원래 모습으로 돌아가기만 하면 된다. 그리고 유나도.

"안녕."

해맑은 목소리에 게이는 정신을 차렸다.

가바시마 노조미가 땀으로 뺨을 적시며 계단 쪽으로 걸어왔다.

게이의 심장은 세차게 뛰기 시작했다.

"미안해, 불러내서."

목소리가 상기돼 있는 게 스스로도 느껴졌다.

"으아, 뚱보한테 여름 실외는 가혹하네."

노조미가 목에 건 스포츠 타월로 얼굴을 닦았다.

"꼭 할 얘기가 있어서."

"응, 뭔가 중요한 얘기라고…… 아, 맞다."

노조미는 국화 앞에 쭈그려 앉아 합장했다. 눈을 감더니 차분한 표정을 지었다. 가냘픈 매미 소리만 주위에 울렸다.

영차, 하며 노조미가 일어났다.

"그래서 할 얘기가 뭔데?"

가느다란 눈으로 게이를 쳐다봤다.

게이는 마음을 굳게 먹었다.

"가바시마."

"응."

"……전부 네가 한 거야?"

"뭐?"

눈을 피하고 싶은 걸 꾹 참았다.

"2반에서 일어난 일 전부."

"……응? 대체 무슨 소린지 모르겠네."

노조미는 하하하, 하고 영혼 없이 웃었다.

"하무라는 자살이잖아? 구라하시도 마찬가지고. 아라키는 사고였고……."

"얼굴에 대해 묻는 거야."

게이는 말을 가로막았다.

"『유어 프렌드』 주술로 피해자들 얼굴 바꾼 사람, 너 아니야? 그……."

끝까지 말하지 못하고 머뭇거렸다. 고작 거기까지 말했는데, 땀범벅이 돼 있었다. 이마에서 흘러나온 땀이 눈썹에 실리는 게 느껴졌다.

노조미의 얼굴에서 웃음기가 조금씩 가셨다.

"음, 난, 아니야."

그러고는 힐끔힐끔 주위를 둘러봤다.

"지금 농담하는 거지? 설마 그랬을까 싶긴 한데, 혹시 그 것 때문에 날 불러냈어?"

"응."

게이는 고개를 끄덕였다.

"헉, 잠깐만, 세상에."

"나 지금 진지해."

노조미의 큰 얼굴을 쳐다보며, 게이는 말하기 시작했다.

"가바시마 너는 『유어 프렌드』를 받았어. 그런데 그걸 직접 쓰지 않고, 구라하시 책상에 넣었지. 전부터 구라하시의 스테고돈 계정 알고 있었지? 그리고 그 아이가 쓴 계획대로 반 친구들한테 주술을 걸었어. 그 때문에 구라하시는 히메가 자기를 선택해서 『유어 프렌드』를 물려받았다고 착각하게 됐지. 넌 구라하시가 스스로를 범인이라고 믿게끔 만들었어."

잠도 안 자고 생각해 낸 설명이었다. 여기까지는 앞뒤가 맞는 말이다. 스스로도 이해가 간다. 눈에 보이지 않게 작용하는 저주이기에 구라하시 노조미는 오해할 수밖에 없었다.

"구라하시는 범인처럼 행동했어. 그러니까 우리도 그렇게 믿었지. 설마 구라하시가 속고 있을 줄은 꿈에도 모르고."

노조미는 진지한 표정이었다.

"구라하시는 고타니 선생님한테까지 주술을 걸고, 거래를 제안했어. 2반 여학생 하나를 산 제물로 바치면, 더 이상 아무도 해치지 않겠다고. 그런데 그러면 일이 너무 커지잖아. 자기가 범인이라는 사실이 들통날지도 모르고. 그 잡지의 주술은 본인에겐 효과가 없으니까. 그래서 넌 구라하시한테 주술을 걸었어. 이제껏 착각이었다는 사실을 깨우쳐주고, 속인 걸 사과하는 의미를 담아서."

게이는 숨이 차올랐지만, 계속 말했다.

"하지만 구라하시는 자살했어. 조종당했을 뿐, 자신한테는 아무 힘도 없다는 걸 깨달은 충격과 절망 때문에."

억측에 지나지 않았지만, 구라하시 이야기를 하자 가슴이 찢어지게 아팠다.

"구라하시의 계정 이름인 'OpapnjL'은 본인 이름의 로마자 표기 'NozomiK'를 알파벳 순서대로 한 글자씩 밀려 쓴 거야. 그리고 가바시마 너도 'NozomiK'지. 그래서 넌 구라하시 계정을 누구보다 빨리 찾아냈어. 혹시 스테고돈 계정 만들려다, 이미 존재하는 이름이라고 튕겨 나오지 않았어? 그래서 궁금한 마음에 검색해 보다가 구라하시 계정을 발견한 거지."

빠르고 단정적인 말투였지만 멈출 수가 없었다. 게이는 바짝 마른 입을 가까스로 움직였다.

"『유어 프렌드』 받은 사람, 너지?"

게이는 다시 캐물었다.

노조미는 입을 떡 벌리고 있었다. 눈에는 아무 감정도 어려 있지 않았다. 들리지 않았던 매미 소리가 다시 울려 퍼졌다.

"……으음."

노조미는 타월로 인중에 맺힌 땀을 닦으며 슬픈 표정을 지었다.

"미안한데 무슨 말인지 모르겠어."

그리고 곧 눈을 내리깔았다.

"농담이 아니란 건 알겠는데, 갑자기 주술이 어쩌고저쩌고 해봐야 알아들을 수가 있어야지. 나는 구라하시의 계정도 모르고. 핫, 하나같이 무슨 말인지."

입술을 삐죽거렸다. 이 반응은 예상했다. 여기서 자백하진 않을 거라 생각했다. 그럼 다음 단계로 나아갈 수밖에 없다.

이제 이 아이의 감정에 호소하는 방법뿐이다. 논리와 증거가 부족해서 그렇게 무너뜨릴 수밖에 없다.

"알아봤어."

게이가 조용히 말을 꺼냈다.

"너에 대해서 몰래. 미안하지만."

"뭐라고?"

노조미가 소리를 질렀다. 눈이 커다래졌다.

"뭘 알아봤다는 거야?"

"뒤를 밟았어. 네가 밖에 있을 때 몇 번. 너, 역 근처 보습 학원 다니지? 우리 학교 애들이 안 다니는 작은 학원. 늦은 시간까지 고생이 많더라."

노조미 집에서 가장 가까운 역 이름을 댔다. 마지막 한마디는 도발 그 이상도 이하도 아니었지만, 그래도 말했다. 자신은 지금 눈앞에 있는 동급생을 자극하고 있다.

"학원 강의 중엔 어땠는지 모르지만 학교가 끝나고 학원에 도착할 때까지, 그리고 학원 끝나고 집에 갈 때까지 멀리서 지켜봤어. 맨 처음 본 건 우연이었지만."

게이는 편의점 실내 테이블에서 길을 걷는 노조미를 발견했을 때가 생각났다.

"넌 학교에선 엄청 밝고 아무하고나 잘 지내."

하지만 그때 본 노조미는 커다란 덩치를 갑갑하게 움츠리고, 고개를 푹 숙인 모양새로 걷고 있었다. 학교에 있을 때와는 완전히 다른, 어두운 분위기를 풍겼다. 사복도 검은색과 회색으로 최대한 눈에 안 띄게 입었다.

"사건이 계속되고 마미랑 얽히면서, 대체 누가 이런 짓을 하는 걸까 생각했어. 당시엔 가바시마 너는 절대 아니라고 첫 번째로 제외했지. 넌 애들이 잘 따르니까 그런 짓을 할 리가 없다고, 착하게 잘 지내는 애니까 동급생을 해치는 짓은 하지 않을 거라 믿었어. 근데."

다음 날에도 같은 시간에 역 앞으로 가서, 몰래 노조미의 동태를 살폈다. 가까이 걷거나 스쳐 지나갈 때도, 노조미는 게이를 알아채지 못했다.

"학교 안에서만 그러는 거구나 싶더라. 그건 좁은 세계에서만 써먹는 캐릭터인 거지. 같은 학원 다니는 애들 맞지······? 역 앞에서 너한테 시비 걸고, 못된 말 했던 애들."

"아차!"

노조미는 가로막듯이 말했다. 얼굴을 찡그리며 자기 뺨을 때렸다.

"아이고, 들켜버렸네. 조심한다고 했는데."

큰일이네, 큰일이야, 하고 되풀이했다.

밝은 표정으로 태연하게 말하는 모습을 보고 있자니, 게이의 팔에 소름이 돋았다.

"그럼, 정말······."

"아, 아니, 학원 말이야. 거기선 애들이랑 잘 못 지내거든. 올 초에 들어갔는데, 학교에서처럼 행동했더니 제일 리더 격인 애가 날 눈엣가시처럼 여기더라. 그 후론 계속 그래."

서글프게 말했다.

"여러 가지로 애써 봤는데 안 되더라고. 요즘엔 그냥 난 샌드백이라고 생각하고 있어. 부모님을 졸라서 학원비 받았는데 그만둘 수도 없고."

이래 보여도 나 착실해, 하며 머리를 긁적였다.

"그러니까 나는 학원에서만 좀 고생하는 것뿐이야. 학교에서나 집에서나, 친척 집에서나, 심지어 다른 학원 다닐 때도 이 캐릭터로 살았으니까 충분히 잘 지낼 수 있을 줄 알았어.

너무 쉽게 생각한 거지."

교실에서는 보여주지 않는 표정이었다.

그 이야기에도 수긍이 갔다. 오히려 자신의 추리보다 훨씬 조리 있다. 그렇지만.

"한 가지 더 있어."

게이는 꺾일 것 같은 스스로를 힘껏 일으켜 세웠다.

"여태까지…… 여태까지 효과가 나타난 주술, 기억해?"

"그게 무슨 말이야?"

"여태까지 얼굴이 변해버린 여섯 명 말이야. 하무라는 노파로 변했고, 노지마는 여드름투성이가 됐어. 아라키는 오이와처럼 변했고, 마미는 말라비틀어졌고, 고타니 선생님은 반점투성이에 이가 빠졌지. 구라하시는 예외지만."

"아아, 그렇구나!"

노조미는 짝, 하고 손뼉을 쳤다.

"여섯 명 모두 뚱뚱하게 변하지 않았다. 즉, 범인은 뚱뚱하다는 이유로 줄곧 상처받아서 차마 남을 뚱뚱하게 만들지 못하는 인간이 분명하다. 그래서 범인은 가바시마다. 그렇게 생각한 거지?"

"마, 맞아."

너무 쉽게 추리를 예측하는 바람에 게이는 다음 말을 할 수가 없었다. 듣고만 있던 노조미가 즉석에서 짜 맞출 수 있는 논리를 비장의 카드처럼 쥐고 있었던 자신이 갑자기 부끄럽게 느껴졌다.

"난 잘 지내고 있어."

노조미는 가슴을 쫙 폈다.

"그야 뚱보니 뭐니 하는 소리를 듣는 건 일상다반사고, 악의 없이 날 속상하게 하는 사람도 있어. 부모님이 젊었을 때보단 훨씬 나아졌다지만, 마음에 드는 옷은 역시 사이즈가 안 맞고. 게다가 『라 파르파*la farfa*』같은 데 나오는 옷은 개인적으로 좀 별로야."

"그렇구나……."

"그렇다고 사람들이 밉진 않아. 같은 반 친구들을 해치고 싶은 마음도 전혀 없고. 학원은 좀 힘들긴 한데, 그래 봐야 고작 학원이잖아. 그야말로 좁은 세계 얘기지. 네 추리는 뭐랄까, 아무리 밝고 쾌활한 성격이어도 어차피 넌 못생기고 뚱뚱하니까 주위 사람들을 미워하고 증오할 거라 단정 짓는 것 같아서……."

여전히 웃음을 띤 채로 농담처럼 말했다.

"솔직히 엄청 충격 먹었어."

게이는 아무 말도 할 수 없었다.

정작 감정에 떠밀려 무너진 사람은 게이 자신이었다. 죄책감과 비참함에 짓눌릴 것만 같다. 피해자들을 원래대로 돌려놓고 싶어서 조바심을 내느라 하찮은 편견으로 폭주하고 말았다. 생김새 가지고 이러쿵저러쿵 떠드는 소리를 들어야 하는

* 체형이 큰 여자들을 대상으로 하는 일본의 패션지.

고통은 진저리가 날 정도로 잘 아는데. 바보다. 진짜 바보다.

사과하고 싶은데 말이 안 나왔다. 눈물 때문에 시야가 번져, 서둘러 손으로 닦았다. 흐윽, 하고 신음이 새어 나왔다.

"미안해⋯⋯."

"이제 이해가 되니?"

게이가 여러 번 고개를 끄덕이자, 노조미는 흐뭇하게 웃었다.

"그럼 이걸로 한 건은 해결됐네."

노조미가 가방에서 커다란 물병을 꺼내더니, 한 손으로 내밀며 말했다.

"이 물에 다 흘려 보내자. 이온 음료긴 하지만. 어때?"

이런 인간한테도 온정을 베풀어주는 건가. 용서해 주는 건가. 미안해서 가슴이 찢어질 것 같다. 게이는 물통을 잡으려고 손을 뻗었다.

그 순간, 온몸에 전류가 흘렀다. 뒤이어 한 가지 생각이 떠올랐다.

설마, 이건.

마음이 얼어붙었다. 등줄기에 한기가 흘렀다.

게이는 갑자기 손을 거둬들였다.

"어? 왜 그래?"

노조미가 영문을 모르겠다는 듯 말했다.

"뚱뚱함은 안 옳아."

그건 안다. 그래도 받을 수 없다. 받아선 안 된다. 그렇게 직감하고 확신해서 행동으로 옮긴 자신이 진심으로 싫어졌다. 그쳐가던 눈물이 다시 흘러내렸다.

가바시마 노조미는 주술 도구를 건네려 하고 있다.

물통을 주는 척하면서, 나한테 주술을 걸 속셈이다.

어딘가에 편지와 사진을 숨겨놨을 것이다. 물통 안이나, 혹은 뚜껑 안쪽이라도. 얼마든지 넣을 수 있다. 숨길 수 있다.

게이는 그런 의심을 떨쳐낼 수가 없었다.

떨쳐낼 수 없다는 사실이 싫었다.

각오했는데. 주술에 걸려서 추해져도 상관없다는 마음으로 맞섰는데. 막상 닥치니까 거부하다니. 노조미가 범인이 아니란 걸 알게 된 지 얼마나 됐다고.

그리고 이 아이한테 상처를 주고 말았다.

"아아, 혹시 그런 거야?"

노조미가 이를 보이며 씩 웃었다.

"아라키 책상에 들어 있던 거랑 비슷한 게 숨겨져 있을지도 몰라서?"

그렇지 않아도 커다란 노조미의 몸이 더 크게 보였다. 게이는 아무 대답도 할 수 없었다.

"그렇다면 더더욱 받아줘. 난 아니니까."

노조미는 두 손으로 받쳐서 물통을 다시 내밀었다. 표정은 부드러웠지만 진지했다.

솔직히 말해서 이 아이는 훌륭하다. 인간이 됐다. 자신은 화를 내고 경멸해도 변명할 여지가 없는 짓을 했는데, 그런데도 이렇게 냉정히 해결법을 제안해 주고 있다.

하지만 만약 이게 전부 연극이라면? 내 죄책감을 계속 자극해서 주술을 걸기 위한 작전이라면? 아니, 그럴 리 없다. 지나친 생각이다. 애초에 노조미를 의심한 것 자체가 편견이었다. 하지만…….

노조미의 이마에 땀방울이 맺혀 있었다.

물통을 든 손이 희미하게 떨렸다.

두꺼운 입술이 열렸다.

"그럼 이걸 주는 동시에, 내가 구조, 너의 가방을 받을까?"

선뜻 이해가 가지 않는 물음에 게이는 당황했다.

진의가 뒤늦게 머리에 전해진 다음에야 비로소 뜻을 알아챘다. 그 순간, 가슴이 아려왔다.

노조미도 꼬리를 물고 이어지는 의심 한복판에 있는 것이다.

냉정하게 생각해 보면 당연한 일이다. 자신이 의심받지 않을 이유는 하나도 없다. 그런데도 노조미는 믿고, 가방을 받겠다고 말했다. 주술 도구가 들어 있을지도 모르는 보관함을.

게이는 마음을 굳게 먹었다. 그리고 왼손으로 가방을 들어서 내밀었다.

노조미와 눈을 맞추고, 둘이 동시에 고개를 끄덕였다.

지나가던 할머니가 이상하다는 듯 이쪽을 힐끔힐끔 쳐다

봤다.

게이는 물통은 받아 들고 가방을 건넸다.

"시간이 좀 걸리지?"

"그럴 거야. '바로'라고 적혀 있긴 하지만."

"이온 음료 마셔."

"응, 고마워."

가오리에게 올린 선향이 다 탈 때까지 둘은 그 자리에서 기다렸다. 물통은 둘이 함께 비웠다.

아무 일도 일어나지 않았다. 당연히 노조미에겐 아무 변화가 없었고, 게이 얼굴도 달라지지 않았다. 효과가 나타나면 기묘한 감촉이 느껴진다고 고타나랑 마미한테 들었는데, 아무 느낌도 들지 않았다.

"미안해."

게이는 다시 사과했다.

"피차일반이야. 나도 네가 만나자고 했을 때, 솔직히 겁났거든. 종업식이라 괜히 더. 얼굴을 엉망진창으로 못생기게 만든 다음에, 2학기까지 되돌리고 싶으면 시키는 대로 하라고 협박하면 어쩌나 하고……."

노조미는 물통을 가방에 넣으며 말했다.

"엄밀히 말하면 구조 너랑 나, 둘 다 '이번엔 주술을 걸지 않았다'라는 게 증명됐을 뿐이지, 범인이 아니라는 보장은 없지만."

"응."

생각해 보면 '아무도 모르게'라는 조건을 충족하지 못한 순간, 지금까지 한 대화는 아무것도 증명할 수 없다. 노조미는 역시 범인일지도 모른다. 그러나……

"정말 미안해."

그래도 게이는 미안하다고 말했다.

"괜찮다니까. 그보다 『유어 프렌드』는 '바로' 효과가 나타나? 소문에 그런 내용이 있었던가?"

"아, 맞다."

게이는 가방에서 파란색 클리어 파일을 꺼냈다. 그 안에는 『유어 프렌드』 전체 페이지를 복사한 A4 용지 다발이 끼워져 있었다.

"이거, 구라하시가 갖고 있던 『유어 프렌드』야."

파일에서 종이를 몇 묶음 빼냈다.

"그런 게 정말 있어? 굉장하네……, 어라?"

"어?"

게이가 빼낸 건 그냥 흰 종이였다. 다른 종이도 전부 마찬가지였다. 하나같이 아무것도 인쇄돼 있지 않았다.

"어떻게 된 거지……?"

게이는 자기도 모르게 중얼거렸다. 진정됐던 마음이 다시 술렁였다. 인쇄된 글자가 사라졌다는, 단지 그것 하나만으로 이상할 만큼 불길한 예감에 사로잡혔다.

노조미는 어떻게 대응해야 할지 모르겠다는 눈빛으로 쳐다봤다.

낮이라고 믿기 어려울 정도로 하늘이 컴컴해져 있었다.

주위에는 축축한 열기가 감돌았다.

* * *

종업식이 끝나고 학생들이 귀가한 후, 한 시간 반이 지난 시각.

마이카는 3학년 2반 교실에 있었다. 이제 오른손은 붕대를 풀고 반창고만 붙인 상태다. 커튼 틈으로 교정을 바라봤다. 축구부와 핸드볼부, 육상부가 열심히 연습하는 모습을 바라보고는 있었지만, 마음속은 불안으로 가득했다.

그 아이가 도무지 나타나지 않아서였다.

체육관에서 종업식이 끝나자마자, 교실로 돌아가려는 그 아이를 불러 세웠다. 할 이야기가 있다, 방과 후에 교실로 와라, 몇 시간이고 기다리겠다, 그러니까 일단 집에 가서 점심 먹고 와도 상관없다는 뜻을 전했다.

그 아이는 각오한 표정으로 "네"라고만 대답했다.

갑자기 불러내지 않고, 약속 시각까지 여유를 준 데는 이유가 있었다.

그 아이에게 즉, 진범에게 주술을 준비시키기 위해서였다.

나를 훼방꾼이라 여기겠지. 입을 막고 싶을 게 분명하다.

마이카는 주술이 자신에게 또다시 효과가 있을지 알 수 없었다. 『유어 프렌드』에는 이미 주술을 건 상대에 관한 기술이 전혀 없기 때문이다. 하지만 효과가 없으면 곤란하다. 유나와 마미, 그리고 자신의 얼굴이 원래대로 돌아갈 수 없다고는 생각하기 싫었다.

교정에서 연습 중인 학생들 목소리는 하나같이 작고 지친 듯했다. 마스크 안쪽에 열기가 차서 불쾌했지만, 신경 쓸 겨를이 없었다. 그 아이가 곧 온다고 생각하니 긴장이 됐다. 혼자서 맞설 수 있을지 자신이 없었다. 인정하게 만들 수 있을까? 설득할 수 있을까? 협상할 수 있을까?

게이에게는 말하지 않았다. 물론 아다치에게도. 그 아이도 여러 사람 앞에서 추궁당하거나 단죄되긴 싫을 테니까. 나한테 그럴 마음이 없어도 경계하겠지. 자신은 탐정 행세를 하고 싶지도, 범인을 심판하고 싶지도 않다. 그저 자신과 피해를 입은 아이들이 원래 모습을 되찾고, 우리 반과 학교가 평온해지면 된다.

노조미의 책상 위에 놓인 데이지는 완전히 시들어 고개를 떨구고 있었다.

교단으로 돌아와 토트백을 들여다봤다. 안에는 『유어 프렌드』가 들어 있었다. 하무라 사라사의 스마트폰도 있었다. 노조미의 등에 붙어 있던 봉투도, 이 사건 해결의 결정적인 카드도.

그 아이는 도무지 올 기미가 없었다.

교실을 돌아다니며 적당한 책상을 골라 마주 보게 배치했다. 교단보단 낫다. 애초에 교실에서 만나자고 한 게 잘한 일일까. 하지만 교실 말고는 그 아이가 경계하지 않고 비밀을 유지할 수 있는 장소가 생각나지 않았다.

가방 쪽에서 웅웅거리는 소리가 났다.

가방 한 귀퉁이에서 마이카의 스마트폰이 울렸다. 080으로 시작하는 모르는 번호가 표시돼 있었다.

숨을 고른 다음, 마이카는 통화 버튼을 눌렀다.

"여보세요."

"……고타니 선생님이신가요?"

잠긴 목소리로 속삭이듯 말했다.

"네."

잠시 뜸을 들이더니 그 아이는 말했다.

"2반 나가스기 치아키입니다. 못 가서 죄송해요."

멀리서 관악부가 일제히 연습을 시작했다.

"지금 어디니? 안 오고 왜 전화야?"

마이카가 통화 음량을 최대로 높이며 물었다.

"전화가 더 나으니까요. 번호는 유나한테 물어봤어요."

쏴아아아, 하는 소리에 섞여 치아키의 목소리가 들렸다.

"그러니까 왜."

후우, 하고 전화기 너머에서 작은 한숨 소리가 들렸다.

"얼굴 맞대면 차분하게 얘기 못 하는 사람은 선생님이잖아요. 제 말이 틀렸나요?"

마이카는 벌써 말문이 막혔다. 눈을 감고 5초를 센다. 조바심내지 마. 진정해.

"……고맙다. 덕분에 마음이 차분해지네. 설명도 할 수 있어. 『유어 프렌드』를 진짜로 받은 진범은 나가스기 너라고."

"그런가요?"

"응."

마이카는 대답했다. 정말이다. 보이지 않는 주술 도구가 보였고, 거기서 출발해 진범에 다다랐다. 우선…….

"맨 마지막, 구라하시 일부터 얘기할게."

"네."

"구라하시는 맨 뒷자리였으니까, 누구나 마음만 먹으면 아무도 몰래 등에 봉투를 붙일 수 있었어."

그 아이는 대답하지 않았다.

"그리고 맨 처음 하무라 때."

마이카는 등을 쭉 펴며 스테고돈 글을 떠올렸다.

"진범은 구라하시가 스테고돈을 한다는 사실을 이미 알고 있었고, 『유어 프렌드』를 그 아이 책상에 숨겨서 갖게 했어. 그리고 얼마 지나서."

전제를 설명한 다음, 본제로 들어간다.

"구라하시가 주술 도구를 숨기려 교실에 왔다가, 하무라랑 딱 마주쳤지. 하무라는 '입시 학원 공부'를 하러 왔다고 설명했어. 집에 있긴 싫고, 도서관은 붐비고, 입시 학원 자습실은 외부인 출입금지라면서."

"네."

"한마디로 하무라는 그날, 입시 학원에 다니지 않는 누군가와 함께 공부할 예정이었어. 외부인이란 그런 뜻이니까."

마이카는 뒤에 있는 칠판을 똑바로 보며 말을 이었다.

"하무라와 그 외부인은 교실에서 만나기로 약속했어. 구라하시랑 얘기하는 동안 하무라가 계속 스마트폰 했지? 분명 외부인이랑 메신저로 대화하고 있었을 거야. 내용은 흔히 말하는 실황 중계. 하무라는 외부인한테 구라하시의 주술에 대해 설명했어."

"그래서요?"

"외부인은 그때 복도에서 두 사람 얘기를 듣고 있었어." 이건 짐작이었다. "구라하시가 격분하는 대목도 들었고, 그 이유도 이해가 갔지. 공감한 거야. 그래서 외부인은 하무라한테 구라하시의 소원과 거의 비슷한 메시지를 보냈어. 할망구가 되게 해주세요, 주름이 자글자글하게 해주세요, 라고. 그리고 하무라 얼굴 사진도 보냈어. 액정 화면에 피와 고름을 묻힌 다음에. 하무라가 메신저로 대화하면서 이상한 표정 지었지? 바로 그때야."

"그래서요?"

"하무라에게 주술의 효과가 나타났어. 외부인은 그 순간, 진범이 됐지."

맞은편 책상으로 눈길을 돌렸다.

"그런 식으로 주술이 먹힐 줄은 예상도 못 했을 거야. 하무라가 우는 소리에 진범은 그 자리를 떴어. 그리고 다음 날, 하무라는 자살했지. 쓰야와 고별식에 참석하고 평소처럼 수업을 들으면서, 진범은 스테고돈으로 구라하시와 하무라의 행동을 확인했어."

"……"

"여기서 진범은 두 가지 지식을 얻었어. 첫째, 주술 도구는 데이터로 즉, 텍스트와 화상으로 대체할 수 있다. 둘째, 구라하시는 본인이 『유어 프렌드』를 물려받았다고 완전히 믿고 있다."

"흐음."

치아키는 남 일처럼 물었다.

"그럼 유나는요?"

"그날 수업 시작할 때, 넌 일부러 깜빡한 척 노지마 책상 위에 네 스마트폰을 올려놨다가 그 아이한테 집어달라고 했어. 상대방 단말기에 이력이 남지 않도록 손수 건네는 방법을 택한 거지. 스마트폰 안에는 노지마를 표적으로 한 텍스트와 사진이 들어 있었어."

"아라키는요?"

"스마트폰을 아라키 가방에 넣었지. 가방은 계속 열려 있
었으니 쉽지 않았을까? 학교 끝나고 구조네 집 앞으로 잠
복하러 갈 때 넣었을 거야. 그때, 원래 두 대였던 스마트폰을
한 대로 줄인 아라키 가방에 그 애가 들고 있던 것과 다른
두 번째 스마트폰이 들어 있었지. 너는 그게 삼백 계단에 흩
어져 있던 소지품 속에 뒤섞여 있다는 걸 재빨리 알아챘어."

"그럼 가노는요?"

"가노도 스마트폰. 그때는 필통 속에 숨겼어. 가노가 네 책
상 옆을 스쳐 지나갈 때, 타이밍 맞춰서 떨어뜨리고 줍게 만들
었지. 구라하시가 건 주술에 미비한 점이 있는 줄도 모르고."

치아키는 아무 말이 없었다.

"그리고 나 때는……."

마이카는 가방에 손을 넣었다.

"하무라 스마트폰을 이용했어. 구라하시랑 하무라가 교
실을 나간 후에, 네가 몰래 숨어들어서 가져갔던 거. 물론 가
져간 이유는 만에 하나 누가 안을 보기라도 하면 하무라한
테 건 주술이 발각되니까. 메시지를 보낸 사람도 밝혀지고."

하무라의 스마트폰을 꺼냈다.

"잠겨 있어서 여태까지와 똑같은 방법으로 쓸 순 없었어.
그래서."

빨간색 케이스를 벗겼다.

"사진이랑 편지지를 케이스하고 본체 사이에 끼웠어."

안에는 일반 용지에 인쇄된 마이카의 얼굴 사진과 텍스트가 접혀서 들어 있었다.

"원래는 네 손으로 직접 나한테 주려 했는데, 화장실에서 가바시마가 말을 거는 바람에 넌 그 아이를 이용하기로 마음먹었어. 내 말 맞지?"

"그래서?"

마이카는 스마트폰을 다시 집어넣고 말했다.

"그게 다야. 넌 그렇게 여섯 명한테 주술을 걸었어."

단지 전화로 이야기했을 뿐인데도 숨이 차올랐다. 복도가 신경 쓰여 교실 앞뒤 문과 창문을 잠갔다.

치아키가 물었다.

"고작 그 정도로 제가 인정할 줄 아셨어요?"

"아니."

마이카는 다시 가방에 손을 넣었다.

"이걸 발견한 건 그냥 우연이었어. 운이 좋았을 뿐이지. 솔직히 말하면 잘못된 행동이라고 생각해."

전화기 너머에서 자동차 경적이 들렸다. 밖인 모양이다.

"뭘 찾으셨는데요?"

"네 책상 안에 들어 있던 거."

마이카는 집어 든 것을 테이블 위에 펼쳤다.

꾸깃꾸깃해진 종이와 스프링 노트 용지였다. 스무 장 가까이 되는 종이 전부에 같은 뜻이 담긴 문장이 적혀 있었다.

나가스기 치아키 얼굴이 평범해지게 해주세요. 평범한 얼굴이 되게 해주세요.

이 좁은 세상에서마저 살아갈 재주가 없는 이에게 남겨진 재주 죽어서 저주하리라 아름답다 추하다

제발 나가스기 치아키 얼굴이 평범해지게 해주세요.

이 좁은 세상에서마저 살아갈 재주가 없는 이에게 남겨진 재주 죽어서 저주하리라 아름답다 추하다

나가스기 모모카中杉百華처럼 예쁘지 않아도 되니까, 나가스기 치아키가 아무도 뭐라 하지 않는 평범한 얼굴을 갖게 해주세요.

이 좁은 세상에서마저 살아갈 재주가 없는 이에게 남겨진 재주 죽어서 저주하리라 아름답다 추하다

나가스기 치아키 얼굴이 평범해지게 해주세요. 평범한 얼굴이 되게 해주세요. 평범한 얼굴이 되게 해주세요. 히메사키 씨 제발 부탁드립니다.

이 좁은 세상에서마저 살아갈 재주가 없는 이에게 남겨진 재주 죽어서 저주하리라 아름답다 추하다

나가스키 치아키 얼굴이 평범해지게 해주세요. 평범한 얼굴이 되게 해주세요.

　이 좁은 세상에서마저 살아갈 재주가 없는 이에게 남겨진 재주 죽어서 저주하리라 아름답다 추하다

　나가스키 치아키 얼굴이 평범해지게 해주세요. 얼굴이 평범해질 수만 있다면 아무것도 바라지 않습니다.

　이 좁은 세상에서마저 살아갈 재주가 없는 이에게 남겨진 재주 죽어서 저주하리라 아름답다 추하다

　　…….

　"이걸 쓸 생각을 할 수 있는 건 『유어 프렌드』를 받은 사람뿐이야." 마이카는 말했다. "효과가 없을 줄 알면서도 써보는 거지. 스스로에게 주술을 걸어보는 거야. 평범해지게 해달라고. 넌 모르겠지만, 구라하시 책상에도 비슷한 내용이 적힌 종이가 들어 있었어."

　대답은 없었다.

　아니, 말문이 막혔을 것이다. 마이카는 그렇게 느꼈다. 소음 너머에서 치아키의 감정이 흔들리고 있다. 동요하고 있다.

　어느새 온몸에 땀이 흐르고 있었다.

　마이카는 치아키의 절절한 바람이 적힌 수많은 종이를 바라봤다.

"나가스기, 『유어 프렌드』 받은 사람, 너 맞지?"

대답은 없었다.

"그걸 구라하시 책상에 넣어둔 사람도. 스테고돈에서 구라하시의 계획을 읽고, 그대로 반 친구들을 추하게 만든 사람도. 나까지 포함해서."

역시 대답은 없었다.

"받은 이유는 이 종이를 보니 어쩐지 알 것 같아. 나가스기…… 너는 네 얼굴이 못생겼다고 생각하지? 학교에서는 화려한 축에 속하고, 내가 봤을 때 넌 엄청 예뻐. 하지만 네 마음속에선 아닌 거지."

이번 침묵은 여태까지보다 더 무거웠다.

"난 말이야, 어렸을 때 부모님이 '넌 웃는 게 제일 나아'라고 하신 후로 가식적인 웃음이 들러붙어서 벗겨낼 수 없게 됐어. 혹시 너도 비슷한 경험 있지 않니? 소중한 사람한테 매정한 말을 듣고, 그게 트라우마나 저주처럼 된 거 아냐? 아무리 예쁜 사람이라도 그런 일은 있을 수 있다고 생각해."

"집에선 지금도 못난이 취급이에요."

치아키가 대답했다.

스마트폰을 쥔 손에 힘이 들어가고 심장 박동이 더 빨라졌다.

"취급이랄까, 제가 보기에도 못생겼어요. 그래서 『유어 프렌드』가 가방에 들어 있었을 때는 정말 기뻤고, 그만큼이나 당연하다고 생각했어요. 히메에게 선택받을 만큼 난 못생겼구나, 하고 납득했죠."

"그렇지만 학교 애들은……."

"저한테 거짓말을 하는 건 아니겠죠. 그래도 믿기진 않아요. 하나도 안 좋아요. 괴롭히고, 놀리는 것 같아요. 하지만 그렇다고 해서."

거기서 말이 끊겼다.

단편이긴 했다. 구체성도 결여돼 있다. 하지만 지금 분명히 치아키는 자기 내면을 말로 표현했다. 무엇보다 『유어 프렌드』를 받았다는 사실을 인정했다.

역시 진범은 이 아이였다.

이 아이가 여섯 명이나 되는 사람을 해치고, 그중 셋을 죽음으로 내몰았다. 그래도.

"넌 전혀 못생기지 않았어."

공허한 말인 줄 알았지만, 그래도 말하지 않을 수 없었다.

하핫, 하고 작게 웃는 소리가 들렸다.

"수법도 전부 맞히셨네요. 선생님 말씀대로 스마트폰 사용했어요. 구사했다는 표현이 맞으려나?"

후후, 하고 다시 웃었다.

정확하게 추리한 듯했다. 하지만 마이카는 조금도 기쁘지 않았다. 자신은 지금 분명히 학생 하나를 추궁하고 있다.

"선생님."

치아키가 불렀다.

"그러니까 이런 것도 가능해요."

"뭐?"

말의 의미를 파악하려는데 귓가에서 띠링, 하는 소리가 났다.

마이카의 스마트폰에 단문 메시지가 도착했다. 전화번호만 알면 문자를 주고받을 수 있는, 거의 모든 요금제에서 사용 가능한 서비스였다.

메시지에는 마이카의 얼굴 사진이 첨부돼 있었다.

설마.

냉수를 뒤집어쓴 듯한 감각이 온몸을 덮쳤다.

텍스트 첫머리에 '고타니 마이카 얼굴'이라고 적혀 있는 게 보였다.

마이카의 뺨이 갑자기 뜨거워졌다. 지글지글 타들어 가는 감각이 마스크 안쪽에서 굼실거렸다. 코로, 눈꺼풀로, 턱으로, 이마로 번져갔다.

다음 순간, 찌르는 듯한 통증이 한꺼번에 덮쳤다.

순간적으로 얼굴을 만지려던 손을 간신히 멈췄다. 머릿속에는 노지마 유나의 참사가 떠올랐다. 온 얼굴에 여드름이 들어차고, 두 손으로 가리자마자 그게 파열해서 피범벅이 됐던 그 아이의 모습이, 고통스러운 신음이.

무의식중에 마이카의 입에서 "으윽" 하는 소리가 새어 나왔다. 교단에 손을 짚고 쓰러지려는 것을 버텼다.

내 얼굴이 지금 이 순간 변하고 있다. 환각과 암시에 지나지 않아도, 그렇게 보이도록 힘이 작용하고 있다. 그 공포는 확실했다. 얼굴이 어떻게 변하고 있는지 상상조차 할 수 없다는 사실이 공포에 박차를 가했다. 하지만 동시에 희망 또한 싹트고 있었다. 기쁘다는 생각마저 들었다. 예전처럼 공황을 일으키지도, 절망에 사로잡히지도 않았다.

두 가지가 증명됐기 때문이다.

나가스기 치아키가 진짜로 『유어 프렌드』를 물려받았다는 것.

한 번 주술을 건 사람에게 다시 주술을 거는 일도 가능하다는 것.

그러니까…….

"노, 노지마랑 가노를 원래대로 돌려놔."

무의식중에 그런 말이 입에서 튀어나왔다.

이윽고 치아키가 대답했다.

"……솔직히 예상 못 했어요."

"뭘?"

"선생님이 관여하실 줄 몰랐다고요. 그냥 담임이고, 학생들한텐 간섭하지 않을 거라 단정하고 있었는데. 절 찾아낼 거라곤 생각지도 못했어요. 설마…….

치아키는 말문이 막히는 모양이었다.

"이런 얘기를 하게 될 줄은 전혀……"

그러고는 입을 다물었다. 코를 훌쩍거리는 소리가 들렸다. 울음을 삼키는 소리도.

"나가스기, 왜 그랬어?"

마이카는 물었다.

이유를 알고 싶었다. 물어본다면 지금이라고 생각했다.

아무리 알아보고 생각해 봐도 이해가 가지 않았다. 억측조차 불가능했다. 왜 이렇게 번거롭고 위험한 짓을 하는지 알 수 없었다. 그냥 노조미를 조종하기 위해서란 생각은 들지 않았다. 게다가.

"칠판에 붙어 있는 하무라와 노지마 사진을 봤을 때, 넌 실신할 정도로 충격을 받았어. 그 후로도 계속 힘들어했지. 그게 연극인 것 같진 않아. 아라키가 계단에서 굴렀을 때도 바로 달려가서 구하려 했다며? 구조한테 들었어."

치아키는 울기만 할 뿐, 대답하지 않았다.

"구라하시의 쓰야에 노지마를 데려온 사람도 너잖아. 그것도 위장이라고 생각하지 않아. 착한 사람인 척하는 걸로는 안 보였으니까."

역시 대답이 없었다. 그저 소음만 들렸다.

"나가스기."

마이카는 그렇게 부르고 나서 입을 다물었다.

재촉하고 싶은 마음, 말을 붙이고 싶은 마음을 꾹 참고 본인에게 맡겼다. 얼굴에서 느껴지는 통증을 견디며 기다렸다.

길고 긴 침묵과 고통이 지난 후, 치아키가 말했다.

"선생님."

"응."

"선생님은 근접했어요."

"뭐?"

"선생님만이 아니에요. 유나나 구조나, 그때 거기 있었던 사람들은 엄청 가까이까지 왔어요. 아다치 선생님은 모르겠지만."

마이카는 생각했다. 그 말이 뜻하는 바를 파악하려 애썼다. '그때 거기 있었던'이란 건 노조미의 쓰야 때 함께 대화를 나눴던 사람들을 가리킨다. 즉, 환각 이야기를 하고 있다. 이 얼굴은 환각이다. 이 고통은 암시다. 그런데 '근접했다'라는 건 무슨 뜻일까.

"선생님."

필사적으로 생각하는데, 치아키가 다시 불렀다.

"생각해 주셔서 감사해요. 받는 사람 이름은 선생님으로 할게요."

대체 무슨 뜻일까, 하고 생각한 순간 깨달았다.

"안 돼, 나가스기. 마음 고쳐먹어."

"힘들 것 같아요. 꽤 오래전부터 힘들었거든요."

"지금 어디야? 말해봐! 당장 갈 테니까."

"……방금, 보냈어요."

"나가스기!"

"안녕히 계세요, 선생님."

통화가 끊겼다.

몇 번을 다시 걸어도 받지 않았다.

다른 교사들한테 도움을 청하자. 지금 할 수 있는 일은 그것뿐이다. 내 얼굴이 흉측하게 변해 있을 테니까 놀라고 피하겠지만, 그런 말을 할 때가……

어? 하고 마이카는 자기도 모르게 소리를 질렀다.

얼굴의 통증이 완전히 걷혀 있었다.

그뿐이 아니었다. 입속에서 느껴지던 이물감도 사라졌다. 혀끝으로 확인해 보니, 모든 이가 제자리에 있었다.

마이카는 주저하며 스마트폰 카메라로 얼굴을 확인했다.

액정 화면에 비친 건 원래 얼굴이었다. 반점도 없고 입가도 부어 있지 않았다. 빠진 이도 없었다.

퍼뜩 생각이 들어 토트백을 열어 본 마이카는 다시 소리를 질렀다.

『유어 프렌드』가 없었다.

주변을 살펴봤지만 보이지 않았다. 어디에도 없었다.

이건 즉, 이게 의미하는 건 결국.

마이카는 교실을 뛰쳐나갔다.

에필로그

칼리아그노시아*calliagnosia*는 눈가림이 아닙니다. 아름다움이야말로 여러분의 눈을 가리고 있는 것입니다.

— 테드 창, 「외모 지상주의에 관한 소고 : 다큐멘터리」 중에서

마이카가 병원에 도착했을 때, 나가스기 치아키는 이미 숨진 후였다. 가족 말고는 입실이 허용되지 않아서, 마이카는 문 너머로 치아키의 부모가 울부짖는 소리를 들었다. 치아키가 맨션 9층, 자기 집 베란다에서 뛰어내렸다는 사실을 알게 된 건 해가 지고 나서였고, 유서 등이 발견되지 않았다고 전해 들은 건 그다음 날 저녁이었다.

시커먼 바다 밑바닥에 가라앉아 있다. 혹은 두껍고 불투명한 막으로 뒤덮여 있다. 마이카는 그런 느낌에 빠져 있었다.

회한, 죄책감, 그리고 슬픔. 여러 가지 지독한 감정에 짓눌려 감각이 무뎌졌다.

* 아름다움을 인식하지 못하는 증세. 테드 창의 소설 『당신 인생의 이야기』에 나오는 신조어.

그걸 깨달은 건 치아키의 장례식장으로 향하는 버스 안에서였다. 하지만 마음을 분석했다고 해서 마이카를 둘러싼 막은 벗겨지지 않았고, 해수면 위로 떠오를 기미도 보이지 않았다.

병원 의자에 기대 어두운 밤거리를 멍하니 바라보는데, 무릎 위에 얹어놓은 가방이 울렸다.

스마트폰에 게이가 보낸 단문 메시지가 도착해 있었다.

―구라하시가 스테고돈에 마지막으로 올린 글 보세요. 댓글이 달려 있어요.

마이카는 아무 생각도, 느낌도 없이 게이가 시키는 대로 했다. 액정 화면을 손가락으로 더듬어, 구라하시 노조미가 마지막으로 올린 '약속한 날. 반 아이들 거 전부 준비해 뒀음. 시험 끝나고 연락 바람'에 하나 달린 댓글을 눌렀다. 댓글을 단 계정 이름은 문자를 대충 조합한 것이었다. 흔히 말하는 버리는 계정이리라. 댓글을 단 시간은 종업식이 있었던 날 오후, 즉, 전화가 끊겼던 때다.

댓글을 읽자마자, 마이카의 심장이 쿵, 하고 울렸다.

고타니 마이카 선생님

전 어릴 때부터 부모님께 못난이라는 소리를 들으며 자랐습니다. 물론 저에게 애정이 없진 않으셨어요. 못났으면 못난

대로 즐겁게 살아갈 수 있도록 진지하게 생각하고 고민해 주셨거든요. 최선을 다하셨다고 생각해요. 악의고 뭐고 없으셨겠죠.

부모님께서 절 못생겼다고 여기신 이유는 두 분 다 미남미녀이셨고, 저보다 일곱 살 많은 언니 모모카百華가 워낙 예쁘기 때문이에요. 언니와 비교하면 전 실패작이에요.

모델 모모카桃華 아세요? 그 사람이 저희 언니예요. 장례식장 광고 모델로도 활동하고 있어서, 최근에 잇따랐던 쓰야나 장례식장에서 본 적이 있으실 거예요. 제 장례식 때도 보시겠네요. 누가 봐도 언니는 미인인데 동생은 못생기고 추하다고 생각할 거예요. 사람은 둘 이상 나란히 있으면 주위에서 비교하고, 자기들끼리도 비교해요. 언니에게 전 부끄러운 존재였어요. 지금도 동생이 있다는 사실을 공표하지 않았을 겁니다. 부모님도 그걸 당연하게 받아들이셨고, 저 또한 마찬가지였어요. 어릴 때부터 줄곧 저는 추하고 못생겼다고 생각하면서 자랐죠. 동네엔 언니를 아는 애들이 많아서 "언니는 예쁜데 넌 왜 그래?"라며 학교에서 저를 괴롭히곤 했어요. 그래도 어쩔 수 없다고 생각했어요. 언니는 예쁘고 전 못생긴 게 사실이라 여겼으니까요.

요쓰카도 고등학교에 입학한 후에야, 그게 아닐 수도 있다는 걸 깨달았습니다.

괴롭힘이 심해져서 집 근처 고등학교에는 진학하지 못하

고, 교풍이 좋으면서 집에서 먼 요쓰카도 고등학교를 선택했어요. 입학하자마자 사라가 말을 걸었고, 자기 그룹에 설끼워줬죠. 예쁜 애들만 모여서 교실을 주름잡는, 그야말로 볕이 쨍하게 비치는 그룹이었어요.

전 당황했어요. 사라나 유나와는 노는 문화 자체가 너무 달라서 힘든 적도 많았고요. 그래도 너무 좋아서 어떻게든 녹아들려고 죽을힘을 다했어요. 그 아이들 문화에 익숙해지려 애썼죠. 저도 모르게 본바탕이 나와서 여러 번 놀림을 당하기도 했는데, 그때마다 숨이 멎을 정도로 무서웠습니다.

스테고돈에 구라하시의, 이 계정이 있다는 사실을 알게 된 건 작년 이맘때였어요. 구라하시가 쉬는 시간에 스마트폰 하는 모습을 얼핏 보고, 궁금증이 생겨서 기억나는 문장을 검색하다가 발견하게 됐죠.

구라하시가 얼마나 힘들어하고 주위 사람들을 미워했는지, 여기 올린 글들을 보면 아시겠죠? 저도 읽으면서 무척 마음이 아팠어요. 그런데 한편으로는 이런 생각도 들더군요.

구라하시와 나는 닮았구나.

다른 방식으로 만났다면 분명 친해졌을 거야. 친구가 됐겠지.

하지만 그럴 수 없었어요. 학교에서는 노는 그룹이 달랐으니까요. 사라네 그룹은 늘 정점에 있어야 했고, 혼자 구석에 처박혀 있는 애랑은 친하게 지내면 안 된다는 분위기가 있었어요. 어느 학교에나 비슷한 선 긋기나 규칙이 있는데,

이곳 요쓰카도 또한 예외가 아니었죠. 그래서 말을 걸지도, 친해지지도 못했습니다.

전 낮에는 같은 그룹 아이들에 맞춰 구라하시 험담을 하고, 밤에는 구라하시의 SNS를 들여다봤어요. 지금처럼 댓글을 달려고 한 적도 여러 번 있었지만, 용기가 없었습니다.

예전처럼 그늘에 있고 싶지 않았으니까요. 힘들게 얻은 자리를 잃을까 두려웠습니다.

구라하시와 얽히지 않았던 건 결국 제 이익 때문이었어요.

하지만 그 그룹에 있게 됐는데도 스스로에게 전혀 자신감이 생기지 않았습니다. 사라는 저한테 "자신감을 가져" 하고 여러 번 말했어요. 그게 쉽사리 안 되는 사람이 있다는 걸 아마 몰랐겠죠.

전 그 그룹에 있는 게 하루하루 힘들어졌어요. 그래도 다른 그룹으로 옮기긴 싫었습니다. 집은 여전했고, 겉으로는 명랑한 척했지만 그것도 슬슬 한계에 가까워지고 있었죠.

그런 시기에 학교에서 가방을 열었는데, 너덜너덜한 낡은 잡지가 들어 있었어요.

『유어 프렌드』 쇼와 64년 4월호였습니다.

소문은 들었지만, 믿진 않았어요.

누가 장난치는 거라 생각했죠. 그런데 만약 그렇다면 저한테 주는 게 이상했어요. 학교에선 못난이 취급을 당하지 않는 저에게 그런 장난을 칠 명분이 없었으니까요. 그래서 진짜일 수도 있겠다는 생각이 들었습니다. 나를 헤아려주는 사람이 주위에는 하나도 없지만, 이 세상 존재가 아닌 히메사키 레미라면 나를 이해해서 선택해 주지 않았을까. 그런 공상에 빠졌죠.

하지만 실제로 써봐야겠다는 마음은 안 들었어요. 여러 번 시도 끝에 저한테는 효과가 없다는 사실을 알았고, 그러면 쓸 의미가 없다고 생각했으니까요. 남의 얼굴을 쥐락펴락하고 싶진 않았어요. 나는 『유어 프렌드』로 구제받지 못해. 더 필요한 사람이 있을 거야. 단순한 주술에 지나지 않아도, 조금은 마음이 풀릴 사람이 있어. 그런 생각이 들어서 구라하시 책상에 몰래 넣어뒀습니다.

구라하시는 사라한테 주술을 걸려고 했어요. 그런데 교실에 몰래 숨어들었다가 들통나고 말았죠.

전 두 사람이 하는 이야기를 복도에서 듣고 있었어요. 그러다 구라하시가 진심으로 가여워졌어요. 사라가 정말 미웠습니다.

주술이 정말 효과가 있을지도 모른다는 사실을 알았을 때, 전 무서웠어요. 사라가 얼굴을 가리며 빈손으로 교실에서 뛰쳐나와 계단을 내려가는 모습을 멀리서 확인하고, 바로 교실로 갔습니다. 사라의 스마트폰을 감추려고요.

사라가 자살하고 쓰야나 고별식에서 관에 달린 창을 열지 못하게 했을 때, '효과가 있을지도 모른다'라는 생각은 확신으로 바뀌었습니다. 사람이 죽었어, 내가 죽인 거나 마찬가지야, 하고 공황 상태에 빠졌죠.

하지만 솔직히 좋기도 했어요. 이제 와서 보면 의미 없는 발버둥이었지만 그 후로 수십 번 저한테 주술을 걸어봤거든요. 만에 하나 정도는 오류가 일어나서 효과가 나타나길 바라는 마음에서요.

구라하시도 기분이 좋아 보였어요. 저보다 더 기뻐하는 것 같았죠. 다음 표적은 누구로 할까 들뜬 마음으로 고심하는 모습을 스테고돈에서 보고, 점점 이런 생각이 들었어요.

이제부턴 구라하시를 위해 주술을 쓰자.

친구가 되지 못한 대신에. 애들 이야기에 맞장구치며 구라하시를 깔보고 괴롭혀온 내 죄를 갚기 위해.

그래서 구라하시가 유나를 선택했을 때, 별로 반감이 들지 않았어요. 어떻게 주술을 걸까. 구라하시는 물론이고, 아무도 몰래 주술을 거는 방법이 있을까. 그런 생각을 하느라 시간 가는 줄 몰랐습니다.

그때 멈췄어야 한다고 지금은 생각합니다.

제가 멈췄으면 구라하시도, 저도 죽지 않았을 테니까요.

유나가 교실에서 주술에 걸렸을 때, 전 의아했습니다.

그리고 구라하시가 칠판에 사진을 붙이고, 글자를 남겼을 때도요.

전 그제야 무슨 일이 일어나고 있는지 확실히 깨달았습니다.

『유어 프렌드』 괴담에는 이상한 점이 있습니다.

예쁜 애가 자살하거나 학교를 그만둔 이유는 알겠어요. 주술에 걸려 추해졌기 때문이죠. 『유어 프렌드』를 손에 넣은 못생긴 애가 예쁜 애를 표적으로 삼았으니까요.

그런데 그다음에는 반드시, 같은 반에서 못생긴 애가 자살을 해요. 걔도 주술에 걸렸을까. 『유어 프렌드』를 가진 사람은 예쁜 애를 망가뜨린 다음엔 반드시 못생긴 애를 더 못생기게 만들고 싶어지나. 그런 심리가 있나.

이제는 알아요. 지금까지 자살한 못생긴 애들은 『유어 프렌드』의 주인이었다는 걸.

그들이 자살한 이유는 주술의 정체를 알았기 때문이에요.

유나는 주술이 시각과 촉각에 작용한다고 했어요. 한마디로 환각, 암시죠. 실제로 얼굴이 바뀌는 게 아니다. 본인뿐 아니라 주변 사람 모두에게 주술을 건다.

그걸 알면 주의 ②가 무슨 뜻인지도 명확해져요.

주의 ②는 사실 '자기 얼굴은 바꿀 수 없다'라는 뜻이 아니에요.

누구를 어떤 식으로 추하게 만들든, 혹은 아름답게 만들든 본인은 그걸 볼 수 없다는 뜻이죠.

제 눈에는 유나가 교실에서 갑자기 날뛰는 것으로만 보였어요. 그래서 무슨 일이 일어나는지 몰라 아무 반응도 할 수 없었죠.

칠판에 붙어 있던 사진도 네 장 모두 평범했어요. 그중 두 장은 표정이 험했을 뿐, 제가 보기엔 별다를 게 없는 사진이었어요.

다들 놀라고, 기겁하고, 겁먹고, 슬퍼하는 모습이 다 시시한 연극처럼 보였어요. 속이 빤히 보이는 수작이란 생각밖에 들지 않았죠. 존재하지도 않는 것을 절대적이고 유일한 객관적 사실로 받아들여 소란을 떠는 것 같았어요.

『유어 프렌드』의 주술은 그걸 구사한 사람을 아름다움이나 추함 밖으로 해방하기 위한 것이에요. 외모가 지닌 가치는 전부 신기루일 뿐이야, 쓸데없는 일로 고민하고 힘들어하지 마. 그렇게 일러주고 구원하기 위한 것이죠. 히메사키 레미가 실제로 어떻게 생각했는지는 알 방법이 없지만, 전 그렇게 이해했어요. 그게 아니라면 주술을 이런 구조로 만들지 않았을 테니까요. 저주인 동시에, 공감과 애정이기도 하다. 적어도 히메사키 레미는 스스로 그렇게 생각하지 않았을까요. 『유어 프렌드』의 문장에서도 그런 감정이 느껴졌거든요.

하지만 그게 저한테는 절망이었습니다.

예쁜 애를 추하게 만들고 싶어, 망가뜨리고 싶어. 그런 감정이 어느새 제 안에도 싹텄던 거겠죠. 그리고 주술을 걸면서 점점 자라났겠죠.

『유어 프렌드』의 주술은 그렇게 주인을 끌어낼 수 있는 데까지 끌어내고는 밀어서 추락시켜요. 칠판에 붙은 사진을 보고 그 잔혹한 구조를 깨달은 저는 교실에서 토하고 실신해 버렸죠.

전 히메사키 레미를 저주했어요.

이런 주술을 남기고 죽은 그 사람이 원망스러웠습니다.

그런데 구라하시는 그런 줄은 꿈에도 모르고 신이 나서 새로운 표적을 골랐어요. 구라하시만은 구원받고 있는 것 같았죠. 그래서 중간에 멈출 수 없었습니다.

구라하시의 계획에 맞춰 주술을 걸 때마다 전 죽고 싶어졌어요. 구라하시의 마음을 이해하면 할수록, 그 아이와 같은 광경을 볼 수 없다는 사실이 고통스러웠죠. 왜 구라하시에게 『유어 프렌드』를 줬을까. 왜 대신해서 주술을 걸기로 마음먹었을까. 후회해 봤지만 때는 이미 늦었습니다.

전 『유어 프렌드』에 휘둘리고, 구라하시에게 휘둘렸습니다. 하지만 그렇게 따지면, 전 태어날 때부터 휘둘리고 꼭두각시처럼 놀아났어요. 예쁜 언니가 있는 못생긴 동생. 그런 감정을 주입당하며 살아왔죠. 고등학교에 올라가고 나서야 겨우 나아졌다고 생각했는데, 이번엔 거기서 헤어 나오지 못하게 됐어요. 제 마음이나 의지는 처음부터 어디에도 없었습니다.

구라하시까지 죽음으로 내몰고 나니, 더 이상 살고 싶은 마음이 없어졌어요.

그래서 이제껏 『유어 프렌드』를 손에 넣었던 사람들처럼 저도 죽음을 선택하기로 했습니다. 더 빨리 죽었어야 했는데, 지금까지 끌고 와버렸네요.

그래도 마지막까지 한 명쯤, 나를 이해해 줄 사람이 나타나길 기다렸는지도 모르겠어요.

그럼, 안녕.
미안해요.

구라하시에게 바친 꽃이랑 물, 잘 갈아주세요.
꽃병은 학교에 기부할게요. 필요 없으면 버리셔도 됩니다.

나가스기 치아키

장례식장 앞에는 보도진이 몰려와 있었다. 다들 마이카를 보더니 우르르 뛰어나와 카메라와 마이크, 녹음기를 들이댔다. 길을 막으며 저마다 질문을 던지는데, 질문 내용을 보아하니 마이카가 담임이라는 사실이 알려진 듯했다. 그러나 마이카는 아무 대답도 할 수 없었다.

터져 나온 눈물로 앞은 거의 보이지 않았고, 격한 울음 때문에 말 한마디 쥐어짜는 것조차 힘들었다.

마이카는 사람들이 쳐다보든 말든 아이처럼 흐느껴 울었다.

고타니 마이카가 3학년 2반 학생들을 보며 자신의 어린 시절을 돌아봤듯 나도 이 이야기와 함께하는 동안 자연스레 여중, 여고 시절을 곱씹어 봤다. 꽤 오래전 일이라 지금처럼 교실 내 계급이나 괴롭힘 문제가 심각하진 않았지만 외모나 꾸밈에 대한 관심은 무척 컸다. 언니 옷을 같이 입을 수 있게 되고 이성 친구를 사귀는 애들이 하나씩 늘면서부터는 누가 더 예쁘게 꾸미나 경쟁 비슷한 게 벌어지기도 했다. 여벌로 교복 치마를 가방에 가지고 다니면서 교문을 벗어나면 짧은 치마로 갈아입고 예쁜 색이 나는 립글로스를 나눠 발랐다.

그리고 성인이 된 후, 아침에 고단한 몸을 일으켜 화장을 대충 하고 부스스한 모습으로 출근길 버스에 올라탔을 때 여학생들의 화장한 얼굴을 보면 감탄이 절로 나왔다. '학생이 벌써?'라는 생각보단 '어지간한 직장인보다 솜씨가 좋은데?'라는 놀라움부터 느껴졌다. 세월이 흐르는 동안 외모 지상주의에 관한 여러 담론이 벌어지고 인식이 개선되었다고는 하지만, 여학생들의 교복 치마는 더 짧아졌고 화장은 더 짙어졌다. 그 아이들에겐 무슨 일이 있었을까.

이 이야기는 하무라 사라사의 장례식에 참석하는 마이카의 시점에서 시작된다. 사라사는 뛰어난 미모, 똑똑한 머리, 부모의 재력까지 갖춘 그야말로 '엄친딸'이다. 그런 사라사를 누군가는 동경하지만 누군가는 죽이고 싶어 한다. 악의는 없었을지 몰라도 사라사는 자신이 교실 내 계급 피라미드의 꼭짓점이란 걸 당연히 여기고 자기 위치에서 가진 권력을 사용하는 것에도 거부감이 없었기 때문이다. 외모 지상주의를 다룬 여러 콘텐츠에서 흔히 악의 축으로 설정되는 캐릭터인 셈이다. 그런 사라사의 갑작스런 죽음은 마이카와 2반 여학생들이 감히 꺼내 볼 용기조차 내지 못하고 묻어뒀던 상처를 들여다보는 계기가 된다.

"넌 못생겼으니까 항상 웃어야 해"라는 소리를 들으며 자란 나머지 억지웃음이 얼굴에 붙어 버린 마이카. 어린 시절 춤추고 노래할 때마다 "더 못생겨 보이네"라는 비난을 받았던 구라하시 노조미. 언니만큼 예쁘지 않다는 이유로 괴롭힘을 당한 나가스기 치아키. 이들의 가슴에 가장 크고 깊은 생채기를 낸 사람은 다름 아닌 가족이다.

그중에서도 어머니가 가장 매몰차다. 물리적인 폭력만 가하지 않았을 뿐 학대에 가깝다. 특히 반에서 외모로는 상위에 속하는 치아키나 화장을 옅게 해도 '예쁜 편인' 마이카마저 어머니의 가혹한 평가에 짓눌리는 모습은 기이하게 느껴질 정도다. 물론 옹호할 여지는 없지만, 같은 여자로서 어떻게 그럴 수 있느냐는 말은 시선이 더 거리낌 없었던 시절을 살아온 어머니들의 삶을 생각하면 쉽게 나오지 않는다. 히메사키 레미가 죽지 않고 살았다면 어머니들과 같은 또래가 아니었을까. 어쩌면 자신을 닮은 딸을 낳았을지도 모를 일이다. 이야기 속에서 저주가 이어지는 매개체는 『유어 프렌드』라는 잡지이지만 상처는 어머니의 말과 시선을 통해 대물림된다. 그리고 어머니이기 이전에 한 여성인 그들의 가치관을 만든 건 누군가의 가차 없는 시선과 무책임한 평가였다.

그리고 그것들은 지금을 살아가는 3학년 2반 여학생들에게 생존의 문제로 닥친다. "널 닮고 싶지도 예뻐지고 싶지도 않아. 난 그냥 평범해지고 싶을 뿐이라고!"라는 노조미의 외침은 그래서 더 애처롭다. 눈에 보이진 않지만 분명히 존재하는 어떤 선. 흔히 '평범'이라는 무심한 말로 표현되는 그 선 안에 들어가지 못하면 차별과 괴롭힘을 당해야 한다. 그런 상황에서 "모든 건 마음먹기에 달렸어요. 자존감이 낮으면 아무리 미인이라도 성형을 반복하잖아요"라는 아다치의 말은 정론일지라도 아무런 힘을 갖지 못한다.

이 작품을 통해 여성이라면 누구나 공감할 만한 심리를

섬세하게 묘사해 낸 사와무라 이치는 사실 공포 소설로 이름난 작가이다. 2015년 제22회 일본 호러 소설 대상을 수상한 『보기왕이 온다』라는 작품은 국내에서도 큰 사랑을 받았다.

전설로 전해져 내려오는 '눈에 보이지 않는 손님'인 보기왕은 현실에서 갈등을 겪는 인물의 심리를 파고들며 형체와 의미를 띤 괴물이 된다. 『아름답다 추하다 당신의 친구』 또한 언뜻 보면 괴담이 공포의 실체인 것 같지만 이야기를 따라가다 보면 현실이 곧 공포임을 알게 된다. 부모의 재력과 성적, 외모로 계급이 나뉘는 교실. 다른 형제들과 끊임없이 비교하는 가족. 스쳐 지나가는 사람들의 호기심 어린 시선. 얼굴이 망가진 소녀들이 스스로 목숨을 끊은 이유는 그런 현실이 죽음보다 더한 공포였기 때문이다. 외모 지상주의라는 익숙한 소재는 교실과 가정에서 차별당하고 배제될지도 모른다는 현실 속 공포로 이어지며 끔찍한 괴물이 된다.

일본 출간 당시 이 작품은 공포 소설로 정평이 나 있는 사와무라 이치가 미스터리 작가로 변모를 꾀했다는 점에서 큰 주목을 받았다. 따라서 이야기를 이끄는 주축은 '범인이 누구인가'라는 수수께끼이고, 1인칭 시점과 3인칭 시점이 혼재되면서 여러 복선이 깔린다. 또한 교실이나 장례식장처럼 한 공간에서 각기 다른 생각을 하는 인물들을 한 프레임에 엮어 냄으로써 긴장감을 고조시킨다. 거기에 얼굴이 망가지는 모습이나 의심에 사로잡힌 인물들의 심리를 묘사하는 대목에서는 실체 없는 공포를 마치 눈앞에 존재하는 것처럼 시각화하는 작가의 필력이 유감없이 발휘된다. 묘사가 워낙 정교하고 생생해서 마치 영화의 한 장면을 보고 있는 듯한 느낌마저 든다.

작가는 섣불리 피해자와 가해자를 구분하지 않는다. 이이야기 안에서는 모두가 피해자이자 가해자이다. 스스로를 어떻게 인지하고 있느냐의 차이일 뿐이다. 피해의식과 트라우마에 사로잡혀 있던 마이카와 2반 여학생들은 자신이 어느 순간에는 가해자였음을 깨닫게 된다. 그리고 서로의 상처를 이해하고 연대해서 주술의 실체를 파헤치기 시작한다. 결국『유어 프렌드』의 주술은 그 주술을 구사한 사람을 아름다움이나 추함 밖으로 해방하기 위한 것이었다. 아니, 애초에 아름다움과 추함은 따로 존재하지 않는다는 사실을 일러주기 위한 것이었다. 사람들이 외모에 매기는 가치는 전부 신기루일 뿐이며 절대 한 인간을 판단하는 기준이 될 수 없다는 작가의 메시지가 명확하게 드러내는 대목이다.

이 책을 덮고 난 후 우리는 무슨 이야기를 해야 할까. 성형의 옳고 그름과 자존감의 중요성을 말하기 전에 '얼평(얼굴평가)'하지 말라는 정당한 항변이 못난이들의 '열폭(열등감 폭발)'으로 치부되지 않는 세상을 만들어가야 하지 않을까. 처절한 저주를 남기고 자살한 히메사키 레미와 고타니 마이카, 그리고 3학년 2반 여학생들. 그 사이에 30년의 세월이 흘렀지만 저주는 여전히 통했다. 한 일본 독자의 말처럼, 외모로 열등을 가리는 환경에서 무심한 언어폭력과 배려 없는 시선에 상처 입는 사람이 존재하는 한, 이 이야기는 끝나지 않을 것이다.

오민혜

| 참고 및 인용 |

참고

- 『교실 내 카스트』 / 스즈키 쇼鈴木翔 지음 / 고분샤신쇼光文社新書 펴냄
- 『감정화하는 사회』 / 오쓰카 에이지大塚英志 지음 / 오타슈판太田出版 펴냄
- 『노란 방은 어떻게 고쳐졌을까? 증보판』 / 쓰즈키 미치오都筑道夫 지음 / 프리스타일フリースタイル 펴냄
- 『꽃말-유래』 / (http://hananokotoba.com/)

인용

- 『사령해탈물어문서 - 에도 괴담을 읽다』 / 고니타 세이지小二田誠二 지음 / 하쿠타쿠샤白澤社 펴냄
- 「오색게」 / 오카모토 기도岡本綺堂 지음 / 주코분코中公文庫 『이요신편異妖新篇』 수록
- 「요쓰야 괴담」 / 다나카 고타로田中貢太郎 지음 / 도겐샤桃源社 『일본괴담전집』 수록
- 『블랙잭』 문고판 15 / 데즈카 오사무手塚治虫 지음 / 아키타쇼텐秋田書店 펴냄
- 『우메즈 퍼펙션! 4 오로치 1』 / 우메즈 가즈오楳図かずお 지음 / 쇼가쿠칸小学館 펴냄
- 신편新篇 일본고전문학전집 1 『고사기古事記』 / 쇼가쿠칸小学館 펴냄

- <내겐 너무 가벼운 그녀> / 바비 패럴리 & 피터 패럴리 감독 / 20세기 폭스
- 「외모 지상주의에 관한 소고 : 다큐멘터리」 / 테드 창 지음 / 하야카와분코 SFハ
  ヤカワ文庫SF 『당신 인생의 이야기』 수록(동명으로 한국에도 출간)

* 책 첫머리에 들어간 문장은 「달리의 남자」(아사히 소노라마朝日ソノラマ 『우메즈 가
  즈오 무서운 책 '어둠'』 수록)에서 발췌했습니다.
* 인용은 변형된 경우가 있으며, 반드시 문헌의 기술과 일치하지는 않습니다.

★ 이 책은 『소설추리』 2017년 5월호에서부터 2017년 12월호까지 연재된 「아름답다 추하다」에 내용을 더하고 고친 작품입니다.

아름답다 추하다 당신의 친구

1판 1쇄 인쇄 2021년 8월 24일
1판 1쇄 발행 2021년 8월 31일

지은이 사와무라 이치
옮긴이 오민혜
펴낸이 김기옥

문학팀 김세화 | **마케팅** 김주현
경영지원 고광현, 김형식, 임민진

원서 표지디자인 bookwall | **일러스트** SHINRI
표지디자인 강수정 | **본문디자인** 고은주
인쇄·제본 (주)민언프린텍

펴낸곳 한스미디어(한즈미디어(주))
주소 (04037) 서울시 마포구 양화로 11길 13(서교동, 강원빌딩 5층)
전화 02-707-0337 | **팩스** 02-707-0198 | **홈페이지** www.hansmedia.com
출판신고번호 제313-2003-227호 | **신고일자** 2003년 6월 25일

ISBN 979-11-6007-719-3 (03830)

한스미디어 소설 카페 http://cafe.naver.com/ragno | 트위터 @hans_media
페이스북 www.facebook.com/hansmediabooks | 인스타그램 @hansmystery